BRIGITTE KANITZ
Oma packt aus

Buch

Opa Hermann ist unter der Erde, Nele hat in den Schoß der Familie zurückgefunden, und die Störche sind auch wieder dort, wo sie hingehören: auf dem Dachfirst.
Bei den Lüttjens' könnte also endlich mal Ruhe einkehren. Doch dann quartiert sich die elegante Hamburger Geschäftsfrau Irene Wedekind mit Rüdiger, ihrem übergroßen Vierbeiner, auf dem Ferienhof ein. Nicht nur Oma Grete und Großtante Marie ist sie suspekt, doch noch bevor sie sie mit alter Mettwurst, Heino-Schlagern und kratziger Bettwäsche vertreiben können, verrät Irene ein Geheimnis. Woraufhin der gesamte Lüttjens-Clan sich in Windeseile in einem VW-Bus auf den Weg nach Apulien macht...

Autorin

Brigitte Kanitz, Jahrgang 1957, hat nach ihrem Abitur in Hamburg viele Jahre in Uelzen und Lüneburg als Lokalredakteurin gearbeitet. Die Heide und ihre Menschen hat sie dabei von Grund auf kennen- und lieben gelernt. Sie tanzte auf Schützenfesten, interviewte Heideköniginnen, begleitete einen Schäfer mit seinen Heidschnucken über die lila-rote Landschaft und trabte mit der berittenen Polizei durch den Naturschutzpark rund um Wilsede. Inzwischen lebt und schreibt sie in Italien.

Weitere Informationen finden Sie unter:
www.brigittekanitz.de

Außerdem von Brigitte Kanitz bei Blanvalet lieferbar:
Immer Ärger mit Opa (37869)

Brigitte Kanitz

Oma packt aus

Roman

blanvalet

Die Handlung und alle handelnden Personen sind frei erfunden. Jegliche Ähnlichkeit mit lebenden oder realen Personen wäre rein zufällig.

Verlagsgruppe Random House FSC® N001967
Das für dieses Buch verwendete FSC®-zertifizierte Papier
Holmen Book Cream liefert Holmen Paper, Hallstavik, Schweden.

1. Auflage
Taschenbuchausgabe Juli 2013 bei Blanvalet, einem Unternehmen
der Verlagsgruppe Random House GmbH, München.
Copyright © 2013 by Blanvalet Verlag, in der
Verlagsgruppe Random House GmbH
Umschlaggestaltung: bürosüd°, München
Umschlagillustration: Oliver Wetter
Redaktion: Rainer Schöttle
ES · Herstellung: sam
Satz: Uhl + Massopust, Aalen
Druck und Einband: GGP Media GmbH, Pößneck
Printed in Germany
ISBN: 978-3-442-38072-5

www.blanvalet.de

Für meine Mutter Christa Kanitz. Wir hatten eine tolle Zeit in der Lüneburger Heide – zusammen mit den Pferden, die uns im Laufe der Jahre trugen: Sico, hässlich, aber zuverlässig, Carina, ein tolles Jagdpferd, das sich auch von einer angedüdelten Reiterin nicht irritieren ließ, Chianti, im Weinrausch gekauft, Lana mit dem schönsten Fohlen der Welt und Titus, ein temperamentvoller römischer Kaiser.

Ich hoffe, ihr findet immer saftiges Gras im Pferdehimmel!

1. Erstens kommt es anders

Es reicht!, dachte ich, lief über den Hof ins Haus und knallte die massive Eichentür so laut zu, dass die roten Backsteine knirschten und das alte Fachwerk knackte. Bildete ich mir jedenfalls ein. Vielleicht erzeugte ich die Geräusche auch selbst, indem ich die zusammengebissenen Zähne aneinanderrieb und die Fingerknöchel dehnte.

»Lass das nach«, befahl Oma Grete und hob drohend einen knorrigen Zeigefinger. Für die frühe Morgenstunde sah sie schon erschreckend munter aus. Fast wie ein junges Mädchen kam sie die steile Treppe heruntergeglitten und baute sich vor mir auf. Der Zeigefinger wedelte jetzt vor meinem Gesicht hin und her.

»In meinem Haus werden keine Türen geknallt, ist das klar?«

Ich verzichtete auf den Hinweis, dass sich die Besitzverhältnisse in der Familie Lüttjens vor Kurzem dramatisch geändert hatten, und klappte den Mund auf, damit meine Zähne nichts mehr zu reiben hatten.

Grete, die trotz ihrer achtundachtzig Jahre über ein feines Gehör verfügte, war noch nicht fertig mit ihrer Standpauke. »Fingerknöchelknacken ist ungezogen!«, sagte sie stotterfrei.

Mannomann! Die sprach mit mir wie mit einer Fünfjährigen! Zorn wallte in mir auf.

Gut so. Er lenkte mich wenigstens von dem anderen Gefühl ab. Es hatte ein bisschen was mit Angst zu tun. Nein, nicht nur ein bisschen; sogar ein bisschen mehr. Deswegen war ich ja eben ins Haus geflüchtet.

Geflüchtet?

Hm. Konnte man wohl nicht anders nennen.

»Und Zähneknirschen gehört sich auch nicht!«

Ist ja gut!

»Du hast dich angehört wie damals unsere beste Milchkuh Lotte beim Wiederkäuen.«

Ich klappte den Mund wieder zu und zwang meine Kiefermuskeln in eine vorübergehende Lähmung.

Es reicht!, dachte ich zum zweiten Mal innerhalb von zwei Minuten.

Hätte ich aber besser sein lassen. Musste gleich wieder an meine Flucht ins Haus denken.

Prompt kroch die blöde Angst unaufhaltsam an meiner Wirbelsäule hoch.

Eben gerade, als ich aus dem Stall gekommen war, hatte ich ihn wieder entdeckt.

Den Schatten.

Unsere beiden Ponys Ernie und Bert hatten mir noch hinterhergewiehert, so als wollten sie sich für den morgendlichen Hafer bedanken, da war mein Blick zum Hoftor gehuscht, und ich hatte genau gesehen, wie etwas Dunkles auf dem Boden schnell zurückgezuckt war. Eindeutig ein Schatten in der noch schräg stehenden Herbstsonne.

Hätte mir ja nichts weiter dabei gedacht, wenn es das erste Mal gewesen wäre.

War es aber nicht. Das ging schon seit mindestens einer Woche so.

Ich hatte mir auch einige Erklärungen zurechtgelegt: Das Storchenpaar vom Dachfirst flog ein paar Ehrenrunden, eine Heidschnucke war aus ihrer Herde ausgebüxt und schaute mal vorbei, Karl Küpper, meine Jugendliebe von nebenan, stellte mir wieder nach, Papa schlich zu einem heimlichen Rendezvous.

Alles Quatsch.

Papa hatte Wichtigeres zu tun, zum Beispiel Mama feurige Blicke zuwerfen, was sämtliche Mitglieder der Familie Lüttjens ausgesprochen peinlich fanden, nur die beiden nicht. Mein Bruder Jan vielleicht auch nicht, aber der war von Natur aus besonders tolerant.

Karl und ich wiederum waren beste Freunde und pflegten die wunderschöne Erinnerung an die Jugendliebe, die uns über Jahre miteinander verbunden hatte.

Der Schatten gehörte sowieso weder zu einem Tier noch zu einem ausgewachsenen Mann. Da war ich mir sicher, obwohl ich ihn immer nur ganz kurz sah.

Es war der Schatten einer Frau.

Definitiv.

Gruselig.

Oder bildete ich mir alles nur ein? Hatte ich in meiner Zeit in München mit meiner besten Freundin Sissi zu viele Horror-Abende veranstaltet?

Das war eines unserer liebsten Hobbys gewesen – nur die Suche nach Mr. Right und Sissis peinliche Leidenschaft für Bollywoodfilme standen noch höher im Kurs. Eng aneinandergekuschelt auf meiner Designercouch, die Augen starr auf den Fernseher gerichtet, die Hände voller Chips. Und dabei hofften wir auf ziemlich unsinnige Wunder. In Bates' Motel wollte niemand duschen, Freddy Krueger ließ

9

ein Gesichtspeeling machen, und am Telefon sagte eine freundliche Computerstimme: »In sieben Tagen wirst du reich sein.«

Na ja. Klappte nicht so.

Trotzdem. Man konnte nie wissen, was so alles auch in der beschaulichen Lüneburger Heide passieren mochte.

Jetzt überlegte ich fieberhaft. Hatte ich vielleicht irgendwo auch eine Blutspur entdeckt? Dort, wo vorher der Schatten entlanggehuscht war?

Nee. Eigentlich nicht.

Ein mürrisches Räuspern brachte mich ins Hier und Jetzt zurück. »Sag mal, Deern, hast du ein Gespenst gesehen?«

Könnte sein.

»Nein, wieso denn?«

»Du starrst mal wieder Löcher in die Luft.«

Ich schaute Oma Grete direkt an. Eigentlich war sie ja gar nicht meine Großmutter, aber aus alter Gewohnheit nannte ich sie weiter so. Ihr Mann, also Opa Hermann, war nämlich vor vielen Jahren ihrer Schwester Marie in Liebe verfallen. Sein einziger Sohn entsprang dieser Verbindung, und um einen Skandal zu vermeiden, gab Grete ihn als ihr eigenes Kind aus, nachdem Marie ihn im fernen Bayern zur Welt gebracht hatte. Womit alles geklärt sein dürfte. Wenn Papa dann wenigstens mein Vater und Mama meine Mutter geworden wäre, und… Stopp!

Auch knapp zwei Monate nachdem bei uns Lüttjens' die großen Familiengeheimnisse gelüftet worden waren, hatte ich noch Schwierigkeiten mit den neuen Verhältnissen.

»Vielleicht ist dir ja mein Hermann erschienen«, fuhr Grete fort und ging flotten Schrittes in die Küche. »Der sucht dich jetzt heim, weil du ihn im Zug liegen gelassen hast.«

Ich folgte ihr schwerfällig und überlegte, ob ich erst frühstücken und ihr dann den Hals umdrehen sollte oder umgekehrt.

Seit mir dieses kleine Missgeschick mit der Tupperdose passiert war, verging kein Tag, an dem sie es mir nicht aufs Butterbrot schmierte.

Butterbrot?

Na gut, erst frühstücken.

Während Grete leise vor sich hinschimpfte, deckte ich den Tisch und kochte Kaffee.

In der Tupperdose hatte sich die Asche des Familienpatriarchen Hermann Lüttjens befunden, der in seinem Heimatort Nordergellersen aufgebrochen war, um mich, die abtrünnige Nele, in München zu besuchen. Wobei er mir gleich eine ungeheure Wahrheit um die Ohren hauen wollte. Dazu kam er jedoch nicht mehr, weil er in meinem Treppenhaus starb.

Ich brachte ihn dann heim in die Heide – nicht ganz gesetzestreu und auch nicht sonderlich pietätvoll, aber dafür hundertprozentig sicher in der Tupperdose.

Hatte ich jedenfalls gedacht, bis ich in Lüneburg so schnell aussteigen musste, dass Opa sozusagen nicht mehr mitkam.

Aber er fand nach ein paar Tagen doch noch heim, dank einer mitreisenden älteren Dame namens Hertha Kowalski, die in der Tupperdose außer Opas Asche auch einen Prospekt unseres Ferienhofes gefunden hatte.

Alles gut also.

Wieso regte sich Oma Grete immer noch auf? Opa hatte

ein prima Urnengrab bekommen und einen schlichten Findling als Grabstein. Von seinem Begräbnis und dem anschließenden Leichenschmaus im Heidekrug wurde bis heute voller Lob im Dorf gesprochen, und nur hinter vorgehaltenen Händen blubberte es eifrig in der Gerüchteküche um die Lüttjens'. Aber Genaues wusste man nicht.

Besser so. Sonst war alles friedlich.

Kein Grund für Grete, mir immer noch böse zu sein.

»Hast du die Brötchen geholt?«, fragte sie jetzt.

»Bin noch nicht dazu gekommen«, murmelte ich. Bis vor Kurzem hatte unser Dorfbäcker noch einen Lieferservice betrieben – in Gestalt seines einzigen Sohnes. Aber der studierte jetzt BWL in Hamburg und hatte vermutlich vor, eines Tages eine Großbäckerei zu gründen. Mit tiefgekühlten Teigklumpen zum Aufbacken. Igitt.

Auch in einem idyllischen Heidedorf wie Nordergellersen gingen die guten alten Zeiten irgendwann gnadenlos den Bach runter.

»Dann kannst du jetzt fahren«, sagte Grete. »Nimm Opas altes Fahrrad.«

Lieber nicht. Draußen lauerte ein Schatten.

Meine Kiefermuskeln wollten wieder loslegen.

Ich tat, als müsste ich die Kaffeemaschine hypnotisieren.

»Wir sind hier nicht im Luxushotel.« Gretes Stimme bekam einen keifenden Unterton. »Bei uns wird das Frühstück nicht aufs Zimmer geliefert.«

Als ob ich das nicht gewusst hätte. Aber sie hielt es für nötig, mich ungefähr alle drei Minuten daran zu erinnern.

Der Ferienhof Lüttjens war mit meiner alten Arbeitsstelle, dem Münchener Luxushotel Kiefers am Maximilianplatz, nicht zu vergleichen. Im Hotel jedoch war ich eine Angestellte gewesen, hier gehörte mir seit Kurzem die Hälfte von allem. Wobei – das allein hätte vermutlich nicht gereicht, um mich heimzuholen. Opas Anwalt hatte auch seinen Teil dazu beigetragen.

Mein Herz galoppierte an, wie immer, wenn ich an Paul dachte. Paul Liebling, der für seinen Nachnamen echt nichts konnte, der aber jetzt mein Liebling war.

Sein Schatten war das übrigens auch nicht. Den kannte ich, und der duftete auch supergut. Nach Zedern und kanadischem Himmel.

Ja, sogar sein Schatten.

Wer behauptet eigentlich, dass Liebe nur blind macht? Ich finde, sie macht auch blöd im Kopf.

Aber schön blöd.

»*Brötchen holen!*«, schrie Oma Grete.

Mein Herzensgalopp brach abrupt ab. Ich schaute aus dem Fenster. Weit und breit war kein flüchtender Schatten zu sehen. Na gut.

»Ich fahre ja schon.«

»Das will ich aber auch hoffen. Und sieh zu, dass du schnell wieder hier bist. Deine Eltern stehen in zehn Minuten auf.«

Eltern? Für Grete gab es da keine Zweifel.

»Und deine nichtsnutzige Großtante poltert oben schon rum. Also mach hin!«

Ich dachte an die zarte leise Marie, Gretes um zwei Jahre jüngere Schwester. Marie polterte nicht, Marie war sanft und ruhig. Schon wollte ich etwas zu ihrem Schutz sagen, als ich es mir anders überlegte.

Sollten Grete und Marie doch weiter zanken.

Nach Opas Begräbnis hatte es für kurze Zeit so ausgesehen, als würden sich die Schwestern endlich versöhnen – sozusagen zum Ausklang eines langen Lebens, in dem sie denselben Mann geliebt hatten. Wäre ihnen ja zu wünschen gewesen, nachdem der zu Asche verfallene Zankapfel unter dem Findling lag. Aber siebzig Jahre Zoff legte man vermutlich nicht so leicht ab.

Vielleicht hätte ich erst einen Kaffee trinken sollen, bevor ich schon wieder über meine Familie nachdachte. Oder einen Köm.

Von meinem Lieblingsprosecco Berlucchi war ich inzwischen abgekommen. Echter Doppelkorn war in der Lüneburger Heide auch leichter zu kriegen.

Das Gedankengeröll in meinem Kopf kullerte munter hin und her, stieß schmerzhaft gegen Nervenstränge und sammelte sich endlich zu zwei schlichten Aussagen.

Erstens: Mein jüngerer Bruder Jan war der Sohn von Papa und Mama.

Zweitens: Ich war niemandes Tochter, bloß ein Findelkind.

Jägermeister ginge auch.

Ein kräftiger Puff zwischen die Rippen brachte mich zur Vernunft. Gleichzeitig durchbohrte mich Gretes Blick. »Glaub ja nicht, du kannst dich hier auf die faule Haut legen, bloß weil du adoptiert bist. 'Ne Extrawurst brät dir keiner.«

Wieder durchzuckten mich Mordgelüste. Seit das große Familiengeheimnis aufgeklärt war, machte sie sich einen Spaß daraus, mich an meine mysteriöse Herkunft zu erinnern.

»Nein«, erwiderte ich langsam. »Das habe ich nicht

vor. Aber als Eigentümerin und verantwortliche Geschäftsführerin des halben Hofes fahre ich Brötchen holen, wann *ich* will.«

»Pfft«, machte Grete und schaltete Maries alten Kassettenrekorder ein. Den hatte ich mal in die Speisekammer verbannt, aber er stand längst wieder auf der Fensterbank.

So viel zu meiner neuen Autorität.

Die andere Hälfte des Hofes war übrigens zu gleichen Teilen zwischen Papa und Jan aufgeteilt worden. Genau wie seiner Schwägerin Marie hatte Opa Hermann seiner Frau Grete bloß lebenslanges Wohnrecht zugestanden. Was ja nicht mehr lange sein konnte, wie sie selbst zu sagen pflegte, und das, nachdem sie sich ein Leben lang totgeschuftet hatte.

Ein echtes Grete-Drama.

Marie beklagte sich übrigens nicht. War nicht ihre Art. Sie schwieg lieber. Das konnte sie richtig gut.

Heino, Maries erklärter Lieblingssänger, war vermutlich Gretes Meinung und verkündete, er werde sich jetzt einen Whisky und einen Gin gönnen, und zwar mit Karamba und Karacho.

Der war mir jetzt auch sympathisch.

Ich sah zu, dass ich rauskam.

Flink huschte ich über den Hof und holte mir im Stall das alte Fahrrad.

Am Tor zögerte ich dann. Mein Blick schweifte erst hinüber zum Küpperhof, dann die Dorfstraße hinunter, dann rechts und links über die Felder.

Nirgends ein Schatten, der dort nicht hingehörte.

Also gut. War alles bloß Einbildung gewesen.

Ich strampelte los in Richtung Dorfzentrum und Bäcker.

15

Morgens um halb sieben war in Nordergellersen die Welt noch in Ordnung.

In der Familie Lüttjens herrschte ein bisschen Frieden, und ich hatte meine große Liebe gefunden.

Meinen Liebling.

Wir konnten nun alle mal zur Ruhe kommen. War ja auch dringend nötig nach der ganzen Aufregung, die uns mitten in der Heideblüte heimgesucht hatte. Die ganze Familie war einmal kräftig durchgeschüttelt und dann mehr oder weniger verwirrt im staubigen Hof liegen gelassen worden.

Während ich mich dem spitzen roten Turm unserer Dorfkirche St. Johannis näherte, dachte ich ganz fest an Paul.

Meine Füße traten in die Pedale, mein Herz setzte zu neuen Galoppsprüngen an.

Blöd nur, dass mir dabei die ganze Zeit ein alter Spruch im Kopf herumspukte: Erstens kommt es anders und zweitens als man denkt.

2. Frisch auf zur Jagd

Die Brötchentüte hing prall gefüllt in Oma Gretes Einkaufsnetz am Lenker und ließ bei jedem Schwenker einen köstlichen Duft entweichen. Gut gelaunt radelte ich durchs Dorf zurück zum Hof. An irgendwelche Schatten dachte ich einfach nicht mehr. Lieber an den vor mir liegenden Tag, der etwas Ruhe und Entspannung in mein neues Leben bringen sollte. Die vergangenen Wochen waren auf dem Lüttjenshof für uns alle ziemlich hektisch gewesen.

Es war einige Zeit ins Land gegangen, bis sich jeder in seiner neuen Rolle zurechtgefunden hatte.

Mehr oder weniger gut übrigens.

Grete und Marie waren noch am besten dran gewesen. Sie hatten einfach weitergemacht wie bisher, nicht ahnend, dass der Rest der Familie ihr uraltes Geheimnis um den einzigen Sohn kannte. So bereiteten sie wie gewohnt das Frühstück für die Feriengäste und kochten für die Familie. Wie sie es schon immer getan hatten. Abgesehen von ihrem beiderseits geliebten Hermann fehlte ihnen nicht viel, und sie gingen jeden Tag zum Friedhof – abwechselnd, versteht sich.

Jan war längst wieder in Hamburg und arbeitete im Friseursalon. Er kam aber öfter zu Besuch als früher. Das hatte weniger mit seiner brüderlichen Liebe zu mir als mit

Hans-Dieter zu tun, der früher in unserer Clique noch Didi geheißen hatte.

Papa musste die Alleinherrschaft über den Hof abgeben und sich an seine Tochter als gleichberechtigte Partnerin gewöhnen – wobei ich mir oft auf die Zunge biss. Sonst hätte ich ihn dreimal am Tag daran erinnern müssen, dass ich die Haupterbin war. Nicht er.

Etwas unkorrekt also, die Sache mit der Gleichberechtigung.

Mama ihrerseits gab sich alle Mühe, die brave Landfrau zu spielen, und sie fuhr nur noch recht selten nach Hamburg in ihre Wohngemeinschaft voller Alt-Hippies, um dort mithilfe von Pendeln, magischen Kristallen und der einen oder anderen Haschpfeife sich selbst oder was auch immer zu finden.

In letzter Zeit wieder häufiger.

Obwohl meine Eltern sich so prächtig versöhnt hatten, schlich sich langsam der alte Trott zurück in ihr Leben.

Irgendwer würde Olaf Lüttjens mal daran erinnern müssen, dass er seiner Heidi eine Indienreise versprochen hatte. Und zwar bald.

Schien er vergessen zu haben.

Irgendjemand. Nicht ich, bitte. Hatte genug eigene Sorgen.

Ich bremste ab. Keine fünfzig Meter entfernt lagen schon der Lüttjens- und der Küpperhof einträchtig nebeneinander. Die Morgensonne war ein Stückchen höher geklettert und beschien jetzt das leere Storchennest auf unserem Reetdach.

Kam mir plötzlich wie ein böses Omen vor.

Was natürlich Quatsch war.

Das Storchenpaar, das vorübergehend dort pausiert hatte, war längst weiter nach Afrika geflogen. Die zwei waren im September mit ihrem Flug nach Süden recht früh dran gewesen. Doch jetzt, Anfang November, hatten Störche in Norddeutschland wirklich nichts mehr zu suchen.

Trotzdem.

Ich musste an Opa Hermanns Behauptung denken. Am Tag meiner Ankunft vor dreiunddreißig Jahren seien nach langen Jahren die Störche auf den Dachfirst zurückgekehrt.

So ging die Familienlegende.

Mit Ankunft war gemeint, dass mich jemand auf der Türschwelle der Lüttjens' abgelegt hatte.

Nachdem ich Nordergellersen dann verlassen hatte, um nach München zu gehen, war auch das Nest wieder leer geblieben.

Bis ich vor zwei Monaten heimkehrte. Plötzlich war das Nest für kurze Zeit wieder bewohnt, vielleicht von den Ur-Ur-Ur-Ur-Ur-Ur-Enkeln meines Storchenpaares von damals.

Aber Cindy und Bert mussten bald darauf nach Afrika weiterfliegen. Das hatte nichts zu bedeuten. Ich war glücklich! Ich war daheim! Ich liebte Paul!

Äh, Cindy und Bert.

Marie hatte es nicht lassen können und auch dieses Storchenpärchen getauft. Meine Großtante, die in Wahrheit meine Oma gewesen wäre, wenn ich nicht als Findelkind Eingang in die Familie gefunden hätte, Marie also, liebte nicht nur Heino, sondern auch andere deutsche Schlagersänger, und zwar nicht die allerfrischesten. Für Marie musste eben alles beim Alten bleiben.

Inklusive Storchentaufe.

Bye, bye, Cindy und Bert. Kommt bald wieder. Dann kann ich vielleicht wirklich daran glauben, dass in meinem Leben alles so läuft, wie ich mir das ausgemalt habe. Dass Paul mich zum Beispiel genauso innig liebt wie ich ihn, obwohl er neuerdings ein bisschen kurz angebunden ist.

Mein Blick war immer noch auf das leere Storchennest gerichtet. Wie festgetackert. Meine Füße wollten in die Pedale treten. Alle Welt wartete auf die frischen Brötchen, die Urlaubsgäste…

Ach nein, die nicht. Gestern waren die Herbstferien zu Ende gegangen, und bis Dezember würde der Hof geschlossen bleiben. Einige Renovierungsarbeiten standen an, und zwei Ferienwohnungen sollten auch in Angriff genommen werden.

Ja, und dann war da noch das nette kleine Haus, das Paul und ich uns auf unserem Grundstück bauen wollten. Wir hatten schon sehr oft darüber geredet.

Nächtelang.

Wenn wir nicht gerade Besseres zu tun hatten. Ihm machte es nichts aus, nach Lüneburg in seine Anwaltskanzlei zu pendeln, und ich würde froh sein, mit ihm hier auf meinem Besitz zu leben, jedoch nicht unter demselben Dach wie der Rest der Lüttjens-Sippe. Ich liebte jeden einzelnen von ihnen, ehrlich. Aber seit ich wusste, was fast alle anderen schon immer gewusst hatten, behandelten sie mich wie ein rohes Ei. – Oder wie eine Handgranate, die jederzeit hochgehen konnte.

Nur Grete nicht. Die war wie immer. Gott sei Dank!

Ach ja, ein eigenes Häuschen, für Paul und mich. Und

für unsere Kinder, über deren Zahl ich mir mit mir selbst noch nicht ganz einig war.

Einzelkind? Besser nicht.

Wolfram und Silke aus meiner alten Clique mit ihren sechs Kindern nacheifern?

Hilfe! Irgendwas dazwischen.

Wenn ich mit Paul über unsere Zukunft sprach, waren Kinder noch kein Thema. Man soll die Männer bekanntlich nicht überfordern. Über ein Haus zu reden war unverfänglicher. Zu dumm nur, dass ich nie die Zeit fand, mich mit den Bauplänen zu befassen. Irgendwas kam immer dazwischen. War ja auch ziemlich viel Arbeit, so einen Hof zu führen.

Paul sah das ein.

Ich hatte nicht sehr oft Zeit für ihn.

Paul verstand mich.

Wirklich?

Nachdenken, Nele!

Bisschen zackig.

Endlich löste ich den Blick vom Dachfirst und sah mich um.

Auf der einen Seite erstreckten sich Wiesen und Felder, auf der anderen lag der Weg in Richtung Baggersee und Kiefernwäldchen.

Nach Baggersee war mir nicht zumute. Gut möglich, dass sich ein paar Leute aus meiner alten Clique dort zum Frühschoppen trafen.

Oder mein Exfreund Karl Küpper saß auf dem umgestürzten Baumstamm und wartete voller Sehnsucht auf mich. Hatte er ja schon mal gemacht. Und das war ziemlich gefährlich gewesen. Zumindest für mein Seelenheil.

Blödsinn! Die Jungs und Mädels aus der Clique waren

inzwischen genau wie ich keine sechzehn mehr und hatten an einem Montagmorgen anderes zu tun, als sich die Kante zu geben oder in einen alten Liebestaumel zurückzufallen.

Karl war mit dem Melken fertig und fütterte jetzt die Kälbchen mit der Flasche.

Ich kannte seinen Zeitplan noch sehr gut von früher. Und an mich verschwendete er sowieso keine Gefühle mehr.

Hans-Dieter dachte vermutlich an Jan, während er zu seinem Job als Landmaschinenverkäufer in Lüneburg unterwegs war.

Pamela und Anke schliefen wahrscheinlich noch und träumten vom Märchenprinzen, der gefälligst endlich mal auftauchen sollte.

Die anderen waren auch vollauf mit ihrem Erwachsenenleben beschäftigt.

Am Baggersee war keiner von denen.

Egal. Ich wollte da nicht hin.

Zu viele Erinnerungen dümpelten auf dem Wasser, krümelten im Ufersand rum und schwebten durch die Novemberluft. Ich musste jetzt mal über die Zukunft nachdenken. Lieber drum herumfahren, das Kiefernwäldchen hinter mir lassen und in den großen Laubwald eintauchen, der sich gleich danach in Richtung Süden erstreckte. Dorthin war ich auch früher gern verschwunden, wenn mir alles zu viel wurde.

Schon strampelte ich los. Opas altes Rad hüpfte wacker über den sandigen Weg, das Einkaufsnetz mit der Brötchentüte setzte zum Salto an, schaffte es aber nicht ganz.

Wenig später tauchte ich in das Zwielicht unter uralten

Eichen ein, roch den Duft feuchten Laubes und lauschte den tiefen Klängen einiger Jagdhörner. Gedankenverloren sang ich mit. Opa Hermann hatte mir früher einige Texte beigebracht. Wer sonst?

»Frisch auf zur Jagd. Vorbei die Nacht, lasset uns jetzt jagen …«

Ich brach mitten im Text ab, sprang vom Rad und sah mich panisch um.

Shit! Im November war Jagdsaison. Schon vergessen, Nele? Da hatte niemand etwas im Wald zu suchen, der nicht Jäger, Treiber, Jagdhund oder Beute war.

Oder zur Jagdhornbläsergruppe von Nordergellersen gehörte. Wie Opa vor vielen Jahren.

Meine Augen durchbohrten das Dickicht, die Jagdhörner schwiegen.

Dann ein Knacken, ein Rascheln, aber nirgends ein Schuss.

»Was …«, brachte ich gerade noch hervor, bevor ich von einem Kalb umgerannt wurde.

Mit voller Wucht knallte meine Stirn gegen den Lenker, und im Wald wurde es schlagartig dunkel.

Seit wann werden in Nordergellersen Kälber gejagt?, dachte ich noch. Womöglich eines vom Küpperhof. Wenn Karl das wüsste!

Ach, und wenn Opa das wüsste!

Da hatte er sich so viel Mühe gegeben, die abtrünnige Enkelin heimzuholen, und nun erlag sie den Folgen eines Jagdunfalls.

Oder so ähnlich.

Das Kalb machte sich über die Brötchentüte her.

Ich wurde ohnmächtig. Glaube ich jedenfalls.

3. Ein Schatten nimmt Gestalt an

»Pfui Teufel!«

Etwas nasses langes Klebriges fuhr mir übers Gesicht.

»Paul, hör auf damit!«

Wisch!

»Lass mich schlafen.«

Ein heißer stinkender Atem blies mich an. Duftnote Kalkutta-Abwasserkanal.

»Igitt, Paul. Putz dir erst mal die Zähne!«

Nach Waldboden roch es auch. Komisch. Mein Kopf tat weh. Irgendwo vorn unterm Haaransatz.

»Typisch«, würde Oma Grete sagen. »Schon wieder eine Beule.«

Neuerdings galt ich in der Familie nicht nur als eingeschränkt plietsch, sondern auch als ausgesprochen tollpatschig. Stimmte irgendwie. Diese Neigung, mir den Kopf zu stoßen, war neu. Erst am Seifenspender im ICE, als ich Opa heimbringen wollte, dann an meinem Hartschalenkoffer während meiner Flucht vor den Lüttjens' und ihren Wahrheiten. Hatte mich von hinten angefallen, der Koffer, während sich das Auto vorn in einen Baum bohrte. Einmal war ich mit Pauls Stirn zusammengeknallt, als wir – pardon, das gehört nicht hierher. Ein anderes Mal, und das war erst letzte Woche gewesen, wollten zwei

24

Berliner Ferienkinder auf Ernie und Bert über den Liegestuhl springen, in dem Großtante Marie unter einer warmen Decke schlummerte.

Ich erwischte Bert in letzter Sekunde am Zügel, und
Ernie hielt von selbst an. Leider ziemlich plötzlich. Der
Junge wurde aus dem Sattel katapultiert, und eine Stiefel-
spitze traf meine Nase.

»Du Tüdelbüx«, knurrte Oma Grete, die alles vom Küchenfenster aus beobachtet hatte. Vielleicht war sie auch
sauer, weil Marie nicht unter Ponyhufen zertrampelt worden war.

Na ja, und jetzt hatte ich mich wieder gestoßen, am …
am … Fahrradlenker, weil … weil … – Mist!

Ich linste vorsichtig nach oben und blickte in Pauls
warme braune Augen.

Ziemlich große Augen. Kalbsgroß. Und sie standen sehr
weit auseinander. Die Stirn dazwischen war behaart. Vielleicht hatte ich ja eine Gehirnerschütterung. Genau, meine
Sehfähigkeit war deswegen eingeschränkt.

Mein Geruchssinn auch?

Und konnte eventuell ein Hörnerv eingeklemmt sein?

Das Kalb bellte jetzt.

Was?

Das Kalb bellte!

Die Jagdhornbläser stimmten ein neues Lied an. Ich erkannte es. »Sau tot«, heißt es. »Gestern Abend schoss ich
auf ein grobes Schwein, gestern Abend schoss ich auf 'ne
Sau«, summte ich mit.

Vor Schreck verstummte das bellende Kalb.

Dafür passierte nun alles gleichzeitig.

Ich setzte mich vorsichtig auf und stellte fest, dass ein

25

schwarz-weiß gefleckter Hund mich erstens umgerannt, zweitens alle Brötchen aufgefressen, mir drittens mit der Zunge übers Gesicht gewischt und mich viertens angebellt hatte.

Ein sehr, sehr großer Hund. Stockmaß mindestens wie Ernie, würde ich schätzen.

Eine Frauenstimme rief: »Rüdiger, bei Fuß!«

Rüdiger? Der Kalbshund konnte damit nicht gemeint sein. Er blieb ja auch über mir stehen und sabberte mich voll.

»Rüdiger!«

Rechts brach eine Gruppe Grünröcke aus den Büschen, blieb stehen, sammelte sich und starrte Rüdiger und mich an, mal vorausgesetzt, das Vieh hieß tatsächlich Rüdiger und hielt bloß nicht viel von Gehorsam.

»Nele?«, fragte einer der Grünröcke. »Bist du das? Was machst du hier? Ist das euer neuer Hofhund? Und wo ist die Sau?«

Karl Küpper senior blickte ziemlich verwirrt drein. Wäre fast mal mein Schwiegervater geworden, der Mann.

»Hä?«, machte ich. Gehirnerschütterung, ich sag's ja.

Irgendwo weiter weg erklang Hundegebell. Rüdiger, oder auch nicht Rüdiger, antwortete, bis mir die Spuckehektoliter nur so um die Ohren flogen.

»Das ist hinten am Bach!«, rief ein anderer Jäger. »Kommt, Leute. Die Hunde haben die Wildsau gefunden.«

Küpper senior zögerte. Hinter seiner Stirn musste eine schwierige Entscheidung getroffen werden: sich um die merkwürdige Nachbarstochter kümmern oder seiner archaischen Neigung folgen?

Der Jagdtrieb siegte. »Alles in Ordnung mit dir?«, fragte er, schon im Wegdrehen.

»Klar. Mir geht's super.«

»Na, dann sieh zu, dass du von hier verschwindest. Und das Kalb da nimmst du mit, bevor es erschossen wird.«

»Wird gemacht!«, rief ich forsch und stand auf.

Jetzt war ich größer als mein neuer Freund, aber nicht viel. Die Bezeichnung Kalb würde ich eventuell revidieren müssen. Glich doch eher einer Färse, groß wie das Tier war.

Ein bisschen schwindelig war mir. Halb so wild. Eine Lüttjens ist hart im Nehmen.

Mir fiel die Frauenstimme ein, die eben gerufen hatte. Ich sah mich um. Ein paar Sonnenstrahlen fanden ihren Weg durch die Baumkronen. Zuerst sah ich nur einen Schatten. Den kannte ich. Verdammt.

Hilfe!

Horrorfilm im Wald. Blair Witch Project.

Hatten wir eher albern gefunden, Sissi und ich. Fand ich jetzt nicht mehr. Ganz im Gegenteil.

Eine Frau trat hinter dem Stamm der nächsten Eiche hervor. Ich hielt mich an einem armdicken Halsband fest. Nur zur Sicherheit. Obwohl sie auf den zweiten Blick nicht wirklich gefährlich aussah. Höchstens deplatziert im dunkelgrauen Business-Zweiteiler, mit Pumps und Seidenstrümpfen. So mitten im Wald. Groß, schlank, um die fünfzig, perfekt gelegte, schulterlange blonde Haare, helle Augen, minimales Make-up. Hätte gut an die Wall Street gepasst, oder meinetwegen in die Hamburger City Nord. Mit einer Aktentasche aus feinstem Kalbsleder in der einen und einem iPad in der anderen Hand.

O Gott. Kalbsleder.

Egal. Sie wirkte harmlos.

Trotzdem tat ich so, als würde der Hund mir gehören. War ja möglich, dass sie jemand anderes gerufen hatte. Ihren Mann zum Beispiel.

Rüdiger-Schatz, bei Fuß!

Ja, klar.

»Vorsicht, der ist bissig!«, warnte ich sie.

»Nur bei frischen Brötchen«, gab sie zurück. »Da wird er immer schwach. Rüdiger, bei Fuß!«

Diesmal gehorchte er. Wahrscheinlich, weil es bei mir nichts mehr zu holen gab.

Er machte einen großen Satz auf sie zu. Ich flog mit. Hätte das Halsband loslassen sollen.

»Autsch!«

Ich landete auf dem Hosenboden. Wenigstens nicht auf dem Kopf.

»Haben Sie sich wehgetan?« Rüdigers Frauchen reichte mir eine Hand mit perfekt manikürten Nägeln.

Ich rappelte mich allein auf.

»Geht schon«, murmelte ich und überlegte, ob ich mich beim ADAC als Crashtest-Dummy bewerben sollte. Die Voraussetzungen brachte ich mit. »Aber so ein Vieh müssen Sie an der Leine halten.«

»Hab's versucht. Er hat sich losgerissen, als er die Brötchen gerochen hat, und ist quer durch den Wald gestürmt. Die Leine muss er irgendwo verloren haben.« Sie sah an sich herunter und deutete auf die schlammbespritzten Pumps. »Eigentlich wollte ich Rüdiger nur ein wenig spazieren führen und keinen Geländelauf machen. Aber mein Dicker hat eben seinen eigenen Kopf.«

»Kann man so sagen.«

Während wir freundliche Konversation betrieben, bezwang ich langsam meine Angst und musterte sie unauffällig.

Irgendwas stimmte nicht.

Klar, sie wirkte immer noch wie eine toughe Geschäftsfrau, aber darunter war etwas anderes verborgen. Die Augen zum Beispiel. Dieser helle klare Blick passte besser auf einen von Wacholdersträuchern eingerahmten Hügel in der Lüneburger Heide als in einen Straßenzug mit Hochhäusern.

Und die Hände. Trotz aller feinen Pflege wirkten sie zupackend.

Na, und mal ehrlich. Als Hund hätte ein Chihuahua zum perfekten Bild einer Großstädterin gepasst. Getragen in einer Tasche von Coco Chanel. Oder ein Pekinese.

Kein Kalb jedenfalls.

»Rüdiger ist eine reinrassige dänische Dogge«, erklärte sie jetzt, als hätte sie einen Teil meiner Gedanken erraten. »Als Welpe war er so süß. Ich habe zwar gewusst, dass er recht groß werden konnte, aber ich habe einfach nicht widerstehen können.« Sie lächelte leicht und war mir auf einmal fast sympathisch. Nett, dieses Lächeln.

»Recht groß ist die Untertreibung des Jahres«, erwiderte ich.

Das Lächeln wurde breiter, beinahe fröhlich.

»Ist Rüdiger ein typischer Name für eine Dogge?« Mir ging das Bild vom Ehemann-bei-Fuß noch nicht aus dem Kopf.

Sie winkte ab. »Ach was, der Hund hat mich nur an jemanden erinnert.«

Fand ich mysteriös, die Antwort, hakte aber nicht weiter nach. Ging mich schließlich nichts an.

»Und weil er Auslauf braucht, kommen Sie manchmal aus New York rübergejettet?«

»Wie bitte?«

»Vergessen Sie's.«

»Ich bin aus Hamburg.«

Ganz daneben hatte ich also nicht gelegen.

»Irene Wedekind.« Wieder streckte sie die Hand aus.

Diesmal ergriff ich sie. Sehr kräftiger Händedruck. Passte nicht zu ihrem Styling. Wie erwartet.

»Nele Lüttjens.«

Rüdiger stellte sich nicht vor. Hatte sein Frauchen ja schon für ihn übernommen. Er trottete jetzt zur leeren Brötchentüte, schnupperte daran und fraß sie. Das Einkaufsnetz von Oma Grete auch.

»Das überlebt der nicht«, sagte ich.

Irene zuckte mit den Schultern. »Wenn Sie wüssten, was der schon so alles gefressen hat. Letztes Weihnachten war's ein ganzer Christstollen. Samt Verpackung. Die unverdaulichen Teile kotzt er wieder aus.«

Ihre Ausdrucksweise war auch nicht gerade stadtfein.

»Aber er kennt meine Oma nicht. Dieses Einkaufsnetz hat sie 1946 von ihrem allerersten eigenen Eiergeld gekauft. Sie hängt dran.«

»Oh.«

Irene ging auf Rüdiger zu. »Komm schon, spuck's wieder aus, Dicker.«

Mein Blick fiel auf ihren Schatten, und ich hätte sie brennend gern gefragt, warum sie mich seit mindestens einer Woche verfolgte. Und Rüdigers Schatten hatte dabei übrigens gefehlt. Wäre nicht zu übersehen gewesen.

Obwohl – wenn ich es recht überlegte, hatte ich vorhin

das Gefühl gehabt, da wären zwei Schatten gewesen. Aber ich war zu schnell ins Haus gelaufen, um mir sicher sein zu können. Hatte wohl geglaubt, inzwischen sogar doppelt zu sehen.

Meine zweite Frage beantwortete sie jetzt wie von selbst.

»Er ist noch nicht wieder ganz bei Sinnen, müssen Sie wissen. Ich habe ihn erst heute aus der Lüneburger Tierklinik wieder abgeholt.«

»Was hat er denn angestellt? Ein komplettes Schwein gefressen?«

Irene lächelte schon wieder so nett. »Rüdiger mag eigentlich nur süße Sachen.«

»Marzipanschwein«, murmelte ich.

»Wie bitte?«

»Ach, nichts.«

»Also, er hatte an sieben Zähnen Karies. An drei verschiedenen Tagen wurde er mit Vollnarkose behandelt, immer mit einem Tag Pause dazwischen.«

Karies. Was auch sonst?

»Und in der Lüneburger Klinik arbeitet eine alte Freundin von mir. Da ist es ein wenig günstiger gewesen als in Hamburg.«

Nach Geldsorgen sah mir Irene eigentlich nicht aus. Kurz betrachtete ich die Cartier-Uhr an ihrem Handgelenk. Ein älteres Modell als meines. Ich trug meine Uhr nicht mehr, seit ich wieder auf dem Lüttjenshof lebte. So ein edles Teil passte nicht aufs platte Land.

Rüdiger hatte im Augenblick keine Lust, den bulimischen Riesenhund zu geben. Er schaute uns aus seinen Kalbsaugen an und wirkte ausgesprochen zufrieden. Und satt. Arme Grete.

31

»Ich weiß echt nicht, wie ich das meiner Oma beibringen soll«, sagte ich.

Irene sah aus, als sei ihr plötzlich eine Idee gekommen. Vielleicht tat sie auch nur so.

»Ich komme mit und entschuldige mich bei Ihrer Großmutter. In Rüdigers Namen.«

»Äh…«

»Sie sind doch von diesem Ferienhof, richtig? Haben Sie ein Zimmer frei? Rüdiger müsste sich noch ein paar Tage erholen, und ich habe sowieso noch Urlaub. In meinem Hotel in Lüneburg sind nur Hunde bis zu einer Größe von dreißig Zentimetern zugelassen.«

Da lag Rüdiger drüber.

Ich fühlte mich irgendwie überrannt, diesmal im übertragenen Sinne, von seinem Frauchen. Irgendetwas hatte Irene an sich, das mir nicht geheuer war.

»Eigentlich haben wir geschlossen.«

»Schade.«

Rüdiger kam zu mir und stupste mir mit seiner Riesenschnauze gegen die Schulter. Ich behielt das Gleichgewicht und grinste blöd. Mist. Er hatte mein Herz erobert.

»Für ein paar Tage geht das schon«, sagte ich, ohne nachzudenken.

Hätte ich wohl besser tun sollen. Nachdenken, meine ich.

4. Grete vs. Rüdiger

»Der ist aber bannig groß«, stellte Papa fest, als ich mit Irene und Rüdiger den Hof erreichte.

Gut beobachtet. Opas Fahrrad nahm sich zwischen dem Hund und mir geradezu mickrig aus.

»Guten Morgen«, sagte Irene freundlich.

Papa nickte knapp. »Moin.«

Mama kam aus dem Haus gelaufen, Grete folgte ihr flott auf dem Fuße, Marie ging langsamer. Im November war ihr Rheuma immer besonders fies zu ihr.

Alle starrten meine neuen Freunde an, vor allem den vierbeinigen.

Nur Grete blieb praktisch. »Wo sind die Brötchen?«

Wie zur Antwort gab Rüdiger einen würgenden Laut von sich und legte direkt vor Gretes Füßen eine schleimige Masse ab.

»Gütiger Gott!«, rief sie aus.

»Das ist dein Einkaufsnetz«, stellte Marie fest, und ich meinte, eine Spur von Schadenfreude aus ihrer Stimme herauszuhören.

»Es tut mir furchtbar leid …«, setzte Irene an, kam aber nicht weiter. Da hatte Grete schon Rüdigers linkes Ohr gepackt und zog es ordentlich lang. Hatte sie bei mir früher auch gemacht. Tat aasig weh. Armer Rüdiger.

»Du dummer, dummer Hund«, schimpfte sie.

Eigentlich ziemlich mutig, meine Oma.

Rüdiger hätte mit einem Happs ihren Arm verschlingen können. Tat er aber nicht.

Er winselte. Groß, aber feige.

»Olle Bangbüx«, knurrte Grete. Recht hatte sie.

Jetzt legte er sich sogar auf den Boden, wobei das Ohr noch ein Stück länger wurde, weil Grete sich nicht so schnell bücken konnte.

»Ach, bitte«, sagte Irene. »Lassen Sie Gnade walten.«

Grete warf ihr einen schnellen Blick zu. »Wer sind Sie überhaupt? Was wollen Sie von uns? Waren Sie schon mal hier?« Zig Jahre im Fremdenverkehr hatten ihren Charakter nicht nachdrücklich geprägt.

Irene wurde blass. Sie fürchtete wohl, dass Rüdiger für den Rest seines Lebens mit einem längeren und einem kürzeren Ohr entstellt sein würde.

»Frau Wedekind möchte für eine Woche ein Zimmer mieten«, sagte ich an ihrer Stelle.

Endlich schritt Papa ein und löste mit Gewalt Gretes Finger vom gequetschten Doggen-Ohr.

Mama, seit zwei Wochen wieder naturblond mit ein ganz klein wenig Weiß darin und genauso groß wie Irene, trat einen Schritt auf sie zu. »Wir haben geschlossen.«

Ich staunte über ihren unfreundlichen Ton. Sie kannte sich doch auch aus im Fremdenverkehr, und dank ihrer esoterischen Freunde in Hamburg übte sie sich seit geraumer Zeit im äußeren wie im inneren Frieden. Merkwürdig. Meiner Meinung nach wäre Irene ein netter ruhiger Gast gewesen, und Rüdiger hätte bei Ernie und Bert Platz

gefunden. Früher waren in dem Stall ja auch Kühe untergebracht gewesen.

Mama schien jedoch eine spontane Abneigung gegen die
Besucherin entwickelt zu haben. Hm. Musste ein Instinkt
sein, den ich zumindest ansatzweise teilte.

»Peace!«, wollte ich ihr zurufen, hielt aber meine
Klappe.

Selbst Rüdiger, der nun befreit aufsprang und sie mit
schräg gestelltem Kopf anhimmelte, erzielte keinerlei Wirkung. Sie drehte sich ohne ein weiteres Wort um und verschwand wieder im Haus.

»Nanu«, murmelte Papa. Nachdenklich kratzte er sich
am Haaransatz unter seiner Schirmmütze. Dann traf er
eine Entscheidung.

»Kommen Sie doch erst einmal rein und frühstücken
mit uns. Dann sehen wir weiter.«

»Brötchen gibt es aber keine«, sagte Grete und starrte
Rüdiger böse an. Der wedelte tapfer mit dem Schwanz.

Papa ließ sich nicht aus der Ruhe bringen. »Dann eben
Brot und Toast.«

»Sehr gern«, erwiderte Irene. »Herzlichen Dank für die
Einladung.«

»Diese Ausgeburt der Hölle bleibt draußen«, entschied
meine Oma und zeigte streng zu Boden. Rüdiger, der zum
Glück kein Grete-Deutsch verstand, aber die Geste richtig
interpretierte, legte sich zu ihrer Überraschung brav wieder hin.

Irene lobte ihn, Papa grinste, ich strich ihm kurz über
den breiten Schädel. Sogar Marie rang sich ein zaghaftes
Lächeln ab, blieb aber in sicherer Entfernung stehen. Einzig Grete war nicht bereit, die Sache mit dem Einkaufs-

35

netz so schnell zu verzeihen. Ihr strenger Blick wanderte so lange zwischen schleimiger Masse und Rüdiger hin und her, bis dieser den Kopf zwischen seine Pfoten steckte und so tat, als sei er unsichtbar.

Klasse! Ein unsichtbares zwei Meter langes Kalb im Staub des Lüttjenshofes.

Muss man gesehen haben.

Marie und ich gingen als Letzte hinein.

»Tut es weh?«, fragte sie leise und deutete auf meine Stirn.

Jetzt, da sie es sagte …

»Ja, das gibt bestimmt wieder eine dicke Beule.«

»Ich mache dir gleich einen Umschlag drauf.«

Liebe, liebe Marie.

»Mit essigsaurer Tonerde. Die hilft am besten.«

War ein gutes altes Rezept von Opa. Damit hatte er siebzig Jahre lang geschwollene Kuh- und Pferdebeine behandelt.

Lässig winkte ich ab. »Das hat auch bis nach dem Frühstück Zeit.« Mein kleines Abenteuer hatte mich hungrig gemacht, und von gewissen Bauernkuren hielt ich nicht so wahnsinnig viel.

In der Küche schwieg Heino, und alle anderen schwiegen auch. Grete goss Kaffee ein, Marie reichte Brotscheiben herum, Mama wechselte einen langen Blick mit Papa, Irene schaute stumm in ihre Tasse.

Komische Stimmung. Als wüssten mal wieder alle etwas. Alle außer mir. Wie ich das hasste! Mir verging der Appetit.

Irgendwo schrillte ein Telefon und rettete mich.

»Ist meins«, sagte ich und sprang auf. Im Flur lag mein

Blackberry und gab diesen altmodischen Klingelton von sich, den ich so liebte.

»Hallo, Paul«, flötete ich, nachdem ich seinen Namen auf dem Display gelesen hatte. Wie hatte er es bloß geschafft, mich genau im richtigen Augenblick anzurufen? Als würden meine seelischen Schwingungen in null Komma nix zu ihm nach Lüneburg sausen.

»Du ahnst nicht, was mir passiert ist – warte mal.«

Ich lauschte.

Nebenan herrschte noch immer das berühmte Lüttjens-Schweigen. Jedes Wort, das ich sagte, konnte gehört werden. Musste ja nicht sein.

Draußen lag Rüdiger auf der Lauer. Möglicherweise würde der ein Blackberry mit einer Tafel Schokolade verwechseln.

»Ich gehe mal eben rauf in mein Zimmer«, flüsterte ich verschwörerisch. »Da kann ich frei reden.«

Von Paul kam keine Antwort, oder ich hörte sie nicht, weil ich die Treppe hochlief.

»So«, sagte ich und ließ mich auf mein Bett fallen. »Jetzt sind wir allein. Also, hör zu, heute früh bin ich zum Bäcker geradelt, und auf dem Rückweg habe ich noch einen kleinen Abstecher in den Wald gemacht …« Die Gründe für den Ausflug verschwieg ich. Über meine klitzekleinen Zweifel an seiner Liebe im Besonderen und unserer Zukunft im Allgemeinen hätte er bestimmt nur gelacht. Während ich den unglaublichen Kalbshund beschrieb, stellte ich mir sein wunderbares großes Lachen vor, das ganz tief aus dem Bauch herauskam und bis in die Augenwinkel reichte.

Wann hatte ich es das letzte Mal gehört? Musste ziemlich lange her gewesen sein. Schade.

Und warum eigentlich?

Gab es für meinen Liebling etwa mit mir nichts mehr zu lachen?

Shit!

Da waren sie wieder, die Zweifel.

Schnell erzählte ich weiter. »Also habe ich Frau Wedekind ein Zimmer angeboten, aber Mama scheint was gegen sie zu haben. Dabei kennen sie sich gar nicht. Und Grete ist das Gegenteil von gastfreundlich. Jetzt sitzen sie alle in der Küche und …« Ich brach ab.

Mein Blick war zu der hässlichen Ikea-Uhr an der Wand gewandert. Nach dem Treffer mit einem Prosecco-Korken war sie mal vorübergehend stehen geblieben. Inzwischen lief sie wieder.

Schon nach neun. Irgendetwas wollte aus meinem Unterbewusstsein nach oben drängen.

Die Anwaltskanzlei Liebling & Meyer öffnete pünktlich um acht Uhr dreißig. Normalerweise führte Paul keine Privatgespräche während der Arbeitszeit. Da war er eher preußisch veranlagt.

Ich früher auch. Im Kiefers hatte ich als Erste Hausdame unter den Zimmermädchen für Zucht und Ordnung gesorgt. Seit ich wieder auf dem Lüttjenshof lebte, entwickelte ich in manchen Dingen eine eher mediterrane Einstellung. Anrufe zu den unmöglichsten Zeiten bei Paul gehörten dazu.

»Bis du noch gar nicht in der Kanzlei?«, tastete ich mich vor. Da war etwas, das mir entfallen war. Bloß was?

Nur eines wusste ich mit Sicherheit: Hätte er schon hinter seinem Schreibtisch gesessen, hätte Paul mich jetzt nicht angerufen. Sein Partner Horst Meyer, meiner Meinung nach ein nicht so angenehmer Zeitgenosse, hätte bestimmt was dagegen gehabt. Dieser Meyer war zwar weder Pauls Vater noch sein Chef, aber seine Fälle brachten das meiste Geld ein, und deswegen plusterte er sich gern auf.

»Nele …«

»Na, ich freue mich jedenfalls, dass du anrufst. Ich weiß echt nicht, was die alle haben, und …«

»Nele!«

Mein Unterbewusstsein führte einen Befreiungsschlag aus und traf mit seiner eigenen Logik die Beule an meiner Stirn.

»Aua!«

»Nele?«

Nicht besonders gesprächig, mein Liebling. Nun, das war auch nicht mehr nötig.

»Es tut mir so leid, Paul! Ich habe das total vergessen. Du weißt doch, gestern hatten wir noch den Abreisetag, und heute früh musste mich Grete unbedingt zum Bäcker schicken. Dann der kleine Umweg und …« Ich brach schon wieder ab. Hatte ich ja gerade alles erzählt.

Blöd nur, dass ich um diese Zeit eigentlich längst in Lüneburg sein sollte. Zusammen mit Paul. In einem Möbelhaus. Einem deutschen übrigens, keinem schwedischen. Wir wollten uns Einbauküchen ansehen. Noch nicht aussuchen, nein, denn wir kannten ja noch nicht die genauen Maße unserer zukünftigen Küche, ebenso wenig wie die des übrigen Hauses; aber die Angebote, die ich in der Landeszeitung gelesen hatte, klangen so toll, dass ich Paul überredet hatte, dort mal hinzufahren. An einem Montagmorgen, an dem er normalerweise arbeiten musste.

Er hatte sich extra freigenommen.

Für mich.

39

Für uns.

»Pass auf«, sagte ich. »Ich fahre jetzt sofort los und bin in einer guten halben Stunde da, okay?«

Paul schwieg.

»Vielleicht schaffe ich es auch schneller.«

Er schwieg immer noch.

»Der Berufsverkehr ist ja jetzt vorbei. Du wirst sehen, ich bin ruckzuck da.«

Endlich redete er wieder mit mir. »Ist nicht so wichtig. Ich melde mich wieder.«

Ein längeres Schweigen wäre mir glatt lieber gewesen.

»Aber Paul …«

»Um zehn muss ich im Gericht sein.«

Ach so.

Hätte er auch netter sagen können. Zum Beispiel: »Das macht doch nichts, mein Schatz. Wir holen das nach. Ich liebe dich.« So was in der Art.

Diesen kühlen Anwaltstonfall dagegen konnte ich echt nicht gut ab.

»Ciao«, sagte ich alles andere als warmherzig.

Ich drückte das Gespräch weg, bevor er es tun konnte, und blieb, wo ich war. Lang hingestreckt auf meinem Bett. Wie gestrandet. Fühlte mich auch gerade so.

Meine Augen erhielten von mir den Befehl, trocken zu bleiben. Klappte ganz gut.

Ich dachte an all die schönen Küchen. Edelstahl, helles Holz, dunkles Holz, weiß lackiert …

Seufz!

Opa Hermann hätte gesagt, ich wolle das Pferd beim Schwanz aufzäumen. »Erst die Küche, dann das Haus? Dumm Tüch!«

Ich konnte ihn förmlich hören, als stünde er in meinem alten Mädchenzimmer mit erhobenem Zeigefinger unter dem Take-That-Poster.

War ein kluger Mann gewesen, mein Opa.

»Und was ist eigentlich mit heiraten?«, fuhr er fort. »Wollt ihr etwa ohne Trauschein zusammenleben? Aber nicht auf meinem Grund und Boden!«

»Ist gar nicht mehr deiner. Den hast du mir vererbt. Jedenfalls die Hälfte.«

Ich war vielleicht nicht ganz klar im Kopf, und meine Beule tat auch weh, aber ich wusste genau, was mir gehörte.

»Wirst du mir wohl keine Widerworte geben, du ungezogenes Gör!«

»Aber heutzutage muss man keinen Trauschein haben, um glücklich zu werden.«

Das gab ihm zu denken. Schließlich war er mit Grete verheiratet gewesen, wäre aber mit Marie sicherlich glücklicher geworden. Nur war sie leider erst später auf seinem Hof aufgetaucht, als sie vor den Hamburger Bombennächten geflüchtet war und bei ihrer älteren Schwester Schutz suchte. Da hatte sich Grete den Bauern schon geschnappt und gab ihn nicht mehr her. Nur leihweise sozusagen, und auch nicht freiwillig.

Ein geheimer Ehebruch mochte ja auch in den besten Familien in der Lüneburger Heide vorkommen. Aber eine Scheidung? Nein, nicht zu jener Zeit. Da hatten die Leute sowieso Wichtigeres zu tun. Überleben, zum Beispiel, und das frisch geschlachtete Schwein vor den hungrigen Städtern auf Hamstertour verstecken.

Der erhobene Zeigefinger sank ein Stück herab. Allerdings war Opa noch nie ein Mann gewesen, der so leicht aufgab. »Wenn der junge Mann dich liebt, dann bittet er dich, seine Frau zu werden.«

Schon einleuchtend.

Wie würde ich dann heißen? Vielleicht Nele Lüttjens-Liebling? Nele Liebling-Lüttjens? Angenommen, ich hätte damals Karl geheiratet – dann wäre auch eine Nele Lüttjens-Küpper-Liebling in Frage gekommen.

Oh Gott.

Ich nahm mir vor, nicht meine möglichen zukünftigen Unterschriften zu üben, und konzentrierte mich auf Opa.

»Wir kennen uns noch gar nicht so lange. Es ist ein bisschen früh für einen Heiratsantrag.«

Mein Herz war komplett anderer Meinung, aber das wurde gerade nicht gefragt.

»Erst die Hochzeit, dann das Haus.«

Gleich würde er wieder den Spruch mit dem Pferd und dem Schwanz bringen.

Ich wartete nur darauf.

Aber da war ich längst eingeschlafen.

5. Schnaps ist auch keine Lösung

Als ich erwachte, erfüllte frühe Novemberdunkelheit mein Zimmer. Ich streckte mich und stellte fest, dass ich deprimiert war.

Warum eigentlich? Opa war nicht mehr da. Logo. Er war nie da gewesen. Ob ich jemandem erzählen sollte, dass er mir erschienen war?

Bloß nicht.

Oma Grete hatte ja heute früh schon behauptet, sein Geist suche mich heim. Ihren triumphierenden Gesichtsausdruck konnte ich mir lebhaft vorstellen.

Meine Stimmung wurde noch ein bisschen schlechter. Endlich erkannte ich den Grund. Er war klein und quadratisch und lag unter meinem Bauch. Und er war den ganzen Tag lang stumm geblieben. Trotzdem fischte ich mein Blackberry hervor und ließ mir vom Display bestätigen, dass Paul nicht angerufen hatte. Gute zehn Stunden nicht. Hatte auch keine SMS geschickt.

Blödmann!

Aber ich liebte ihn, und ich würde ihn jetzt gleich anrufen und … Von wegen!

Mit leerem Magen sollte man keine wichtigen Entscheidungen treffen, fand ich. Und mein Magen war gähnend leer. Also erst mal nach unten gehen, schauen, was es Leckeres zum Abendessen gibt, und im Kreise meiner Lieben neuen Mut fassen.

Klang gut. Das Blackberry ließ ich liegen.

Die Versuchung war doch verflixt groß. Lieber einen Sicherheitsabstand einlegen.

Unten in der großen Diele schlug mir der Duft nach Grünkohl mit Bregenwurst entgegen. Köstlich! Genau das, was ich brauchte.

Stimmengemurmel hörte ich auch. Keine Heino-Schlager. Wie angenehm. Ich stieß die Tür auf und entdeckte als Erstes Irene Wedekind. Die hatte ich ganz vergessen. Sie saß auf der Eckbank, fest eingeklemmt zwischen Grete und Mama.

»Heidi, nun lass Frau Wedekind doch ein bisschen Platz«, mahnte Papa gerade, und zu mir: »Hallo, Spatz. Hast du Hunger? Du kommst gerade richtig.« Er klopfte auf den freien Stuhl neben sich.

Marie saß ganz allein auf der anderen Seite der Eckbank und schaute sehnsuchtsvoll zum Kassettenrekorder. Auf ihrem Teller verloren sich zwei Löffel Grünkohl, eine Salzkartoffel und eine halbe Wurst. Irene hatte schätzungsweise die zehnfache Menge vor sich. Fand ich gar nicht ladylike, sich so viel aufzutun. Am Ende blieb für mich nicht genug übrig.

Oma Grete packte mit der großen Fleischgabel ein Kasselerkotelett und knallte es ganz oben auf Irenes Essensberg.

»Das gehört auch noch dazu.«

Ach so. Die Arme. Umzingelt von Grünkohl, Grete und Mama.

Ein Quadratschädel schob sich durchs Küchenfenster

herein und schnupperte an Frauchens Teller. Kurz zeichnete sich Hoffnung auf Irenes Gesicht ab. Sie hätte ihren Rüdiger besser kennen sollen. Der machte sich nichts aus herzhafter Nahrung.

Grete knallte das Fenster zu.

Rüdiger überlebte knapp.

»Guten Appetit!«, donnerte Papa in die Runde, was so viel heißen sollte wie: »Schluss mit den Sperenzchen, jetzt wird gegessen.«

Wenigstens ein vernünftiger Mensch am Tisch! Ich langte zu und fand zum Glück in den großen dampfenden Schüsseln noch genügend Grünkohl, Kartoffeln, Wurst und Kasseler. Ja, das auch. Seit ich wieder in der Heide lebte, wurde ich mindestens dreimal am Tag von Heißhungerattacken überfallen. Inzwischen war ich nicht mehr ganz so mager und hohlwangig wie bei meiner Ankunft. Fettes Schweinefleisch war eben nahrhafter als mageres Sushi.

»Brav«, lobte Papa.

»Wirst bald dick und fett werden«, meinte Grete.

»Nele wird immer schlank bleiben«, protestierte Marie leise. »Das liegt ihr im Blut.«

»Pfft!«, machte Grete, schoss einen bösen Blick auf Marie ab, musterte mich abfällig und schob Irene den Teller so dicht vors Gesicht, dass ihre Nasenspitze das Kotelett berührte. Alles fast gleichzeitig. Alte Damen verstehen auch was von Multitasking. »Was weißt du schon über Neles Blut?«, giftete sie ihre Schwester an. »Sie ist ein Findelkind. Schätze, sie stammt von Zigeunern ab, dunkel, wie sie ist.«

»Du weißt genauso wenig über sie«, gab Marie leise, aber fest zurück.

45

»Man sagt heutzutage Sinti und Roma«, warf Mama ein und lächelte mir liebevoll zu. Sollte so viel heißen wie: Mir egal, wenn du von einem Planwagen gefallen bist. Du bist meine Tochter, und ich liebe dich.

Ich sie auch!

Hm. Fahrendes Volk. Klang romantisch.

Die Unterhaltung geriet ins Stocken. Ich spürte, wie Irene mich ansah. Lange und gründlich. Und es schien mir, dass sie etwas wusste, was allen anderen verborgen blieb. Mir auch. Schnell widmete ich mich meinem Grünkohl.

Papa schaufelte Essen in sich hinein und war vor allen anderen fertig. Sogar vor mir. Dann fragte er Irene ausgesprochen höflich, ob sie noch Hunger habe.

»Danke, nein«, erwiderte sie artig. Eingeklemmt, wie sie war, hatte sie sowieso kaum die Ellenbogen heben können.

Er nahm ihren Teller weg und stellte ihn schwungvoll hinter sich auf den halbhohen Küchenschrank.

»Unsere Gäste werden nicht wie Vieh gemästet«, verkündete er. Geschickt fing er eine ins Rutschen geratene Wurst auf und verschlang sie mit zwei Bissen.

In Gretes Augen funkelte es verräterisch, so, als wäre sie erst jetzt auf eine prima Idee gekommen.

»Ja«, sagte Papa, als er meinen fragenden Blick auffing. »Frau Wedekind ist unser Gast. Sie bleibt für eine Woche auf dem Hof. Freust du dich?«

»Äh … klar.« Ich freute mich tatsächlich. Nur war mir ihre Anwesenheit nach wie vor nicht ganz geheuer. Außerdem sollte ich mich dringend um mein eigenes Leben kümmern, fand ich. Wo war das eigentlich abgeblieben?

Wieso fühlte sich ein Zusammensein mit meiner Sippe ständig an wie die Umklammerung einer Riesenkrake?

»Pfft«, machte ich jetzt auch. Frische Luft wäre gut gewesen. Hatte plötzlich so ein störendes Klingeln in den Ohren. Ich überlegte, Rüdiger einen Besuch abzustatten.

»Irgendwo läutet unser Telefon«, bemerkte Marie.

»Dumme alte Frau«, brummte Grete. »So hat sich unser Apparat zuletzt vor fünfzehn Jahren angehört.«

»Der alte grüne«, erklärte Mama.

Es klingelte weiter. Oben, auf meinem Bett.

Ha!

Falls Paul dachte, ich würde nach einem ganzen Tag des Schweigens sofort angelaufen kommen, wenn er sich endlich meldete, dann täuschte er sich gewaltig. Ich nicht! Spontan fiel mir was Besseres als frische Luft ein.

»Ich könnte einen Schnaps zur Verdauung gebrauchen«, sagte ich zu Papa. Und um zu vergessen, dass Paul nicht hier bei mir war und mit seinem großen Lachen unseren kleinen Streit bereinigte.

Papa nickte und holte die Flasche Köm unten aus dem Küchenschrank hervor. Wieder ohne aufzustehen. Papa war sehr groß und sehr gelenkig.

Die Gläser holte ich und lauschte dabei unauffällig in Richtung Blackberry. Es war verstummt. Gut so.

»Ich weiß nicht recht«, murmelte Irene, als ein volles Schnapsglas vor ihr stand.

Kluge Frau, hatte ja so gut wie nichts gegessen.

»Wir bestehen darauf!« Grete hob ihr Glas. »Auf einen schönen Urlaub.« Ihre Augen funkelten wieder. »Und auf die Freundschaft. Bei uns ist es üblich, dass wir uns mit unseren Gästen duzen.«

47

Ach ja? War mir neu.

Tapfer kippte Irene ihren Köm und bot Grete das Du an.

»Musst du mit den anderen aber auch machen. Ist ein alter Brauch.«

Irene wurde blass. Fünf anwesende Familienmitglieder, fünf volle Schnapsgläser.

Von dem alten Brauch hatte ich auch noch nie was gehört. Ob sie es schon bereute, mir zufällig über den Weg gelaufen zu sein? Oder absichtlich? Hatte sie mir eigentlich schon erklärt, warum ihr Schatten durch Nordergellersen gehuscht war, während Rüdiger in Lüneburg Höllenqualen litt?

Nee.

Ich kippte einen Köm auch ohne Duzfreundschaft.

Irene war gerade mit Mama beschäftigt, die behauptete, mit ihr müsse sie zweimal trinken. Denn sie heiße nicht nur Heidi, sondern auch Bodhi. Das sei ihr buddhistischer Name und bedeute Erwachen. »Und mein Mann, der Olaf, der hat noch zwei weitere Vornamen. Nämlich Hermann und Heinrich nach seinem Vater und seinem Großvater.«

»Oh.«

Papa lachte. »Nur keine Panik, Frau Wedekind.« Er war noch beim Sie. »Die Damen meinen nicht, was sie sagen.«

Meinten sie wohl!

Heidi trank, Irene trank.

Bodhi trank, Irene trank.

Sie hätte sich ja auch weigern können. Eine erwachsene Frau musste sich nicht freiwillig abfüllen lassen. Of-

fensichtlich lag ihr viel an der Verbrüderung mit uns Lüttjens'.

Weil sie mir ein bisschen leidtat – und ich mir selbst
auch –, hielt ich mit ihrem Kömkonsum fleißig Schritt.

Nach einiger Zeit des Schluckens meinte Papa: »Irene,
erzähl mal, warum du deinen Hund Rüdiger genannt
hast.«

Wäre jetzt nicht die erste Frage gewesen, die mir auf der
Zunge lag.

Irene hickste und grinste. Mannomann! Die war gleich
hin.

»So hieß meine erste große Liebe. Rüdiger Wolters.
Er kam aus …« Ein weiterer Hickser verhinderte nähere
Ortsangaben.

Grete, Marie und Mama wirkten enttäuscht.

Irene fing sich wieder. »Mein Rüdiger damals hatte auch
so schöne braune Augen.«

Wow! Ein Mann mit Kalbsaugen.

»Ich war fünfzehn und er sechzehn. Wir haben uns sehr
geliebt, aber dann …«

Hicks. Wieder keine vernünftige Info, schien Mamas
Blick zu sagen.

»Na ja, dann haben wir uns aus den Augen verloren. Mir
war … äh … was dazwischengekommen.«

Während der letzten zwei Silben sackte sie in sich zusammen und knallte mit der Stirn auf die Tischplatte.

Prima. War ich nicht mehr die Einzige mit einer Beule.

Ihr Grünkohlteller stand ja nicht mehr vor ihr. Sonst
wäre sie wenigstens weich gelandet.

»Huch!«, rief Marie aus.

»Kann nix vertragen«, meinte Grete.

Papa stand auf und wies Mama an, Platz zu machen. »Ihr solltet euch was schämen. So geht man nicht mit Gästen um.«

Sanft nahm er Irene auf den Arm.

»Nele, geh mal voran und mach die Türen auf. Ich habe ihr das große Gästezimmer nach vorn raus gegeben.«

Schwankend folgte ich seinem Befehl.

Hinter dem alten Garderobenständer lugte Opa hervor. Er sah ein wenig angestaubt aus, fand ich, aber das mochte auch an den Hüten auf der Ablage liegen, die seit zwei oder drei Jahrzehnten niemand mehr trug.

Ja, angestaubt. Oder aschig.

»Wasch mascht du denn schon wieda hia?«, nuschelte ich.

Opa schwieg.

»Nele, mach hinne!«, sagte Papa. »Die Dame ist nicht besonders leicht.«

Ich beeilte mich so gut ich konnte. Auf dem Rückweg war Opa nicht mehr da. Asche zu Asche, Staub zu Staub.

Hm. Zeit fürs Bett.

Papa zeigte auch schon mit dem Finger nach oben. »Schaffst du es alleine?«

»Logo.«

»Gut. Ich kümmere mich um Rüdiger.«

»Wen?«

»Geh einfach schlafen, Spatz.«

Na gut. Ich ging doch lieber erst unter die kalte Dusche. Nachdem ich ungefähr zehn Minuten dort im Stehen geschlafen hatte, fühlte ich mich fit genug, um alle Nachrichten und verpassten Anrufe auf meinem Blackberry zu checken. Keine Nachricht. Nur ein Anruf. Der von vor-

50

hin, den Großtante Marie zuerst gehört hatte. Von Jan. Nicht von Paul.

Ich war jetzt richtig froh, besoffen zu sein. Schnaps ist in größeren Lebenskrisen keine Lösung. Das weiß ich auch.

Aber manchmal ungeheuer hilfreich.

Ich schlief jedenfalls fest ein.

6. Jan im Glück

»Kopfweh«, stöhnte ich ins Blackberry.

»Mein armer Schatz, soll ich dir die Schläfen massieren?«, erkundigte sich mitfühlend mein Liebling.

»Hm, das wäre wundervoll.«

»Mensch, Kröte, hast du was an den Ohren?«

Es war Jan. Nicht Paul. Nur mein Bruder nannte mich Kröte.

»Oder bist du mal wieder irgendwo gegen gerannt?«

»Ja, gegen Opas Fahrradlenker. Was hast du eben gesagt?«

»Bin weg von der Schanze. Das musste ja passieren.«

»Was?«

Ich setzte mich im Bett auf, was nicht so einfach war. Der Köm von gestern bohrte ein halbes Dutzend Pfeile durch mein Gehirn, und auf meiner Seele saß ein dicker Stein. Groß wie der Findling an Opas Urnengrab. Dafür merkte ich nichts mehr von der Beule. Immerhin. Man sollte das halb volle Glas sehen, nicht das halb leere.

Hm.

An Gläser mit klarer Flüssigkeit sollte man unter gewissen Umständen auch nicht denken. Ich starrte fest auf den jungen Robbie Williams. Der hatte es auch früher schon geschafft, mich vom Würgreiz abzulenken.

»Bist du endlich wach?«

»Ja doch.«

»Hast du getrunken?«

»Ein bisschen.«

»Ist dir schlecht?«

Help, Robbie!

»Nee.«

Ich riss mich ganz gewaltig zusammen. Mein kleiner Bruder hatte mir etwas Wichtiges mitzuteilen.

»Erzähl mir alles. Was soll das heißen, du bist weg von der Schanze?«

Jan war Friseur, und zwar ein hervorragender. Seit Jahren arbeitete er in einem Salon im Hamburger Schanzenviertel, und bis vor zwei Monaten war er in seinen Chef Eike verliebt gewesen, vorwiegend unglücklich. Dieser Eike war nämlich verheiratet und lebte seine wahre sexuelle Neigung nur im Geheimen aus. Und nicht immer nur mit Jan. Mein Bruder war lange Zeit nicht viel besser dran gewesen als ich, die ich dreizehneinhalb Jahre lang meiner Jugendliebe nachgeweint hatte. Der Gesprächsstoff ging uns in jener Zeit jedenfalls nie aus.

Aber endlich kehrten die Störche in unser Nest der Lüttjens' zurück; Hans-Dieter trat in Jans Leben, Paul in meins.

Ach Gott, die Störche. Wieso dachte ich auf einmal an Cindy und Bert? Musste am Restalkohol liegen.

Und so lebten sie glücklich bis an ihr Ende. Jan und Hans-Dieter, Nele und Paul. Oder auch nicht. Jedenfalls nicht alle.

Ich rutschte wieder ein bisschen tiefer in die Kissen.

»Ist es eine lange Geschichte?«, fragte ich. Konnte sein, dass mein Liebling gerade versuchte, mich anzurufen.

»Du wirst ja wohl mal fünf Minuten für mich übrig haben!«

»Klar doch. Sorry.«

Aus den fünf Minuten wurden gute zwanzig. Ich wagte nicht zu protestieren. Jan sprach lange vom Leben in der Großstadt und davon, wie ungesund das auf Dauer sei. War gar nicht seine Art, so um den heißen Brei herumzureden. Eben gerade war er doch auch mit einer echten Hammernachricht herausgeplatzt.

Der dicke schwarze Zeiger der Ikea-Uhr rückte gnadenlos weiter. Leise Panik überfiel mich. Was musste Paul denken, wenn bei mir eine Ewigkeit lang besetzt war? Dann fiel mir die Anklopffunktion ein, und ich entspannte mich wieder. Sobald der Signalton erklang, würde ich Jan auf später vertrösten. Der war mittlerweile bei der Feinstaubbelastung angekommen.

»Und wegen unserer guten Luft in der Lüneburger Heide willst du dein Leben in der Stadt aufgeben?«, erkundigte ich mich.

»Na ja, auch.«

Langsam verlor ich die Geduld. »Jan, nu ist mal gut. Raus mit der Sprache.«

Und so erfuhr ich endlich, dass mein Bruder bereits vor zwei Wochen den Job im Salon gekündigt hatte und dabei war, seine kleine Wohnung aufzulösen.

»Wow!«

»Ziemlich verrückt, was?«

Ich entschied mich gegen einen Kommentar. Jan mochte seit Jahren ein interessantes und nicht so streng konservatives Großstadtleben führen, aber tief in seinem Innern war er der Junge vom Land geblieben.

»Was hätte Opa Hermann wohl dazu gesagt?«, wollte er von mir wissen.

Kann ihn ja fragen, wenn er mir das nächste Mal erscheint, überlegte ich, schwieg aber weiter. Opas Meinung kannte ich sowieso: Der Dösbaddel hätte von Anfang an in der Heide bleiben, eine hübsche Deern heiraten und Nachkommen zeugen sollen, damit er sich erstens diesen Tüdelkram mit den Jungs abgewöhnte und zweitens dafür sorgte, dass Name und Familie nicht ausstarben.

»Und Oma Grete wird bestimmt schimpfen, weil ich eine sichere Stelle aufgebe.«

Ach ja, Grete. Deren Arm reichte ziemlich weit. Über die Meinung unserer Eltern machte sich Jan weniger Gedanken. Die hatten schon vor einer Weile begriffen, dass wir erwachsen waren.

Grete nicht so sehr.

»No Stress, Bruderherz. Oma ist viel zu sehr damit beschäftigt, mich zu triezen.«

Ich dachte einen Moment nach. »Und warum hast du vorhin gesagt, das musste passieren?«

Jan druckste herum. »Wegen Eike und Hans-Dieter«, platzte er dann heraus.

Mir blieb fast das Herz stehen.

»Eike und Hans-Dieter? Bitte sag mir, es ist nicht das, was ich denke.«

Ein kurzer Moment der Stille entstand, und ich hatte Zeit genug, mir die schlimmsten Dinge auszumalen.

Echt fies.

Plötzlich erklang ein vergnügtes Kichern. »Du hast sie ja nicht mehr alle, Kröte! Hans-Dieter ist meine große Liebe, der würde mich niemals mit Eike betrügen.«

Hätte er sich ja gleich deutlicher ausdrücken können.

»Aber Eike ist furchtbar eifersüchtig. Du ahnst nicht, was der mir schon für Szenen gemacht hat. Sogar vor den Kunden!«

Der spießige Eike, der sein Doppelleben immer schön geheim hielt?

Nee, ne? So genau wollte ich es auch nicht wissen.

»Schon komisch«, sagte Jan. »All die Jahre hat er sich niemals zu uns bekannt, und nun, wo ich wegwill, da behauptet der Mann plötzlich, er könne ohne mich nicht leben.«

Gar nicht komisch, dachte ich. Wir Menschen sind so. Egal, welche Neigung wir haben. Wenn wir etwas verlieren, was wir für selbstverständlich halten, drehen wir gerne mal durch.

Psychologische Betrachtung der Menschheit am frühen Morgen? Lieber doch nicht.

»Aber du hast dich nicht kleinkriegen lassen.«

»Bin ich blöd?«

»Kein Stück.«

»Eben. Heute Nachmittag übergebe ich meine Wohnung an den Nachmieter.«

Deswegen war er an einem Montag, dem Friseur-Feiertag, in Hamburg gewesen. Um auszuräumen. Ich hatte mich schon gewundert.

»Also kommst du wieder nach Hause?«

Der Gedanke gefiel mir. Ich liebte meinen Bruder und hatte ihn gern um mich.

»Nur vorübergehend. Hans-Dieter und ich haben eine Wohnung in Lüneburg angemietet. Die wird zum ersten Dezember frei.«

»Oh – wunderbar.«

Ganz schön schnell, die beiden, dachte ich bei mir. Paul und ich planten zwar ein gemeinsames Haus, aber vorerst wohnten wir nicht zusammen. Mal übernachtete er auf dem Lüttjenshof, mal blieb ich bei ihm.

Immerhin hätten wir fast eine Küche ausgesucht.

»Und hast du auch schon einen Job in Aussicht?«

Jetzt begann wieder die Herumdruckserei.

Ich lehnte mich zurück. Das konnte dauern.

»Der Hans-Dieter und ich, wir machen uns selbstständig.«

Na bitte, ging doch!

»Toll!«

Jan ratterte Zahlen herunter. Ich verstand einigermaßen, dass die beiden ihr Projekt gut kalkuliert hatten.

»Aber was genau wollt ihr machen?«

»Wir eröffnen einen Schönheitssalon für Herren.«

Gute Idee, dachte ich. Das gab's in Lüneburg wahrscheinlich noch nicht.

»Du weißt ja, dass Hans-Dieter im Nebenjob Kosmetikberater ist?«

Nee, war mir neu. Aber warum sollte jemand nicht sowohl Landmaschinen als auch Feuchtigkeit spendende Nachtcremes verkaufen?

»Und da haben wir eben gedacht, wir legen unsere Talente zusammen.«

Auf einmal merkte ich, wie glücklich die Stimme meines Bruders klang. So richtig, richtig glücklich.

Ich freute mich!

»Ach Jan, das ist so wunderbar! Und ihr zwei, ihr schafft das schon! Hundertpro!«

Eine Weile sonnte er sich in meinen Lobeshymnen, dann unterbrach er mich. »Weitere Einzelheiten gibt es heute Abend, wenn ich zu Hause bin. Und jetzt erzählst du mir mal, warum du dich schon wieder besaufen musstest.«

Mist.

Hatte gedacht, ich käme drum herum. War mir im Nachhinein ein bisschen peinlich, dieses Köm-Gelage. Andererseits, ich sprach mit meinem Bruder, der auch mein bester Freund war. Also los. Von Anfang an. Die Schatten, die Brötchen, die Jäger, der Kalbshund, die Hamburgerin, das ausgespuckte Einkaufsnetz…

Jan bekam einen Lachanfall, den ich auch ohne Handyverbindung gehört hätte.

»Nun krieg dich mal wieder ein.«

»Entschuldigung«, prustete er. »Mir kommt da was bekannt vor, aber was bloß?«

Weiter. Die Besucherin auf unserem Hof, der Grünkohlberg, die vielen Schnapsgläser, die Duzfreundschaft…

»Aufhören!«, flehte Jan. »Die Dame musste mit Heidi und Bodhi Brüderschaft trinken? Und mit Olaf, Hermann und Heinrich? Bitte sag…« Mehr ging nicht. Er brach vor Lachen erst mal zusammen. Es hörte sich jedenfalls an, als würde er in seiner leergeräumten Wohnung hilflos auf dem Boden herumkugeln.

»Nele«, japste er irgendwann. Ich war schon fast wieder eingeschlafen. »Wie hast du gesagt, heißt die Frau aus Hamburg?«

Hatte ich noch gar nicht. »Irene Wedekind.«

Das Prusten, Japsen und Kugeln hörte schlagartig auf. »Aus Hamburg? *Die* Irene Wedekind?«

»Äh...?«

»Ich fasse es nicht.«

»Was denn?«

»Wenn ich das im Salon erzähle! Irene Wedekind auf dem Lüttjenshof. Das glaubt mir keiner! Beim Grünkohlessen! Und sturzbetrunken! Ach, Mist. Ich gehe ja gar nicht mehr in den Salon. Aber dann muss ich unbedingt ein paar Leute anrufen.«

»Jan, wovon zum Teufel redest du?«

»Fluchen ist unfein, Nele. Vor allem, wenn diese Dame in der Nähe ist.«

Ich zuckte mit den Schultern, was er nicht sehen konnte. »Die schläft bestimmt noch. Ist ja nicht geweckt worden. So wie ich.«

Jan überging elegant den leisen Vorwurf. »Und du weißt wirklich nicht, wer das ist?«

»Woher sollte ich?«

»Aber die kennt doch jeder!«

»Ich nicht.« Hatte ja auch die letzten dreizehneinhalb Jahre in München gelebt.

»Also, verfolgt hat die dich bestimmt nicht.«

»Ach nein? Und warum bist du dir da so sicher?«

»Ganz einfach: Die hat Wichtigeres zu tun.«

»Okay, und was zum Beispiel?«

Jan ließ ein Stöhnen über meine Unwissenheit vernehmen und klärte mich dann auf.

Anschließend war ich erst mal eine ganze Weile still. So was musste verdaut werden.

7. Was will die bloß von uns?

Ein kleiner Hoffnungsschimmer blieb mir noch. Irene Wedekind war kein ausgefallener Name. Vielleicht gab es ja mehr von der Sorte in Hamburg.

Genau!

Bei Hertha Kowalski war das auch so gewesen. Ganze dreihundertsiebenundfünfzig. Nie im Leben hätte ich die richtige Hertha ausfindig machen können. Nur weil die alte Dame so plietsch gewesen war, die Tupperdose zu öffnen und dabei den Prospekt vom Lüttjenshof zu finden, hatten wir Opas Asche wiederbekommen.

»Ist sie groß, blond, um die fünfzig, elegant und trägt eine diamantenbesetzte Cartier-Uhr?«, fragte Jan.

Die Diamanten hatte ich noch nicht entdeckt, aber der Rest stimmte.

Trotzdem. Es stolzierten ganz bestimmt noch mehr elegante Hamburgerinnen dieses Namens über den Jungfernstieg.

Aber einen zweiten Rüdiger gab es eben nicht.

No chance.

Sagte mein Bruder auch gerade. »Im Rathaus hat er vor ein paar Wochen einem Bundestagsabgeordneten eine Pralinenschachtel aus der Hand geschnappt, die für den Ersten Bürgermeister bestimmt war. Ich glaube, eine Meldung darüber stand sogar im Abendblatt. Die Verpackung hat er ihm wieder vor die Füße … ähm … gelegt.«

Da war Oma Grete ja in bester Gesellschaft.

»Es waren Cognacpralinen.«

Ich kicherte.

Ein besoffener Rüdiger im vornehmen Hamburger Rathaus. Nicht schlecht.

»Vier starke Männer waren nötig, um ihn da rauszuschaffen.«

»Ich sehe es vor mir.«

Hätte gern noch ein bisschen weitergekichert, aber dabei konnte ich nicht gut denken. Und ich musste jetzt dringend darüber nachdenken, was eine Frau wie Irene Wedekind auf dem Lüttjenshof zu suchen hatte: geschiedene Gattin eines Hamburger Senators, Eigentümerin von zwei Hotels in bester Lage, eines an der Binnenalster, eines in Blankenese. Zudem eine Säule der besseren hanseatischen Gesellschaft und Vorsitzende einer ganzen Reihe wohltätiger Vereine.

Jan schien es ähnlich zu gehen, denn wir schwiegen uns geraume Zeit intensiv zwischen meinem Blackberry und seinem Handy an.

Er kam zum selben Ergebnis wie ich – zu keinem.

»Mysteriös«, sagte er.

»Absolut.«

Mir fiel etwas ein. »Irene hat Rüdiger in einer Lüneburger Tierklinik behandeln lassen, weil es dort günstiger ist.«

»Ha!«, machte Jan, wie erwartet. »Wenn jemand keine Geldsorgen hat, dann ist es sie. Die Wedekinds sind seit zehn oder zwanzig Generationen Reeder. Die haben schon mit Fünfmastern Kaffee aus Brasilien über den Atlantik befördert, als andere Hamburger Flotten noch aus ein paar Ruderbooten auf der Elbe bestanden.«

»Dann sind Tierärzte in Lüneburg besser als in Hamburg.«

Keiner von uns beiden glaubte so recht an das Argument.

»Oder sie wollte mit Rüdiger mal eine Weile raus in die Natur«, mutmaßte Jan. »Gute Heideluft schnuppern und lecker essen.« Nichts überzeugte uns.

»Nele, da gibt's nur eines.«

»Nämlich?«

Ich kannte Jan und war auf einiges gefasst.

»Du musst spionieren.«

Darauf denn doch nicht.

»Ja, klar.«

»Ich meine es ernst. Finde heraus, was die Frau von uns will. Am Ende hat sie vor, ihre Firma zu vergrößern. Dann baut sie demnächst ein Luxushotel in Nordergellersen, und irgendwo am Eingang zum Wellnessbereich hängt eine kleine Messingtafel.«

»Was?«

»Darauf ist eingraviert: ›Hier stand einst der Lüttjenshof, zweihundert Jahre lang im Besitz einer freien Bauernfamilie‹ – oder so ähnlich.«

Drama, Baby!

»Du spinnst ja.«

Ich kam ins Grübeln. Jan mochte eine blühende Fantasie haben. Aber was, wenn es stimmte? Wenn Irene wirklich unseren Hof wollte? Und hatten Mama, Oma Grete und Großtante Marie womöglich rein instinktiv die Bedrohung für Heim und Herd erkannt? Ich stellte mir

Irene als knallharte Geschäftsfrau vor, die über Leichen ging und eine glückliche Familie so mal eben im Vorbeigehen auf die Straße setzte.

Überzeugte mich nicht, die Geschichte. Vor allem nicht der Teil mit der glücklichen Familie.

»Und dann«, fuhr Jan mit tiefer gelegter Stimme fort, »werden die Lüttjens' in alle Winde verstreut. Mama landet vielleicht endlich in Indien und findet in einem Ashram zu sich selbst. Papa bleibt lieber in der Heide und wird Knecht bei einem Großbauern, wo er sich zu Tode schuftet. Grete und Marie verbringen ihren Lebensabend elend in einem Altenheim. Du kannst wenigstens zu Paul, und ich ziehe mit Hans-Dieter nach Lüneburg. Aber die Familie wird für immer zerbrochen sein, und nie mehr werden wir gemeinsam am Küchentisch sitzen und uns lieb haben.«

Für die Hälfte der Sippe, sich selbst eingeschlossen, sagte er immerhin eine angenehme Zukunft vorher. Wie tröstlich.

Sich lieb haben am Küchentisch? Da wurde gegessen, dem guten Heino gelauscht, gezankt und gesoffen. Im besten Fall normal miteinander geredet.

»Das ist doch alles ausgemachter Blödsinn!«, rief ich und setzte mich kerzengerade hin. »Erstens ist der Hof frei von Hypotheken, und wir haben überhaupt keine Veranlassung zu verkaufen. Zweitens könnte Irene bestimmt hundert schönere Fleckchen für ein Luxushotel in der Lüneburger Heide finden.«

»Vielleicht ist das Hotel nur ein Vorwand«, fabulierte Jan prompt weiter. »In Wahrheit hat sie von Ingenieuren ein geheimes Gutachten erstellen lassen, und unter unserem Land befindet sich ein immenses Ölreservoir. Das will sie sich unter den Nagel reißen.«

Wow! Dallas in Nordergellersen. An meinem Bruder war eindeutig ein Krimiautor verloren gegangen.

Ich stieß ein Knurren aus und hörte mich zu meinem eigenen Schrecken ein bisschen an wie Grete.

»Ach, hör schon auf. Öl hier bei uns. So 'n Quatsch.«

»Oder Wasser. Ein riesiger unterirdischer See, aus dem die Stadt Hamburg über Jahre hinaus mit Trinkwasser versorgt werden könnte. Das wäre ein Millionengeschäft.«

Nicht dumm, mein kleiner Bruder. Wasser war in der Lüneburger Heide tatsächlich äußerst wertvoll und mit einer durstigen Großstadt in der Nähe gleich doppelt begehrt.

Nur mit uns und unserer geheimnisvollen Besucherin hatte das nichts zu tun. War nur so ein Gefühl von mir, aber ein ziemlich sicheres. Irene plante keinen geschäftlichen Coup gegen uns. Irene war – nett.

Mal davon abgesehen, dass ein kluger Hund wie Rüdiger niemals eine knallharte Geschäftsfrau ohne Gewissen lieben würde. Der nicht!

Auf einmal kam mir ein ganz neuer Gedanke. Einer, der so verrückt war, dass ich ihn bestimmt nicht laut aussprechen würde. Nicht einmal Jan gegenüber!

»Bist du noch dran, Nele?«

»Ja, aber jetzt ist mal gut mit deinen wilden Spekulationen.«

»Man darf sich ja wohl noch Sorgen um seine Lieben machen«, kam es empört zurück.

»Die sind aber unnötig. Ich mag Irene eigentlich ganz

gern, und Rüdiger sowieso. Vielleicht will sie wirklich nur ein wenig bei uns ausspannen.«

»Das werden wir erst erfahren, wenn es zu spät ist«, orakelte mein Bruder. »Es sei denn, du spionierst.«

Womit wir wieder bei diesem bekloppten Vorschlag angekommen waren.

»Was soll ich denn tun? Ihr Zimmer durchsuchen? Rüdiger unter Folter zum Bellen bringen?«

Ich stellte mir vor, wie ich den armen Kerl fesselte und ihm ein Dutzend Rosinenbrötchen außer Reichweite hinlegte.

Musste mich mal kurz einem ausgedehnten Kichern hingeben.

»Solange du noch lachen kannst, ist ja alles halb so wild«, erwiderte Jan düster. »Was sagt eigentlich Paul zu der Geschichte?«

Mein Lachen verflog. Gute Frage. Ach, Paul.

Virtuell angeklopft hatte er auch nicht.

»Er … also …«

Jan unterbrach mich. »Pass auf, mein Akku ist fast leer, und das Ladegerät hab ich schon in eine der Kisten gepackt. Ich fahre jetzt los, und du kannst mir nachher alles erzählen, okay? Dann überlegen wir uns, wie wir in der Sache vorgehen wollen.«

»Alles klar«, sagte ich schnell und drückte das Gespräch weg.

War ganz froh, noch einen Aufschub zu haben. Bis Jan hier sein würde, hatte sich das dumme kleine Missverständnis mit Paul längst aufgeklärt. Ganz bestimmt!

Um mich abzulenken, überlegte ich, was Jan wohl tatsächlich mit Irene machen wollte. So wie der herumfantasierte, war ihm alles zuzutrauen. Auch ein Spaziergang zum Gellerser Moor, gleich hinter dem großen Waldgebiet, in dem ich sie gestern früh kennengelernt hatte. Die Frage war, ob Rüdiger da überhaupt reinpasste oder ob am Ende seine Schnauze herausragte.

Schluss jetzt, Nele! Restalkohol ist keine gute Begründung für einen Mord im Moor. Ich lehnte mich zurück, schloss die Augen und lauschte in mich hinein.

Die Kopfschmerzen waren nicht mehr so schlimm, die Übelkeit hatte sich verzogen.

Die Beule von Opas Fahrradlenker gab schon nach einem Tag wieder Ruhe.

Prima. Auch als Adoptivkind war ich eben aus echtem Lüttjens-Holz geschnitzt. Der verrückte Gedanke von vorhin wollte sich in mein Bewusstsein drängen. Ich drängte ihn zurück.

Frühstück wäre jetzt gut. Viel Kaffee und mindestens drei frische Brötchen, die heute hoffentlich jemand anders geholt hatte. Und Rüdiger war währenddessen im Stall eingesperrt gewesen. Wehe nicht! Ich brauchte Nahrung! Knusprige Rundstücke, weiche Rosinenbrötchen, goldgelbe Butter, dickflüssigen Heidehonig.

Mit Schwung stand ich auf, ignorierte einen leichten Schwindel und schlüpfte rasch in Jeans und Pulli. Auf dem Flur empfing mich eine durchdringende Stille.

Merkwürdig. Selbst wenn wir keine Gäste hatten, gab es mitten an einem Vormittag im Haus viel zu tun. Wäsche waschen, putzen, kochen – und all das erzeugte Geräusche.

Nichts.

Ich ging die Treppe hinunter, lauschte und überlegte. Was hatte die Familie heute so vorgehabt?

Papa wollte seinen alten Mercedes zum TÜV bringen.

Okay.

Dann war Mama vielleicht mal wieder nach Hamburg abgebraust, um ihrer WG einen Besuch abzustatten.

Auch okay.

Aber Oma Grete und Großtante Marie? Die gingen nirgendwohin, außer in den Stall oder auf den Friedhof.

Hm, Friedhof. Möglich.

Aber beide auf einmal?

Im Leben nicht.

Jede wollte Hermann für sich haben. Auch im Urnengrab.

Rätselnd erreichte ich die Diele.

Heino gab keinen Laut von sich.

Und Irene? Ich schaute zum großen Gästezimmer und stellte fest, dass die Tür ein Stück offen stand.

»Hallo?«, rief ich leise. »Bist du da, Irene?«

Das Du kam nur zögernd über meine Lippen, vor allem nachdem ich von Jan über unsere Besucherin aufgeklärt worden war.

Jan.

Mist. Jan und sein blöder Vorschlag.

Ich näherte mich der Tür auf Zehenspitzen.

»Hallo?« Diesmal etwas lauter. Keine Antwort. Hey, warum sollte ich eigentlich nicht eines unserer Gästezimmer betreten dürfen? Es gehörte schließlich zu meinem Job als Pensionschefin, für Sauberkeit und Ordnung zu sorgen.

Rasch schnappte ich mir aus der großen Wäschetruhe in der Diele ein paar frische Handtücher. Dann sah ich mich noch einmal nach allen Seiten um. Schon war ich drin. Da lag ein Koffer auf dem Bett. Wahrscheinlich von ihrem

Hotel in Lüneburg nachgeschickt. Der Schrank war halb eingeräumt. Dolce & Gabbana, Chanel, Dior, Armani – keine Überraschung. Aber ganz hinten im Schrank, gut versteckt, entdeckte ich ein paar alte Jeans, ganz ohne Label. Und in der Schublade ein sackartiges Sweatshirt.

Komisch. Diese Klamotten schienen viel besser zu Irene zu passen als das Markenzeugs. Nur so eine Eingebung.

Ich stellte sie mir vor, in Jeans und Sweatshirt, vielleicht noch mit einem alten grünen Parka darüber und in Gummistiefeln. Die Haare zu einem Zopf geflochten.

Ja, diese Irene wäre irgendwie echt gewesen. Die andere – verkleidet.

Ach, Quatsch.

Langsam ließ ich meinen Blick durch das Zimmer schweifen. Da war nichts Persönliches zu entdecken. Kein Foto, kein oft gelesenes Buch. Auch kein aufgeklappter Laptop. Rein gar nichts.

Als sei sie eine Frau ohne Vergangenheit.

Grübelnd strich ich mir übers Haar.

Im selben Augenblick hörte ich energische Schritte, die sich dem Zimmer näherten.

Vielen Dank auch, Jan!

Panisch sah ich mich nach einem Versteck um.

8. Rolling Home

Eine Staubflocke kitzelte mich in der Nase, eine zweite setzte sich auf meine Oberlippe. Wollen doch mal sehen, ob wir dich nicht zum Niesen bringen, schienen sie zu sagen.

Um mich abzulenken, schimpfte ich im Geiste mit dem Zimmermädchen, das unter dem Bett so nachlässig gesaugt hatte. Klarer Kündigungsgrund.

Tja, dumm gelaufen. War ich selbst gewesen, dieses schlampige Zimmermädchen.

Aber es sollten ja auch keine Gäste mehr kommen. Da durfte das Zimmer ruhig ein wenig einstauben.

Schäm dich, Nele. Im Kiefers hättest du so etwas nicht durchgehen lassen.

Mein Ablenkungsmanöver drohte zu scheitern. Höhe Nasenwurzel sammelte sich bereits ein heftiger Niesreiz. Ich lag flach unter dem Bett und kämpfte einen verzweifelten stummen Kampf, während die energischen Schritte jetzt die Zimmertür erreichten.

Viel zu schnell!

Hätte ich mich doch lieber im Schrank verkriechen sollen? Aber der war sehr klein und antik. Keine Ahnung, ob ich da reingepasst hätte, und Zeit, beide Möglichkeiten auszuprobieren, hatte ich nicht gehabt. Auch nicht, um schnell aus dem Fenster zu klettern, was die nächstliegende Option gewesen wäre. Also, ab unters Bett. Und nicht niesen!

In welchen Horrorfilmen liegt die Heldin unter einem Bett, bevor sie aufgeschlitzt wird?

Musste ich unbedingt mal Sissi fragen. Falls ich dazu noch Gelegenheit haben würde.

Ein Männerchor stimmte ein Shanty an. »Rolling home, rolling home, rolling home across the see, rolling home to di, old Hamburg, rolling home, mien Deern to di.«

Einen kurzen Moment brauchte ich schon, um zu begreifen, dass es sich nicht um eine akustische Halluzination, sondern um einen Klingelton handelte.

Die Schritte verstummten, und Irene sagte: »Hallo, Kurt. Schön, von dir zu hören.«

Kurt? Kurt Wedekind? So hieß ihr geschiedener Mann, wie ich von meinem Bruder wusste.

Offenbar waren die beiden in Freundschaft auseinandergegangen, denn Irenes Tonfall war entspannt. Sie kam jetzt herein und ließ sich aufs Bett fallen.

Ich sog scharf die Luft ein. Jeden Moment konnte ich vom Lattenrost aufgespießt werden. Innerlich verfluchte ich jede Bregenwurst, jedes Bauernfrühstück, jeden Strammen Max und jedes Honigbrötchen, die ich in den vergangenen Wochen verschlungen hatte. Die magere München-Nele hätte um einiges besser in diesen knapp fünfundzwanzig Zentimeter breiten Zwischenraum gepasst. Vor Schreck vergaß ich den Niesreiz. Immerhin.

Irene legte sich jetzt lang und verteilte ihr Gewicht gleichmäßig.

Halleluja!

»Gut«, sagte sie. »Abgesehen von einer leichten Magenverstimmung, mit der ich heute Morgen aufgewacht bin. Aber ich war eben in der Apotheke und hab mir ein paar Kautabletten geholt.«

Was ihre Abwesenheit erklärte.

»Was Falsches gegessen? Nein, eher getrunken.« Sie erzählte ihrem Exmann vom primitiven Brauch der Lüttjens'. Köm auf jeden Vornamen. Auch auf die buddhistischen.

»Meinst du?«, fragte sie, nachdem sie einen Moment seinem Kommentar gelauscht hatte. »So unfreundlich kommen sie mir aber gar nicht vor. Jedenfalls nicht alle. Und woher sollten sie überhaupt davon wissen? Die können doch nicht hellsehen. Außer dir habe ich niemanden eingeweiht. Und du würdest mich niemals verraten, das weiß ich.«

Oha! Der geschiedene Kurt hegte offenbar den Verdacht, dass gegen Irene intrigiert wurde, und mein Bruder war klüger, als ich dachte.

Da war wirklich was im Busch! Mein verrückter Gedanke meldete sich energisch zurück.

Ich lauschte angespannt, aber das Gespräch schweifte gerade ab.

»Ach, der fühlt sich ganz wohl im Stall. Er hat schon Freundschaft mit den Ponys geschlossen. Die heißen Ernie und Bert. Sind ganz süße Tiere.«

Aha, es ging um Rüdiger.

Irene schwieg einen Moment. Klang unheilvoll, das Schweigen.

»Nein«, sagte sie dann böse. »Das sind Isländer und keine Zwergponys.«

Ich verstand zweierlei. Erstens: Der geschiedene Kurt hatte offenbar einen Witz über Rüdigers bemerkenswerte Körpergröße gemacht – da wäre ich an Irenes Stelle auch sauer geworden.

Zweitens: Für eine Großstädterin kannte sie sich erstaunlich gut mit Ponyrassen aus.

Vielleicht stammt sie ja ursprünglich vom Land, überlegte ich.

Genau!

So erklärten sich auch die Unstimmigkeiten in ihrer Erscheinung und ihrem Verhalten. Jeans und Sweatshirt rutschten dabei ebenfalls an den richtigen Platz. Und mein verrückter Gedanke kam mir schon deutlich weniger verrückt vor.

Als junge Frau war sie dann nach Hamburg gezogen, hatte dort den Reedersohn und späteren Senator Kurt Wedekind kennengelernt und ihr Glück gemacht.

Heureka!

Darauf hätte ich auch schon früher kommen können. Und jetzt fühlte ich mich unserem Gast plötzlich nicht nur räumlich, sondern auch geistig eng verbunden. War ich doch ebenfalls als junge Frau vom Land in die große Stadt geflüchtet.

Allerdings war meine Liebe zur neuen Heimat nicht so weit gegangen wie die ihre. Sonst hätte auf meinem Blackberry bei jedem Anruf ein zünftiges Lied erklingen müssen: »In München steht ein Hofbräuhaus, eins, zwei, g'suffa …« – gesungen von Marianne & Michael.

»Ist schon in Ordnung. Er vermisst dich auch«, sagte Irene gerade friedfertig. »Seit er keine Zahnschmerzen mehr hat, frisst er übrigens noch mehr als sonst.«

Sie erzählte die Geschichte von der Brötchentüte und von Omas Einkaufsnetz.

Kurts Lachsalven dröhnten bis zu mir unters Bett.

Dann gab sie Auskunft und beantwortete damit auch meine eigenen Fragen.

»Nein, im Augenblick ist niemand hier. Außer Nele, aber die scheint noch zu schlafen. Olaf Lüttjens ist mit seinem uralten Mercedes in die Werkstatt gefahren, und Heidi hat gesagt, sie habe etwas Dringendes in Hamburg zu erledigen. Die Großmutter, Grete, wollte zum Friedhof, und Großtante Marie liegt in einem Liegestuhl in der Sonne. Ist es in Hamburg auch so warm? Was? Ja, bis auf Nele bin ich allein im Haus...«

Sie legte eine Pause ein und lauschte. Zu schade, dass ihr Handy nicht auf Lautsprecher gestellt war. Ich hätte auch gern Kurts Meinung gehört.

Brennend gern!

Na, indirekt bekam ich sie dennoch mit.

»Auf keinen Fall!«, protestierte Irene entschieden. »Ich werde hier nicht herumspionieren.«

Ich schon, dachte ich mit kolossal schlechtem Gewissen.

»Und nur weil ein paar deiner Vorfahren Piraten waren, heißt das noch lange nicht, dass ich kriminell werden muss.«

Piraten?

Wow!

»Ich übertreibe überhaupt nicht! Ich will mir auf dem Hof keine Feinde machen, sondern Freunde.«

In meinem staubigen Versteck rätselte ich eine Weile vor mich hin. Okay, es ging ihr nicht nur um einen Urlaub bei uns. Um eine feindliche Übernahme des Lüttjenshofes

73

jedoch auch nicht. Öl- und Wasserquelle konnte ich ebenfalls streichen.

Irene Wedekind suchte unsere Freundschaft.

Warum?

Und wollte sie sich mit uns allen gleichermaßen anfreunden oder nur mit einem bestimmten Familienmitglied?

Wenn ja, mit welchem? Mit mir etwa?

Verflixt! Das wurden ja immer mehr Fragen, die so durch meinen Kopf sausten. Ich wünschte, ich hätte meine Gedanken abstellen können, die jetzt alle in dieselbe Richtung strebten.

Hm, feindliche Übernahme. Ich stellte mir Irene im Piratenkostüm mit Kopftuch, Augenbinde und Enterhaken vor.

Nicht lachen, Nele! Nicht niesen, Nele! Nicht knurren, Magen!

Echt ein tolles Timing, um mich an das fehlende Frühstück zu erinnern.

»Warte mal, Kurt. Ich glaube, ich habe Rüdiger gehört.«

Rüdiger?

Na ja.

»Nein, schon gut. Muss mich getäuscht haben. Also, wie gesagt, ich brauche Zeit. Die älteren Damen sind ganz schön misstrauisch. Vor allem Grete, aber auch Heidi. Die haben gestern versucht, mich auszuhorchen, während sie mich mit Köm abgefüllt haben. Wäre ihnen auch fast gelungen. Ich hätte nicht gedacht, dass ich nur noch so wenig vertragen kann. War früher mal anders, aber das ist halt lange her.«

Ja, dachte ich, deine Zeit bei der Landjugend liegt ein paar Jahrzehnte zurück. Sektempfänge in Hamburger Nobelhotels unterfordern die Leber. Mein nächstes Geräusch wäre beinahe ein Kichern geworden.

Ich machte den Mund fest zu und schluckte ein bisschen Staub.

»Eine Woche«, hörte ich Irene sagen. »Aber vielleicht ergibt sich auch schon früher etwas.«

Kurt antwortete.

»Natürlich passe ich auf mich auf. Mach dir keine Sorgen. Ich komme schon damit zurecht.«

Kurt hatte offenbar noch einen weiteren guten Ratschlag parat.

»Ja«, erwiderte Irene, aber ihre Stimme klang nicht mehr ganz so fest. »Ja, auch wenn es schiefgeht. Du kennst mich. Ich bin stark. Aber ich muss es wenigstens versuchen.«

Ein Königreich für eine Wanze in Irenes Handy! Wovon zum Kuckuck redeten die beiden?

»Und ich will niemanden verletzen. Ich werde mich ganz auf mein Bauchgefühl verlassen. Wenn ich merke, dass ich jemandem wehtun könnte, werde ich mich sofort zurückziehen. Versprochen.«

Eine Piratenbraut mit Säbel drängte sich vor mein inneres Auge.

Quatsch. Irgendwie ging es hier um seelische Verletzungen. Aber wessen? Und weswegen? Ich ahnte es. Nein, ich war mir plötzlich verflixt sicher.

»Oh«, murmelte Irene, jetzt mit ganz weicher Stimme. »Nele ist eine sehr nette junge Frau. Ein ganz wunderbarer Mensch. Und Rüdiger liebt sie.«

Jetzt wurde mir aber richtig warm ums Herz. Danke, Irene, ich mag dich auch. Und dich sowieso, Rüdiger.

»Aber ich habe sie noch nicht näher kennengelernt.«

Das können wir ja ändern. Verdufte mal aus deinem Zimmer, dann treffen wir uns gleich in der Küche zum Frühstück.

Ein neuerliches Magenknurren unterdrückte ich, indem ich noch eine Portion Staub schluckte.

»Warte mal, draußen fährt ein Auto vor.«

Sie stand auf, und ich fühlte mich im wahrsten Sinne des Wortes erleichtert.

»Den Mann habe ich noch nie gesehen, und er scheint kein Nachbar zu sein. Die Bauern hier tragen keine maßgeschneiderten Anzüge. Jetzt kommt er aufs Haus zu. Ich melde mich bald wieder. Ciao, Kurt. Und grüß Gaby schön von mir. Wenn ich zurück bin, gehen wir mal wieder zusammen zu Paolino.«

Gaby? Vielleicht die neue Frau an seiner Seite?

Die hatten sich ja alle verdammt lieb in Hamburg! Hier bei uns ging eine Ehefrau auch schon mal mit der Heugabel auf eine Nebenbuhlerin los.

Das Fenster wurde geöffnet. »Guten Morgen«, rief Irene. »Kann ich Ihnen helfen?«

»Hallo«, erwiderte Paul.

Paul? Jetzt blieb mir aber wirklich die Luft weg. Gleichzeitig setzte mein Herz zum Renngalopp an.

Konnte mal bitte jemand die Zeit um eine halbe Stunde zurückdrehen?

Ich beende gerade mein Gespräch mit Jan, springe geschwind unter die Dusche, ziehe mir ein hübsches Kleid an, lege etwas Lippenstift auf und schwebe mit einem glücklichen Lächeln die Treppe hinunter, direkt in Pauls weit geöffnete Arme. Daneben steht Irene und schaut uns wohlwollend zu.

Meinetwegen darf Opa sich auch noch in der Ecke herumdrücken und einen vom Pferd erzählen.

Davon kriegt außer mir sowieso keiner was mit.

Paul geht auf die Knie und bittet mich, seine Frau zu werden. Ich sage glücklich *Ja!!!*, Irene weint eine heimliche Freudenträne, und Opa kann sich zufrieden wieder in sein Urnengrab verkrümeln.

Verstanden?

Nein?

War wohl zu viel verlangt.

»Liebling«, stellte Paul sich vor und erntete vermutlich den gewohnt verblüfften Blick von Leuten, die seinen Nachnamen zum ersten Mal hörten.

Ich hatte ihm bei der Gelegenheit einen Vogel gezeigt. Tat mir immer noch ein bisschen leid.

Mein Herz umrundete gerade zum zehnten Mal die Galopprennbahn.

»Paul Liebling. Ich bin der Anwalt der Familie Lüttjens.«

»Angenehm, Wedekind«, erwiderte Irene, aber es klang alles andere als angenehm. Ich fand, sie hörte sich geradezu ängstlich an.

»Habe ich etwas angestellt?« Ihre Stimme zitterte sogar. Interessant, bloß so verflixt rätselhaft.

»Nicht dass ich wüsste«, sagte Paul mit seiner Anwaltsstimme, und ich wusste genau, wie er in dieser Sekunde guckte. Kein Stück kuschelig, sondern richtig streng. Das konnte er gut.

Irene trat von einem Fuß auf den anderen. Mehr konnte ich von ihr nicht sehen.

»Ich mache hier ein paar Tage Urlaub. Zusammen mit meinem Hund. Der ist im Stall.«

Paul hob die Augenbrauen.

Ich sah es vor mir.

»Ihr Hund ist im Stall?«

Irene stieß ein verlegenes Hüsteln aus. »Nun, das ist eine lange Geschichte. Mein Rüdiger ist ziemlich groß, müssen Sie wissen, und…«

Pauls Tonfall wurde jetzt ganz ruhig. »Vielleicht sollte ich lieber direkt mit Ihrem Mann sprechen?«

Hätte auch einen prima Psychiater abgegeben, mein Liebling.

»Wenn Sie möchten. Aber Kurt ist in Hamburg.«

»Verstehe«, erwiderte Paul, immer noch die Ruhe selbst. »Und Rüdiger ist…«

»Mein Hund.«

»Aha.«

Pause. Dann, wieder Paul: »Ist niemand von der Familie Lüttjens zu Hause? Ich wollte Nele sehen, aber sonst auch gern jemand anderen.«

Dem gingen jetzt aber auch mächtige Gewaltfantasien durch den Kopf! Gut so, Paul! Rette mich! Ach nee, lieber doch nicht. Komm wieder, wenn ich abgestaubt und geduscht bin.

»Bedaure, Nele schläft noch, und die anderen sind alle fort. Nur Großtante Marie liegt draußen im Liegestuhl. Möchten Sie zu ihr gehen?«

Paul zögerte. »Nicht nötig«, entgegnete er schließlich. Offensichtlich hatte er sich davon überzeugt, dass Irene

78

keine Massenmörderin war. Er besaß eben einen guten Blick für Menschen.

»Bitte richten Sie Nele aus, dass ich mich wieder melde. Auf Wiedersehen.«

»Ciao«, sagte Irene flapsig, was schon wieder nicht zu ihr passte.

Ein Motor wurde angelassen, ein Auto fuhr vom Hof.

Da ging er hin, mein Paul. Ich wollte mit. Rolling home, mien Jung, to di! Mein Herz blieb für ein Weilchen stehen.

Als ich endlich nach Luft schnappte, hatte Irene zum Glück das Zimmer verlassen. Ich nieste, hustete und würgte vor mich hin. Unter dem Bett war der Boden jetzt staubfrei. War alles in meiner Lunge.

Irenes energische Schritte entfernten sich in Richtung Ponystall. Schnell kam ich aus meinem Versteck hervor und flitzte nach oben. Wenn sie Rüdiger freiließ, würde der mich sofort finden, selbst wenn sein Kopf nicht unter den Lattenrost passte.

Oben in meinem Zimmer rief ich Paul an. Mailbox. Wie bescheuert war das denn? Da kam er extra her, um mich zu suchen, aber am Telefon wollte er nicht mit mir sprechen?

Ich erklärte der Mailbox ausführlich, was ich von diesem Betragen hielt.

Dann stieg Panik in mir hoch. Paul war ein anständiger Mann. Keiner, der per SMS, Mail oder in einem Telefongespräch Schluss machte. Paul war nicht feige. Der suchte das persönliche Gespräch.

Ich atmete ein paar Mal tief ein und hustete einige Staubflocken aus. Mein Geisteszustand war nur noch mit akuter Unterzuckerung zu erklären. Also: duschen, umziehen und endlich frühstücken! Jeder weitere Gedankengang musste jetzt mal warten, bis mein Körper versorgt war.

Als ich erfrischt wieder nach unten kam, fand ich in der Küche eine große Tüte Brötchen und einen Zettel von Irene. »Habe ich aus dem Dorf mitgebracht. Bin jetzt mit Rüdiger spazieren gegangen. Guten Appetit. Wir sehen uns später.«

Tolle Frau!

Eine halbe Stunde später sah die Welt schon wieder rosiger aus. Nach dem dritten Honigbrötchen und der vierten Tasse Kaffee schob ich alle Ängste bezüglich Paul beiseite und gefiel mir in der Rolle der Mata Hari.

Spionage mochte ja verwerflich sein, aber ich hatte interessante neue Erkenntnisse gewonnen.

Irene verfolgte tatsächlich einen besonderen Plan, aber sie kam in Frieden. Jetzt musste ich nur noch herausfinden, was sie vorhatte.

Ob meine Ahnung stimmte.

Kleinigkeit.

9. Mailboxen lügen nicht

Während ich die Geschirrspülmaschine einräumte, kam Großtante Marie herein.

»Lass mich das machen, Kind. Du hast so hart gearbeitet in den letzten Wochen. Ruhe dich aus.«

Sie bewegte sich langsam, wie in Zeitlupe.

»Und du solltest den Winter im Süden verbringen«, sagte ich. »In der warmen Sonne.«

»Ach, das bisschen Rheuma. Ist nicht so schlimm.«

Lügnerin.

Sie nahm mir einen schmutzigen Teller aus der Hand.

»Wo ist Frau Wedekind?«

Marie hatte mit Irene offenbar keine Brüderschaft getrunken.

»Spazieren. Mit Rüdiger.«

Sie nickte langsam. Dann musterte sie mich aus klugen Augen. »Wer ist denn vorhin zu Besuch gekommen? Ich habe ein Auto gehört.«

»Das war Paul.«

»Und er ist schon wieder weg?«

Marie besaß ein feines Gespür für meine Stimmungen. Schon als ich ein kleines Mädchen war, hatte sie immer geahnt, was in mir vorging.

»Ja, er ...«

»Warum nimmst du dir nicht einen Tag frei? Frau Wedekind versorgen wir schon, und du könntest in Lüneburg bummeln gehen.«

Sie sagte das ganz freundlich; dennoch beschlichen mich leise Zweifel, was mit dieser Versorgung gemeint sein mochte. Andererseits – Irene war eine erwachsene, große und kräftige Frau. Und sie hatte Rüdiger. Was sollte schon passieren?

Maries Miene drückte vollkommene Unschuld aus. Ich fiel darauf rein. Traute ihr einfach nichts Böses zu, meiner geliebten Großtante. Schon gar keine Intrige, bei der sie sich mit Grete hätte verbünden müssen. Außerdem war es an der Zeit, mich um mein eigenes Leben zu kümmern.

»In Ordnung«, sagte ich. »Dann mache ich mich mal auf den Weg. Jan kommt heute übrigens her. Er hat große Neuigkeiten, aber die soll er euch lieber selbst erzählen. Wir sehen uns spätestens heute Abend.«

Oder viel früher, falls mein Gespräch mit Paul eher kurz ausfallen sollte. Ich gab ihr einen Kuss auf die runzelige Wange und verließ das Haus.

Je näher ich Lüneburg kam, desto stärker wurde ein mulmiges Gefühl in meiner Magengegend. Ich hatte nicht nur Angst vor dem, was Paul mir sagen wollte, ich sorgte mich auch um Irene. Schließlich hatte ich sie auf den Hof gebracht. Wenn sie von Grete in den Brunnenschacht geworfen oder von Marie mit Knollenblätterpilzen vergiftet wurde, dann war ich dafür verantwortlich. Na gut, der Brunnen war vor Jahren zugeschüttet worden, und meine geliebte Großtante Marie war keine Giftmischerin, aber …

Bevor ich mir weitere Horrorszenarien ausmalen konnte, fand ich zu meiner Überraschung einen Parkplatz direkt vor Pauls Kanzlei.

Ein Wunder. Ein Zeichen des Himmels. Ich sollte da jetzt rein, zu ihm. Alles würde gut werden.

Oder auch nicht.

Ich sah, wie Horst Meyer das Gebäude verließ. Noch ein Zeichen.

Nele, du Bangbüx, jetzt mal los!

Bevor ich weiter nachdenken konnte, bahnte ich mir bereits meinen Weg durch das dschungelgrüne Vorzimmer, an der Sekretärin vorbei, in Pauls Büro.

Er saß am Schreibtisch und telefonierte.

Als ich eintrat …

Nein, falsch.

Als ich wie eine Furie hineinstürmte, hob er die Augenbrauen, beendete knapp sein Gespräch und stand auf.

»Nele.«

Keine ausgebreiteten Arme, kein Kniefall.

Verlobungsring?

Vergiss es!

»Was soll das?«, fuhr ich ihn an. »Wieso gehst du tagelang nicht ans Handy?«

»Wir haben gestern Morgen miteinander telefoniert«, erklärte er mit der Anwaltsstimme, die ich nicht so besonders mochte. »Von Tagen kann also keine Rede sein. Höchstens von vierundzwanzig Stunden.«

Das stimmte.

»Es hat sich aber so angefühlt!«

Das stimmte auch. Ein winziges Lächeln blitzte in seinen Mundwinkeln auf, aber als sein Blick kurz zum Telefon auf seinem Schreibtisch flog, verschwand es gleich wieder. Vielleicht hatte ich es mir auch nur eingebildet.

Dann sagte Paul einen Satz, den ich lieber nicht gehört hätte: »Ich habe gerade meine Mailbox abgehört.«

»Ach?«, machte ich unschuldig, während ich panisch überlegte, was ich da vor ein paar Stunden so draufgesprochen hatte. Manchmal sabbele ich schneller, als ich denke.

»Ich bin also ein nachtragender Mistkerl?«, erkundigte sich Paul.

»Äh …«

»Ein blöder Rechtsverdreher, der es nicht verkraftet, wenn er mal versetzt wird?«

»Also …«

»Ein lebensuntüchtiger Vollidiot?«

Oh Gott!

»Einer, der das Pferd vom Schwanz aufzäumt?«

Upps!

Das war Opa, hätte ich gern gesagt, ließ es aber.

»Paul, es tut mir so leid. Du weißt doch, dass ich manchmal nicht weiß, was ich so rede.«

»Weiß ich.«

»Und ich fand es wirklich komisch, dass du dich gar nicht mehr gemeldet hast. Ich dachte, ich dachte …«

»Was?«

»Dass du mit mir persönlich Schluss machen willst. Nicht am Telefon.«

Plötzlich war es da.

Pauls großes Lachen. Es brach aus ihm heraus und erfüllte das Büro mit Sonne. Zu kitschig? Es war aber so. Da war er wieder, der Mann, den ich liebte. Und er lachte mich an, nicht aus.

Jedenfalls zu neunzig Prozent.

»Ist das lustig?«, fragte ich vorsichtig.

Paul kam um den Schreibtisch herum auf mich zu und blieb einen Meter vor mir stehen. Seine Arme waren hinter dem Rücken verschränkt, aber seine Augen lachten immer noch.

»Ich habe mein Handy verloren«, sagte er schlicht.

Eine kleine Ewigkeit verging, bis die Information endlich von meinen Gehirnzellen verarbeitet wurde.

»Du … hast … dein … Handy … verloren?«

Nee, ne?

»Echt jetzt?«

»So ist es.« Paul log nicht. Genauso wenig wie seine Mailbox.

»Wahrscheinlich im Möbelhaus, aber es konnte dort bisher nicht gefunden werden. Deine Handynummer weiß ich leider nicht auswendig, aber gestern Abend habe ich ein paar Mal versucht, bei euch zu Hause anzurufen. Es ist bloß niemand rangegangen.«

Ach ja. Wir waren beschäftigt gewesen. Und unser modernes schnurloses Telefon wurde im großen Bauernhaus gern mal verlegt und blieb in seinem Versteck, bis die Batterie leer war.

»Wenigstens ist es mir gelungen, meine Nachrichten abzuhören.«

Blöde moderne Technik! Das mit der Mailbox hätte er lassen sollen. Dann würde ich jetzt längst in seinen Armen liegen.

Früher waren einige Dinge wirklich einfacher gewesen. Da konnte man manchmal noch zurücknehmen, was man eigentlich nicht hatte sagen oder schreiben wollen.

Wie den Brief an Karl zum Beispiel. Nach einem dummen kleinen Streit hatte ich ihm eines Abends auf weißem Büttenpapier geschrieben, was ich von ihm hielt, und den Brief direkt bei den Küppers in den Postkasten geworfen. Den Rest der Nacht war ich dann damit beschäftigt gewesen, den Umschlag mit einem zurechtgebogenen Drahtbügel wieder herauszufischen. Hatte geklappt.

»Es tut mir leid«, sagte ich inbrünstig und konnte mich gerade noch davon abhalten, die Hände flehentlich zum Gebet zu falten.

Too much.

»Ich habe das alles nicht so gemeint. Ich schwöre!«

In Pauls Blick lag leiser Zweifel, aber endlich kam er zu mir und drückte mich an seine Brust. Für einen Moment fehlten mir die Worte. Ich fühlte mich gut in seinen Armen. Wunderbar. Ruhig. Erleichtert.

Aber...

Tja, aber nicht ganz so gut, wunderbar, ruhig und erleichtert wie sonst. Mein Herz lahmte ein bisschen in seinem Galopp. Vielleicht brauchte es einen Umschlag mit essigsaurer Tonerde.

»Irene Wedekind hat auf mich einen netten Eindruck gemacht«, sagte Paul, bevor ich an mir selbst eine Psychose diagnostizieren konnte.

Andere Worte wären mir lieber gewesen. Aber nun gut.

Musste halt nehmen, was ich im Moment kriegen konnte. Das mit uns würde sich wieder einrenken. Hundertpro.

Sicher?

»Ist sie auch«, sagte ich schnell und nahm mit der Nase eine große Portion Zedernduft und kanadischen Himmel auf. »Und ich verstehe überhaupt nicht, was die anderen gegen sie haben.«

»Ja, merkwürdig.«

»Andererseits…« Ich stockte.

Wenn ich ihm jetzt erzählte, was ich bei ihrem Telefonat erfahren hatte, musste ich auch meine Spionagetätigkeit erklären. Fand ich schwierig. Pauls Meinung von mir war gerade nicht die beste.

Andererseits – im Gegensatz zu mir und zu Jan war er ein kluger, rational denkender Mensch. Wenn überhaupt jemand das Rätsel lösen konnte, dann war es Paul. Also erzählte ich ihm alles und wunderte mich, dass ich die einseitigen Informationen so einwandfrei abgespeichert hatte. Vielleicht war ich ja klüger, als manche Leute dachten – sogar ich selbst. Nur meinen Verdacht sprach ich nicht aus. Kam mir auf einmal wieder zu verrückt vor.

»Interessant«, meinte Paul, nachdem ich geendet hatte. Dann sagte er sehr lange gar nichts. Er dachte nach. Wir setzten uns dazu auf das schmale Sofa in seinem Büro, und ich nickte für ein Weilchen in seinen Armen ein.

Als ich erwachte, lag ich immer noch an seiner Brust.

»Und?«, fragte ich gespannt. »Weißt du jetzt, was Irene Wedekind von uns will?«

Paul musterte mich lange. »Nicht mit Sicherheit.«

»Aber du hast eine Ahnung?«

»Könnte sein.«

»Mach's nicht so spannend, Paul! Was steckt wohl dahinter?«

»Ich möchte keinen Verdacht äußern, der sich später möglicherweise als falsch herausstellt.«

Ich seufzte. Zwecklos.

Paul war Paul. Und er war Anwalt. Der riet nicht einfach drauflos, so wie Jan oder ich. Der klopfte ein Problem gründlich ab, stellte Nachforschungen an und gab erst dann seine Meinung bekannt, wenn er vollkommen sicher war. Hätte ich wissen müssen. Und vielleicht hätte ich ihm doch von meinem eigenen Verdacht erzählen sollen. Dann wäre ihm womöglich herausgerutscht, dass er dasselbe dachte.

»Aber was soll ich denn jetzt machen?«

Paul stand auf.

Normalerweise hätte er mir einen Kuss gegeben, bevor er sich von mir trennte. Diesmal nicht.

Verdammt!

»Fahr nach Hause, Nele. Lass dich nicht verrückt machen. Behalte Irene im Auge und vertraue ansonsten ganz deinem Bauchgefühl.«

Hm. Ausgerechnet Paul riet mir, auf mein Bauchgefühl zu hören. Das war jetzt aber mehr als merkwürdig. Mir wurde auf einmal klar, dass er ganz genau wusste, was los war. Oh ja, er dachte wirklich dasselbe wie ich. Aber er wollte nicht darüber reden.

Vielen Dank auch für das Vertrauen, mein eventuell zukünftiger Ehemann!

Ich stand auch auf und gab, nicht besonders freundlich, zurück: »Wie du meinst. Ciao.«

Weg war ich.

»Und pass auch auf Heidi, Grete und Marie auf«, rief Paul mir noch hinterher.

Hm, Brunnenschacht und Knollenblätterpilz. Und von Mama vielleicht noch eine bewusstseinserweiternde Droge. Ich sah zu, dass ich aus der Stadt rauskam.

Als ich auf den Hof fuhr, knurrte mein Magen. Kein Wunder, die Mittagszeit war bereits seit Stunden vorüber.

Rüdiger kam auf mich zugerannt und warf mich eine Runde um.

»Bei Fuß!«, rief Irene. Vergeblich, wie immer.

Ich rappelte mich auf und versprach Rüdiger ein Stück Kuchen, das er kriegen würde, wenn er mich verschonte.

Irene lachte und deutete auf meine Stirn, wo die Beule farbenfroh schillerte.

Ihre auch.

»Der neue Partnerlook.«

»Tja, so sehen wir uns ein bisschen ähnlich.«

Irene senkte den Blick.

»Geht es dir gut?«, fragte ich und suchte nach Anzeichen einer Vergiftung. Würgende Geräusche, blasse Haut, violette Lippen. Fand nichts dergleichen. Sie war nur ein bisschen rot geworden. Wieso eigentlich?

Mit einer Schlabberattacke lenkte Rüdiger meine Aufmerksamkeit wieder auf sich. Der hatte mein Versprechen nicht vergessen.

»Ist ja gut, Dicker. Ich gehe mal nachschauen, was ich finden kann.«

»Das ist doch nicht nötig«, meinte Irene. »Ich dachte, du hättest vielleicht Lust, mit uns zusammen spazieren zu gehen.«

Schon wieder? Die war aber gut zu Fuß.

Mein Bauchgefühl sagte mir, ich sollte erst mal zur Ruhe kommen, also schüttelte ich freundlich den Kopf.

»Vielleicht später.«

Sie wirkte betrübt, nickte aber. »Dann laufe ich allein noch ein bisschen. Rüdiger, komm!«

Der dachte gar nicht daran. In seinen Augen blitzten Kuchenbilder auf.

»Lass ihn ruhig hier, wir verstehen uns prächtig.«

Irene verschwand in Richtung Baggersee, Rüdiger und ich machten uns auf den Weg ins Haus. Allerdings stoppte er auf der Schwelle ab. Kluger Hund. Lass dich lieber nicht von Grete in der Diele erwischen.

Ich ging in die Küche, fand weder Oma noch Großtante vor und musste nicht lange suchen. Auf dem Tisch stand ein großes Blech mit frisch gebackenem Butterkuchen zum Abkühlen.

Lecker!

Der war doch für mich, oder etwa nicht? Für Irene? Ach, Quatsch! Trotzdem, sicher ist sicher. Ich schnitt die Hälfte auf, packte die Stücke in den Brotkorb und nahm ihn mit nach draußen. Rüdiger folgte mir brav in den Stall. Dort ließ ich ihn probieren und wartete ab, ob er tot umfiel. Tat er nicht, und fünf Stücke waren schon weg. Also schob ich mir schnell den köstlichen noch warmen Kuchen in den Mund. Wir brauchten nicht lange, um alles wegzuputzen. Den Brotkorb brachte ich über die Leiter auf den Heuboden. Wenn er den auch fraß und ausspuckte, hatte er in Grete eine Feindin fürs Leben gefunden. Den hatte sie nämlich zur Hochzeit geschenkt bekommen.

Danach machten Rüdiger und ich es uns bei Ernie und Bert auf frischem Stroh gemütlich.

Mir war ein kleines bisschen schlecht.

Rüdiger ging's aber gut. Also keine Vergiftung. Nur zu viel ofenwarmer Kuchen. Und der Hund vertrug mehr davon als ich.

Jetzt wollte ich aber endlich mal in Ruhe über alles nachdenken, auch über Irenes merkwürdige Reaktion auf meine Bemerkung über unseren Partnerlook.

Ich schlief bloß schon wieder ein.

Irgendwann später wurde ich von lauten Hilferufen geweckt.

10. High Noon auf dem Lüttjenshof

Die Stimme kannte ich.

Es war Jan, der da um Hilfe rief.

Ich befreite mich aus dem Stroh und lief hinaus. Als Erstes sah ich Rüdiger. Er lag unter der zerfledderten Hollywoodschaukel, auf der Großtante Marie im Sommer so gern saß, und gab mal wieder das unsichtbare Kalb. War aber trotzdem gut zu sehen, zumal die Schaukel ein bisschen wackelte. Er passte nicht ganz drunter.

»Nele!«, schrie Jan. »Bring dich in Sicherheit!«

Mein Bruder, der Held.

Er stand mitten auf dem Hof, hatte die Arme in die Luft gestreckt, fürchtete um sein Leben und dachte doch zuerst an seine große Schwester. Das würde ich ihm nie vergessen.

»Aus der Schusslinie!«, rief Irene.

Ich wirbelte herum und sah sie am Fenster ihres Zimmers stehen. Mit beiden Händen hielt sie eine Waffe, keine Ahnung, welches Kaliber. Woher sollte ich mich da auch auskennen? Vielleicht war's auch ein Revolver.

High Noon auf dem Lüttjenshof.

Boah!

Nur die Uhrzeit stimmte nicht. Es war schon später Nachmittag. Bedenklich fand ich, dass der Lauf der Waffe direkt auf Jans Körpermitte zielte.

»Was soll das werden?«, fragte ich. »Willst du meinen Bruder kastrieren?«

Beim Wort kastrieren stieß Jan ein kläglisches Wimmern aus.

»Er soll aus dem Weg gehen, damit ich die Ratte erwische.«

Ratte?

»Jetzt ist sie weg.«

Irene ließ die Waffe sinken, sicherte sie fachgerecht und legte sie irgendwo hinter sich ab. Mir kam der Gedanke, dass sie früher nicht nur in der Landjugend gewesen war. Auch im Schützenverein.

Jan sackte ein Stückchen in sich zusammen. Rüdiger kam zu ihm hin und schleckte ihn ab.

Die Hollywoodschaukel wippte heftig hin und her, bevor sie wieder zur Ruhe kam.

»Danke, Kumpel«, murmelte Jan.

»Bei uns gibt es keine Ratten«, erklärte ich Irene.

»Und ob! Die war groß und fett und hatte sich unter meinem Bett versteckt.«

Unter ihrem Bett? Igitt!

»Ich habe da aber keine gesehen.« Oh, oh.

Irene starrte mich an. »Du willst mich beruhigen, Nele, aber ich glaube kaum, dass du in letzter Zeit unter meinem Bett warst.«

»Ähm … nee, klar.«

Während ich noch überlegte, woher so ein Vieh stammen konnte, kamen Grete und Marie aus dem Haus, die eine schneller, die andere langsamer.

»Was ist hier los?«, verlangte Grete zu wissen, wirkte aber nicht ganz so zornig, wie ich erwartet hätte.

93

Vom Küpperhof her näherte sich Karl. Er trug eine kleine braune Ratte auf dem Arm.

Irene sah ihn auch. Schon griff sie nach hinten.

»Da ist ja das Miststück!«

»He, Sie! Unterstehen Sie sich, meine Ursula zu erschießen!«

Ursula?

Hatte Karl nicht mal eine Freundin dieses Namens gehabt? Genau. Seine allererste Liebe. Vor mir.

Mann! Da konnte ich ja richtig froh sein, dass es vor meiner Zeit schon ein Mädchen gegeben hatte. Sonst würde eine Ratte jetzt meinen Namen tragen. Und was war das eigentlich für eine neue Mode, seltsame Tiere nach der ersten Flamme zu benennen?

Bescheuert!

»Ursula?«, fragten Irene, Grete, Marie und Jan im Chor.

Rüdiger knurrte dazu.

»Ja, die ist mir vorhin entwischt, und ich habe sie schon überall gesucht.«

»Die war unter meinem Bett«, erklärte Irene.

»Ach ja? Und wie ist sie dahin gekommen? Jemand muss sie bei euch reingelassen haben.«

Grete beschäftigte sich plötzlich eingehend mit ihren Schuhspitzen.

»Seit wann besitzt du eine Ratte?«, erkundigte ich mich bei Karl.

»Och, schon eine ganze Weile. Sie ist sehr zutraulich.«

Ich fand, es war an der Zeit, dass mein Exfreund wieder eine Frau ins Haus bekam. Musste mal ein Wörtchen mit Anke sprechen. Auf Opas Beerdigung hatte Karl mal ziemlich lange seinen Arm auf Ankes Stuhllehne liegen lassen. Vielleicht ging da ja was.

»Ich bin übrigens Karl Küpper«, sagte er zu Irene.

Sie legte erneut die Waffe weg und stellte sich vor.

Karl musterte sie ausgiebig.

Dann mich. »Habt ihr miteinander gekämpft?«

»Nee, die Beulen sind reiner Zufall.«

»Ach so.«

Jan und Rüdiger hatten derweil feuchte Freundschaft fürs Leben geschlossen. Ich machte ihn mit Irene bekannt und signalisierte ihm, sich zurückzuhalten. Tat er aber nicht.

»Sind Sie mit einer bestimmten Absicht zu uns auf den Hof gekommen?«

Irene starrte ihn an. Grete und Marie starrten ihn an. Karl starrte zu mir, ich zu Irene. So starrten wir eine Weile in den Gesichtern herum, bis kurz nacheinander Mama und Papa auf den Hof gefahren kamen. Als hätten sie sich abgesprochen.

Hatten sie auch.

»Wir haben uns noch in Lüneburg getroffen«, erklärte Mama und richtete einen starren Blick auf Irene. Papa machte gleich mit.

Mama räusperte sich. »Ich habe in Hamburg ein paar Nachforschungen über dich angestellt.«

»So?«, sagte Irene mit kleiner Stimme.

»Ja. Und jetzt möchte ich gern wissen, was du von meiner Tochter willst.«

»Von unserer Tochter«, ergänzte Papa.

»Von meiner Schwester«, fügte Jan hinzu, der in Windeseile geschaltet hatte. Viel schneller als ich jedenfalls.

Grete und Marie nickten in seltener Einigkeit.

Karl verkrümelte sich zusammen mit Ursula. Wahrscheinlich war er zum hundertsten Mal froh, dass er nicht in diese Sippe eingeheiratet hatte.

Der Glückliche! Konnte einfach verschwinden. Ich nicht. Mein Herz raste los, und das hatte ausnahmsweise mal nichts mit Paul zu tun.

Irene.

Nele.

Mein Verdacht, der anfangs nur ein verrückter Gedanke gewesen war, wurde mit einem Schlag zur Gewissheit.

»Das mit dem Zigeunerkind war wohl nichts«, murmelte ich.

»Zigeuner?«, echote Jan.

»Egal.«

Rüdiger kam zu mir. Du gehörst jetzt zur Familie, sagten seine Kalbsaugen. Tja, wenigstens etwas Gutes.

Ich schaute mir Irene noch einmal sehr gründlich an. »Wir sehen uns überhaupt nicht ähnlich.«

Sie schüttelte stumm den Kopf.

»Dann komme ich nach meinem Vater?«

Leichtes Nicken.

»Nach Rüdiger?« Der musste dann aber ein spezieller Niedersachse gewesen sein. Klein, mit dunklen Haaren und Augen.

Sie riss die Augen auf. »Was? Nein, der hatte nichts damit zu tun.«

Ein bisschen beruhigte mich diese Neuigkeit. Ich stellte mir vor, wie ich einigen Leuten hätte erklären müssen, wieso der Riesenhund wie mein Vater hieß. Würde meinen Ruf in Nordergellersen nicht unbedingt verbessern.

Der Tag wurde plötzlich dunkler, aber vielleicht weigerte sich auch mein Bewusstsein, noch länger zu funktionieren.

Papa war mit einem Satz bei mir und packte mich unter den Achseln.

»Wir sollten alle reingehen«, entschied er.

Danke.

In der Diele hockte Opa hinter dem Garderobenständer.

Oha! Der sah aber sauer aus! Der funkelte richtig vor Wut.

»Untersteh dich!«, zischte er mir zu.

»Was denn?«

»Du machst mir nicht die Familie kaputt. Du nicht!«

»Was kann ich denn dafür?«

»Nele!«, sagte Papa scharf. »Führst du neuerdings Selbstgespräche?«

I wo.

Ich klappte den Mund zu und öffnete ihn erst wieder, um ein Glas Wasser zu trinken, das Jan mir in der Küche reichte.

Diesmal wurde Irene von niemandem eingequetscht. Sie saß mutterseelenallein auf einem Stuhl.

»Eigentlich wollte ich erst mit Nele sprechen«, murmelte sie.

»Zu spät«, entschied Papa.

Mama nickte. »Wir wollen alle wissen, was los ist.«

Grete durchbohrte Irene mit ihren Blicken. »In unserer Familie gibt es keine Geheimnisse.«

Nicht die Bohne! Jan zog es vor zu schweigen. Ich auch. Marie sowieso.

Irene holte tief Luft. »Es war die Meldung im *Hamburger Abendblatt*.«

Alle schauten überrascht auf.

»Was für eine Meldung?«, hakte Mama nach.

»Na ja, die war sehr seltsam. Eine gewisse Aline G. hat einem Reporter erzählt, ihrer Nachbarin Hertha K. sei etwas außerordentlich Merkwürdiges passiert. Sie habe im ICE München–Hamburg die Tupperdose mit der Asche eines Verstorbenen an sich genommen und den armen Hermann L. dann zurück in die Lüneburger Heide gebracht.«

Warum, fragte ich mich, können gewisse Nachbarinnen nicht einfach den Mund halten? Und wenn sie schon quatschen müssen, warum dann mit einem Reporter?

Ich erinnerte mich sehr gut an Aline Grünlich. Der waren angesichts der leckeren Heidespezialitäten, die wir Hertha Kowalski als Dank für Opas Rückführung mitgebracht hatten, die Augen übergangen.

»Ich habe dann sehr lange über diese Meldung nachgedacht. Erst glaubte ich, es könne sich dabei unmöglich um Hermann Lüttjens handeln. Aber dann habe ich ein wenig nachgeforscht und seine Todesanzeige gefunden. Und dann… nun ja, dann habe ich noch lange gezögert. Aber schließlich bin ich hergekommen. Bitte glaubt mir, ich will niemandem wehtun. Aber ich wollte mich wenigstens davon überzeugen, dass es meiner Tochter gut geht.«

»Nach all den Jahren«, murmelte Jan. »Bisschen spät.«

Mama runzelte die Stirn. »Hast du gedacht, hier werden die Familienmitglieder regelmäßig in Tupperdosen abgefüllt?«

»Natürlich nicht«, erwiderte Irene, klang aber nicht überzeugend.

»Wir sind doch nicht plemplem«, ereiferte sich Grete

und warf mir einen Blick zu. Mit einer Ausnahme, sollte das wohl heißen.

»Mich würde interessieren«, sagte mein kluger Papa, »warum du dich erst nach so langer Zeit für unsere Tochter interessierst.«

Ganz klar, er und Jan dachten in dieselbe Richtung. Erstaunlich für zwei so unterschiedliche Menschen.

»Das stimmt so nicht«, gab Irene zurück. »Ich bin immer gut informiert gewesen. Ich wusste, wie es ihr ging und was sie so machte.«

Hammer! Ich war mein Leben lang beobachtet worden? Und hatte nie was gemerkt?

Doch, einmal. In München.

Fiel mir gerade siedend heiß wieder ein. Da hatte ich einen Typen abgeschleppt, der mich ein ganz klein wenig an Karl erinnerte und der mir schon den ganzen Tag lang nachgelaufen war. Als ich ihn irgendwann fragte, was er von Beruf war, wollte er partout nicht mit der Sprache herausrücken.

Ob unsere heiße Nacht auch in seinem Bericht gestanden hatte? Ich wurde im Nachhinein dunkelrot.

»Aber ich habe mich nie in ihr Leben eingemischt«, erklärte Irene. »Wer A sagt, muss auch B sagen, hat mir mein Vater eingetrichtert.«

War auch ein Lieblingsspruch von Opa gewesen. Ich mag einen anderen mehr, der stammt von Brecht: Wer A sagt, muss nicht B sagen. Er kann auch erkennen, dass A falsch war. Genial!

»Was ich gern wissen möchte«, meldete sich Marie leise zu Wort, »ist, warum Nele damals zu uns gebracht worden ist.«

Irene holte tief Luft.

»Ich stamme aus Salzhausen.«

Aha. Keine zwanzig Kilometer weg von uns.

»Und ich habe einmal in den Schulferien hier auf dem Hof gejobbt.«

»Deswegen bist du mir auch so bekannt vorgekommen«, behauptete Grete.

Wer's glaubte.

»Und damals hab ich mitbekommen, wie sehr sich Heidi und Olaf ein Kind wünschten. Ich war schon schwanger, und da kam mir die Idee, mein Kind zu euch zu bringen.«

»Und warum?«, fragte nun ich. »Warum konntest du mich nicht behalten? Wir leben doch nicht mehr im Mittelalter.«

Meine Stimme klang peinlicherweise ziemlich weinerlich. Aber ich hielt mich tapfer, fand ich. Fast ein wenig zu tapfer. Vielleicht würde der Zusammenbruch ja später kommen.

Opa freute sich bestimmt schon darauf, mit mir Tacheles zu reden, wenn ich nicht mehr ganz bei Sinnen war.

Irene hob die Schultern. »Ich war achtzehn und völlig verzweifelt. Dein Vater hatte mich verlassen und …«

»Mein Vater«, murmelte ich. Auf einmal erinnerte ich mich an den Zettel, den Irene damals in meiner Babydecke versteckt hatte.

»Das war also der Verbrecher, richtig?«

Alle schnappten nach Luft.

11. Nur nicht aus Liebe weinen

Papa fing sich als Erster. »Moment mal«, sagte er energisch. »Ich finde, das reicht. Und ich habe Hunger. Was gibt es zu essen?«

Dankbar zwinkerte ich ihm zu. Für den Augenblick hatte ich auch genug.

»Rinderleber«, brummte Grete. »Heute Mittag war ja keiner da. Muss nur wieder aufgewärmt werden.«

Mein Magen fand das gut. Seit dem Butterkuchen hatte er nichts mehr bekommen. Und Schocks machten hungrig. Das kannte ich schon.

»Vielleicht könnten Nele und ich vorher noch einen kurzen Spaziergang machen«, schlug Irene vor.

Eigentlich gern, dachte ich. Man lernte nicht alle Tage seine leibliche Mutter kennen. Spontan fielen mir ein paar Dutzend Fragen ein, die ich ihr stellen wollte. Zum Beispiel: Hast du mich geliebt, als ich auf die Welt kam? Warst du traurig, als du mich weggegeben hast? Liebst du mich heute?

Aber dann bemerkte ich, wie weiß Mamas Nasenspitze war. Gleichzeitig trat mir Jan unter dem Tisch gegen das Schienbein.

Aua! Ist ja gut! Ich weiß, wohin ich gehöre!

»Im Augenblick möchte ich lieber hier bei meiner Familie bleiben«, beschied ich Irene.

»Oh … das verstehe ich natürlich. Soll ich mich zurückziehen?«

Niemand sprach es aus, aber alle dachten dasselbe.

Und Irene begriff. Ein Punkt für sie.

»Wir sehen uns morgen«, sagte sie und stand auf. Wenig später fuhr ihr Wagen vom Hof. Rüdiger hatte sie dagelassen. Als Versprechen vielleicht, dass sie wiederkommen würde. Oder als Drohung.

Rinderleber mit Zwiebelringen, Bratkartoffeln und Apfelmus. Es brauchte nicht viel, um unsere kleine Welt wieder geradezurücken. Alle aßen mit gesundem Appetit, und Mamas Nasenspitze bekam wieder Farbe.

Ich fand, es war Zeit für eine kleine Ansprache. »Ihr sollt wissen, dass ich zu euch gehöre. Ihr seid meine Familie, und ich werde euch nie verlassen.«

»Das wäre ja auch noch schöner«, murmelte Papa.

»Einmal reicht wohl«, sagte Grete.

Musste die immer so pingelig sein? Ich hatte gerade mal verdrängt, dass ich vor dreizehneinhalb Jahren das Weite gesucht hatte.

»Wenn du immer nur auf Nele rumhackst«, sagte Marie zu Grete, »darfst du dich nicht wundern, wenn sie fortgehen will.«

Bevor es sich die beiden in ihrem Streit gemütlich machen konnten, meldete sich Jan zu Wort. »Bei mir gibt es auch Neuigkeiten.«

Ich stieß den Atem aus, den ich seit einiger Zeit angehalten hatte. War mir bloß nicht aufgefallen. Oh ja, bitte, ein Themenwechsel, damit wir alle mal Zeit hatten, den Schock zu verdauen.

Jan erzählte von seinen geschäftlichen und privaten

Plänen. Mama und Papa nickten dazu wohlwollend, Marie auch.

Grete natürlich nicht. »Wenn das man gut geht.«

Mein Bruder holte tief Luft. Gleich würde er seine Kalkulation darlegen. Aber Papa winkte ab.

»Dafür ist morgen auch noch Zeit. Ich für meinen Teil habe genug.« Er stand auf. Mama folgte ihm aus der Küche.

»Ihr beide könnt auch schlafen gehen«, sagte ich zu Grete und Marie. »Den Abwasch übernehmen Jan und ich.«

Ich dachte mir, zu zweit würden wir noch einmal in Ruhe die Ereignisse durchsprechen, und ich könnte auf diese Weise ein wenig von dem Chaos in meinem Kopf ordnen.

Doch dann war keinem von uns nach Reden zumute. Wir schrubbten Töpfe und Pfannen, wuschen das Geschirr, trockneten es ab, wischten den Tisch und räumten die Küche auf.

Einträchtig, aber stumm.

Und ich merkte, das war genau das, was ich brauchte. Mit meinem geliebten Bruder einfach nur zusammen sein. Endlich gingen wir auch auf unsere Zimmer, und erst spät am Abend hörte ich, wie ein Auto auf den Hof fuhr. Irene war zurückgekehrt.

Bevor ich einschlief, dachte ich an Paul. Ob er wohl auch schon herausgefunden hatte, was ich wusste?

Bestimmt.

Und warum war er dann nicht zu mir geeilt, um mir in diesen schicksalsschweren Stunden beizustehen?

Gute Frage. Jetzt war ich wieder hellwach.

Shit!

Vielleicht wurde ihm ja alles zu viel.

Er wünschte sich ein ruhiges Leben mit einer normalen jungen Frau an seiner Seite.

Tja, das konnte ich ihm definitiv nicht bieten.

Irgendwann fiel ich dann doch in einen zum Glück traumlosen Schlaf.

Ich wurde von einem langen innigen Kuss geweckt.

»Rüdiger«, murmelte ich. »Lass dich bloß nicht von Grete erwischen. Wie bist du überhaupt reingekommen? Ist unten irgendwo ein Fenster offen?«

»Nun, ich habe einen Schlüssel«, kam die Antwort vor dem nächsten Kuss.

Upps!

Das war nicht Rüdiger. Hätte ich auch gleich drauf kommen können. Der Kuss war kein Stück schlabberig.

»Paul!« Ich wollte mich aufsetzen, aber er drückte mich sanft ins Kissen zurück.

»Hast du was über Irene rausgefunden?«, fragte ich, obwohl mich die Antwort in diesem speziellen Moment nicht sonderlich interessierte.

»Nein«, erwiderte er und knabberte an meinem linken Ohrläppchen. Er wusste genau, wie er mich gefügig machen konnte. »Und deshalb bin ich auch nicht hier. Verzeih mir, Nele, ich war heute kühl zu dir.«

»Wie ein Eisschrank.«

Jetzt fühlte er sich mehr wie ein Ofen an. Ging mir ähnlich. Das rechte Ohrläppchen war an der Reihe. Ich stöhnte.

Paul schlüpfte zu mir unter die Decke. Ich atmete mich satt an seinem Duft, ertastete den Körper, den ich so gut kannte, und sorgte dafür, dass nun Paul aufstöhnte.

Der Morgen graute schon, als wir erschöpft einschliefen, und als ich wieder erwachte, war Paul fort.

Fast hätte ich gedacht, es sei nur ein Traum gewesen, aber sein Duft lag noch auf meinem Kissen, und so schlummerte ich glücklich noch einmal ein und träumte von unserer glücklichen Zukunft, die jetzt echt nur noch eine Frage der Zeit war.

In den folgenden Tagen wurde wenig geredet auf dem Hof. Das Lüttjens-Schweigen breitete sich wie eine Epidemie aus und erfasste sogar Irene.

Und Paul meldete sich mal wieder nicht. Er tat gerade so, als hätte es unsere zärtliche Versöhnung mitten in der Nacht nicht gegeben. So langsam hatte ich wirklich genug von seinem Betragen.

Mal hü, mal hott, hätte Grete gesagt, wenn ich sie um Rat gefragt hätte. Tat ich aber sowieso nicht.

Jeden Abend nahm ich mir fest vor, am nächsten Tag nach Lüneburg zu fahren, um ihn zur Rede zu stellen. Jeden Morgen überlegte ich es mir anders.

Eine Art Lähmung hatte mich erfasst, die jedes Handeln unmöglich machte. Irene suchte ein paar Mal das Gespräch mit mir, aber wir waren beide wie blockiert. Sissi rief an, und ich verschwieg ihr die neuesten Ereignisse. War sonst nicht meine Art. Wir waren beste Freundinnen und wussten alles voneinander.

Zum Glück schritt gegen Ende der Woche mein Bruder energisch zur Tat.

»Jetzt ist man gut, Nele«, erklärte er am Samstagmorgen in meinem Zimmer. Er hatte mich wachgerüttelt und hielt mir jetzt eine Flasche Prosecco unter die Nase. Berlucchi.

Mir egal. Ich vergrub meinen Kopf tief im Kissen.

»Los, komm hoch!«

»Grmpf.«

Jan zog mir die Decke weg.

Ich richtete mich auf. »He!«

Schon hatte ich ein Glas mit sprudelnder Flüssigkeit in der Hand.

»Runter damit, und dann machen wir uns an die Traumabewältigung.«

»Keine Lust.« Aber ich trank folgsam. Hmmm, das tat gut. Meine Nerven führten einen kleinen Freudentanz auf. Oh ja, dachte ich, endlich über alles reden. Mit Jan. Dem einzigen Menschen, dem ich noch vertraute. Vielleicht konnte er verstehen, wie seltsam es sich anfühlte, plötzlich zwei Mütter zu haben. Mir fiel ein, dass es Papa genauso ging wie mir. Aber er kannte seine beiden Mütter immerhin schon sein Leben lang. Nein, mein Schock war definitiv größer.

»Ich werde Paul verlassen.«

Nanu? Das war nicht unbedingt das, was ich hatte sagen wollen.

Jan sperrte den Mund weit auf und schenkte uns nach.

»Hau rein«, ermunterte er mich. »Ich habe noch eine Flasche dabei.«

War vermutlich die einzig intelligente Antwortmöglichkeit. Nach dem zweiten Glas beschloss ich, vernünftig zu werden.

»Er liebt mich nicht.« Ich heulte los.

»Mensch, Kröte.« Jan nahm mich fest in die Arme, ließ mich seinen Missoni-Pulli pitschnass weinen und klopfte mir ausgiebig auf den Rücken. »Und ich dachte, wir reden über Irene.«

Ich auch.

»Er meldet sich überhaupt nicht mehr. Bestimmt hat er längst herausgefunden, dass Irene meine leibliche Mutter ist. Und jetzt will er mit dem ganzen Chaos nichts mehr zu tun haben. Paul ist doch so ein anständiger Mann. Ich kann ihn sogar verstehen. Ich glaube, ich würde jemanden wie mich auch nicht mehr mögen.«

Jan hielt mich ein Stück von sich ab. »Sag mal, geht's noch? Denkst du etwa, er macht dir irgendwelche Vorwürfe? Was kannst du denn für den ganzen Schiet?«

Eigentlich nichts.

Jan stellte sein Glas ab. »Du trinkst die Flasche leer, ich muss noch fahren.«

Er wollte schon weg? Mist!

»Wohin denn?«

»Nach Lüneburg. Ich bringe dich zu Paul.«

»Nur über meine Leiche.«

»Wenn's sein muss, mache ich auch das. Du kennst mich.«

»Jan!«

Mein Bruder zuckte mit den Schultern. »Die größten Liebesgeschichten sind schon wegen 'nem blöden Missverständnis den Bach runtergegangen. Das wird meiner großen Schwester nicht passieren.«

Ich ließ mir nachschenken.

»Wenn du meinst«, murmelte ich.

»In zwanzig Minuten bin ich wieder da. Bis dahin hast du geduscht und dir was Flottes angezogen. Frisur und Styling erledige ich.«

Jan hatte das Kommando übernommen. Fühlte sich gut an.

107

Meine Lähmung fiel endlich von mir ab, und ich beeilte mich, ins Badezimmer zu kommen.

Geschehe, was wolle, dachte ich. Alles ist besser als diese lähmende Ungewissheit.

Es kam ziemlich dicke.

Auf der Fahrt summte Jan ein Lied. Immer dasselbe. Ich hielt mir die Ohren zu.

»Nur nicht aus Liebe weinen, es gibt auf Erden nicht nur den einen. Es gibt so viele auf dieser Welt, ich liebe jeden, der mir gefällt.«

Mein Bruder konnte Zarah Leander perfekt imitieren.

»Muss das sein?«

»Entschuldigung. Ich habe dabei gar nicht an dich gedacht.«

»Wer's glaubt…«

»Ehrlich, Kröte. Das war mein Motto, als ich noch mit Eike zusammen war. Und jetzt habe ich halt immer noch den Ohrwurm.«

»Schon gut.«

Ich stellte das Radio an, fand NDR 2 und ließ uns mit Popmusik berieseln.

»Ich warte im Wagen auf dich«, sagte Jan, als er vor der Kanzlei hielt. »Du gehst besser allein hoch.«

Recht hatte er.

»Ich weiß aber nicht, wie lange es dauern wird.«

»Kein Problem.« Er holte sein iPhone raus. »Ich muss sowieso noch einige Mails checken.«

Vier Minuten später war ich wieder da.

12. Die München-Connection

Ein Blick auf mich reichte Jan, um den Motor zu starten. Wir verließen die Stadt. Irgendwann bog er in eine Nebenstraße ein und hielt vor einem verlassenen Gehöft.

»Erzähl.«

»Paul war nicht da«, presste ich hervor.

»Ja und? Dann war er wahrscheinlich im Gericht oder bei einem Mandanten.«

»Nein.«

Jan wartete. Ich musste ein paar Mal tief durchatmen.

»Die Sekretärin hat mir gesagt, er sei verreist.«

»Ohne dir was davon zu verraten?«

»Ja.«

»So'n Schiet.«

Fand ich auch.

»Und konntest du herausfinden, wohin er gefahren ist?«

»Nein. Und er ist schon Mittwochfrüh aufgebrochen.«

Jan stieg aus und lief neben dem Auto hin und her. Ich folgte seinem Beispiel. Die frische Luft tat gut.

»Da stimmt etwas nicht«, erklärte er schließlich. »Paul Liebling, der mit unbekanntem Ziel verreist? Der schon seit drei Tagen verschwunden ist? Das passt nicht zu dem Mann, den ich kenne.«

»Überhaupt nicht.«

»Der macht nichts Spontanes. Der ist ein Planer.«

Hm. Hörte sich nicht wie ein Kompliment an.

»Ob es was mit Irene zu tun hat? Überlege doch mal. Am Dienstagabend hat sie der Familie die Wahrheit gesagt, und am Morgen danach fährt Paul weg.«

»Möglich«, entgegnete ich ratlos.

»Und er gibt kein Lebenszeichen von sich?«

»Doch. Er ruft zweimal am Tag in der Kanzlei an und lässt sich auf dem Laufenden halten. Außerdem hält er per Mail Kontakt zu seinen Mandanten.«

Jan sprach aus, was ich dachte: »Aber nicht zu dir.«

»Nein, nicht zu mir.« Ich heulte los. »Jetzt kann ich ihn gar nicht mehr verlassen. Das hat er ja schon erledigt.«

Dazu fiel ihm kein Gegenargument ein.

Ich setzte mich an den Straßenrand und brütete dumpf vor mich hin. Sehr, sehr lange. Mein Bruder beschäftigte sich wieder mit seinen Mails. Konnte ich ihm nicht verdenken. Er hatte ja auch sein eigenes Leben.

Plötzlich stieß er einen Pfiff aus.

»Ich wusste gar nicht, dass er meine Mail-Adresse hat.«

»Wer?«

»Wahrscheinlich habe ich sie ihm gegeben, als wir die Erbschaft geregelt haben.«

»*Wem?*«

»Na, Paul.« Er sah mich an. »Hör gut zu. Hier steht: Bitte sag Nele, sie soll sich keine Sorgen machen. Es geht mir gut, aber ich muss mich um ein Problem kümmern, das keinen Aufschub duldet.« Jan zögerte eine Sekunde. »Und sage ihr, ich liebe sie.«

Mit einer einzigen schnellen Bewegung riss ich ihm das iPhone aus der Hand.

»Von Liebe steht hier nichts!«, rief ich aus.

»Aber er wollte das noch schreiben.«

»Ach ja? Seit wann stehst du in telepathischer Verbindung mit meinem Freund?«

Jan grinste schief. Dann kam er aufs Wesentliche zu sprechen. »Hast du irgendeine Ahnung, was das sein könnte? Dieses dringende Problem, das keinen Aufschub duldet?«

»Nee, nicht die Spur.«

»Und warum er wohl mir schreibt und nicht dir?«

»Weil er ein Feigling ist.« Weitere Beschreibungen meines Freundes behielt ich für mich.

»Ich lasse mal meine Lüneburger Verbindungen spielen. Vielleicht finde ich was heraus.«

»Aber ich weiß gar nicht, ob ich das so genau wissen will.«

Jan schloss mich in seine Arme.

»Wir machen es so, Kröte. Ich erkundige mich, und dann sage ich dir, ob es schlimm, sehr schlimm oder halb so wild ist. Und du kannst entscheiden, ob du es erfahren willst.«

»Okay«, erwiderte ich. Konnte ja nicht wissen, dass Pauls Problem schlimmer als schlimm war und dass es noch ziemlich lange dauern sollte, bis ich Gewissheit hatte.

Vorerst wurde die Geschichte nur noch geheimnisvoller.

Den Rest des Tages verbrachte ich grübelnd auf meinem Zimmer.

Jan ließ mich in Ruhe. Ich war ihm dankbar dafür. Grete rief mich zum Essen. Kein Hunger. Marie fragte, ob ich etwas brauchte. Nichts. Papa steckte einmal den Kopf zur Tür herein und ging dann wieder. Irene schlug einen Spaziergang vor. Bloß nicht.

Einzig Sissi nervte. Zehnmal klingelte mein Blackberry

durchdringend. Immer war sie es. Ich ging nicht ran. Erst beim elften Mal.

»Na endlich! Wieso gehst du stundenlang nicht ran?«

»Ich ruhe mich aus.«

»Wovon?«

Vom Familienchaos. Vom Ende einer großen Liebe. »Nur so.«

»Bei euch muss ja ganz schön was los sein, wenn Paul mich hier in München um Hilfe bittet.«

»Hier ist einiges los, Sissi, und irgendwann erzähle ich dir davon.« Es dauerte einen Moment, bis der zweite Teil ihres Satzes bei mir ankam.

»*Was?*«

»Tja, ich habe auch gestaunt. Der ist gestern hier im Kiefers aufgetaucht.«

Fiese Eifersucht fraß sich durch meine Eingeweide. »Was zum Teufel wollte er von *dir*?«

»Komm wieder runter, Nele. Nicht das, was du denkst.«

Schweiß brach auf meiner Stirn aus. Vor Erleichterung.

»Aber was dann? Was macht er überhaupt in München? Hier ist er einfach nur spurlos verschwunden und …«

»Wenn du mich mal reden lassen würdest, könnte ich es dir ja erzählen.«

»Schieß los.«

Leider kam Sissi nicht gleich zur Sache; war nicht so ihre Art. »Du weißt vielleicht noch, dass ich auf der Beerdigung von deinem Opa lange mit ihm gequatscht habe.«

Nee, wusste ich nicht mehr. Mir war nur aufgefallen, wie Pamela und Anke ihn angehimmelt hatten.

»Na, jedenfalls muss ich bei der Gelegenheit wohl Bonifaz erwähnt haben.«

»Bonifaz? Dein Exfreund?« Was hatte der damit zu tun?

»Bonifaz ist mein Ex-Exfreund«, korrigierte Sissi. »Mein Exfreund ist George aus Chicago. Aber das weißt du doch.«

»Klar, sorry.« Bei Sissis abwechslungsreichem Liebesleben konnte sogar die allerbeste Freundin mal durcheinanderkommen.

Ich fing an, mit meinem Blackberry am Ohr im Zimmer auf und ab zu gehen. Dabei sagte ich keinen Ton, damit Sissi sich bloß nicht unterbrochen fühlen und dann womöglich stundenlang über ihre verflossenen Männer herziehen würde. Da fand sie selten ein Ende.

Jan kam nach kurzem Anklopfen herein. Ich winkte ihn mit der freien Hand näher und stellte auf Lautsprecher.

»Ist es okay, wenn Jan mithört?«

»Klar doch!«, rief Sissi und schickte einen Kuss durchs Handy. Die beiden liebten sich wie Bruder und Schwester.

»Paul ist in München«, informierte ich Jan. »Und er hat Sissi um Hilfe gebeten.«

Mein Bruder war so klug zu schweigen.

»Tja, also, ihr werdet es nicht glauben«, fuhr Sissi endlich fort. »Paul hat mich gefragt, ob ich mit Bonifaz noch befreundet bin und mich dann um seine Nummer gebeten.«

Jan riss die Augen auf. Ich auch. In diesem Moment sahen wir uns so ähnlich, wie sich ein Wikinger und eine Südländerin nur ähnlich sehen konnten.

»Warum *das* denn?«, fragte ich.

»Wollte ich auch von ihm wissen.«

»Sissi! Komm zur Sache!«

»Okay, okay. Bonifaz arbeitet bei der Stadtverwaltung.«

Auf einmal kam mir ein schrecklicher Verdacht. In München war Opa Hermann eingeäschert worden, und ich hatte die Urne unrechtmäßig an mich genommen. Sollte es jetzt doch noch ein rechtliches Nachspiel geben? Obwohl Paul mir versichert hatte, dass alles geregelt war? Und war mein Liebling extra nach Bayern gereist, um mich davor zu bewahren?

»Bonifaz ist beim Jugendamt.«

Hm. Vierundneunzigjährige Tote waren da kein Thema.

»Das wird ja immer mysteriöser«, bemerkte Jan.

Ich nickte. »Und was genau wollte er nun von Bonifaz?«

»Hat er mir nicht verraten.«

Typisch Paul. Immer diese blöde Geheimniskrämerei. Ist echt eine Anwaltskrankheit.

»Er hat sich nur höflich für die Nummer bedankt und ist gegangen. Ach nein, warte mal. An der Tür hat er plötzlich gezögert und ist noch einmal zurückgekommen.«

Sissi legte eine dramatische Pause ein, und ich fing an, auf meinen Fingernägeln herumzukauen. Hatte ich zuletzt mit dreizehn gemacht.

Jan haute mir kräftig auf die Hand. »Lass das.«

»Er hat mich gebeten, dir nichts zu sagen«, ließ Sissi sich vernehmen. »Weder von seinem Besuch in München noch von der Auskunft, die er von mir brauchte. Er ... er will dich wahrscheinlich nicht beunruhigen.«

Toll! Wieso glaubten eigentlich plötzlich alle Leute, sie wüssten, was in Pauls Kopf vorging? Erst Jan und nun Sissi.

»Danke, dass du es mir trotzdem gesagt hast«, brachte ich hervor.

»Hey, was hast du denn gedacht? Ich bin deine beste Freundin!«

»Und meine auch!«, rief Jan und nahm mir mein Blackberry aus der Hand.

Ich ließ die beiden quatschen und verzog mich nach draußen. Rüdiger stürmte auf mich zu. Kies spritzte auf, als er drei Zentimeter vor mir abbremste.

»Komm mit«, sagte ich zu ihm. »Wir laufen ein bisschen.«

Zum Bäcker?, fragten seine großen Augen.

»Mal schauen.«

Wir trotteten vom Hof, er mit federnden Schritten, ich eher schlurfend. Bäcker war eigentlich keine schlechte Idee. Es war später Nachmittag, und ich hatte noch nichts gegessen. Und mit ordentlich viel Nervennahrung würde ich vielleicht das Rätsel um Paul lösen können. Oder ich rief ihn einfach an. Genau! Manchmal war die einfachste Lösung die beste. Er konnte mir dann erklären, dass er im Auftrag eines Mandanten in München war, morgen heimkommen und mich wieder in die Arme schließen würde. Meinetwegen auch als nächtlicher, gut duftender Besucher.

Blöd nur, dass ich mein Blackberry gerade nicht dabeihatte. Also weiterlaufen und grübeln.

»Hunde haben keinen Zutritt!«, rief die dralle Bäckersfrau. »Und Kühe auch nicht.«

War Rüdiger seit gestern gewachsen? Ich grinste und bedeutete ihm, vor der Tür zu warten. Er zog es vor, in der Tür zu warten. So verhinderte er, dass andere Kunden ihm irgendwas vor der Schnauze wegkauften.

Gedeckte Apfeltorte, Pflaumenkuchen, Zimtschnecken, Rumkugeln und Nussecken. Sollte reichen.

Rüdiger und ich machten es uns unter der alten Linde auf dem Dorfplatz gemütlich. Ich saß auf der Bank, die um den breiten Stamm herumlief, Rüdiger hockte davor und ließ sich füttern. Eins für mich, eins für dich.

Den Menschenauflauf bemerkte ich erst nach einer ganzen Weile. Kinder kicherten, Hausfrauen schüttelten den Kopf, alte Männer tuschelten miteinander. Sogar Pastor Gräve kam aus seiner Kirche, um nachzuschauen, was seine Schäfchen zusammengetrieben hatte.

Er drängelte sich durch. »Nele«, sagte er. »Was tust du da?«

Ich schluckte schnell einen Bissen hinunter und räusperte mich. »Nichts Besonderes, Herr Pastor. Wir essen bloß Kuchen.«

»Das sehe ich«, erwiderte er ratlos. »Aber ist das nicht ein wenig ungewöhnlich?«

»Wieso?«

Er deutete verwirrt auf Rüdiger, der sich genüsslich die Lefzen leckte.

»Haben Sie noch nie einen Hund gesehen, der Süßes liebt?«

Pastor Gräve kratzte sich am Kinn. »Nicht in diesem Ausmaß.«

Ich lächelte nachsichtig. »Er ist ja auch ein großer Hund.«

»Wem gehört der eigentlich?«

»Meiner Mutter.«

»Heidi Lüttjens hat sich so einen großen Hund angeschafft?«

»Wer redet denn von Heidi?«

Pastor Gräve sah mich seltsam an. Alle anderen auch. Es war plötzlich sehr still geworden auf dem Dorfplatz.

Gespenstisch still.

13. Einer für alle, alle für einen

Ich biss mir auf die Lippen. Rüdiger nutzte die Gelegenheit, die letzte Nussecke aus meiner Hand zu schnappen. Kurz schaute ich nach. Alle Finger waren noch dran. Danke, mein Freund.

»Äh… ich… na ja…« Wenn nötig, konnte ich noch eine Weile so weiterstottern.

»Vielleicht hat sie einen Zuckerschock«, meinte jemand. »Kann mal einer Wasser holen?«

Eine ältere Frau lief rüber zum Aktivmarkt und kam mit einer Flasche Sprudel für mich und einem halb vollen Eimer Wasser für Rüdiger zurück. An ihre Fersen hatten sich Wolfram, Silke und ihre sechsköpfige Kinderschar geheftet. Rüdiger schlürfte geräuschvoll sein Wasser, ich trank gesitteter. Und sehr, sehr langsam. Irgendwann war die Flasche aber doch leer, und ich wusste immer noch nicht, wie ich aus der Nummer wieder rauskommen sollte. Hatte mich selten in einer so kniffligen Lage befunden.

»Das ist doch der Hund von Irene Wedekind«, kam mir Silke zu Hilfe. »Eine sehr feine Dame. Sie hat heute bei uns eingekauft.«

»Ja«, sagte ich und rülpste. Zu viel Sprudel. »Sie ist Gast bei uns auf dem Hof. Hat für eine Woche ein Zimmer gemietet. Und sie wird von allen Mutti genannt, so wie Anke früher, weißt du noch, Silke? Weil sie sich immer um alle gekümmert hat.«

Keiner glaubte mir auch nur ein Wort, das konnte ich in den Gesichtern lesen. Hinter den Stirnen ratterten die Rädchen, hier und da wurde eifrig geflüstert.

»Das ist ja wieder mal ein toller Skandal auf dem Lüttjenshof!«

»Wo auch sonst! Deibel ok! Was da immer los ist.«

»Sodom und Gomorrha!«

»Ist die Nele etwa gar nicht Heidis Kind? Die war ja schon immer anders.«

»Und sie sieht auch überhaupt nicht aus wie eine echte Lüttjens. Mehr wie 'ne Zigeunerin.«

Das hörte ich zum zweiten Mal innerhalb einer Woche. So langsam machte ich mir Sorgen um meine Wirkung auf die Leute.

»Dann ist der Olaf ja fremdgegangen!«

»Ja, ja, du weißt ja, die stillen Wasser. Der war mir schon immer suspekt.«

»Mich hat er auch manchmal schräg angeguckt. Ich weiß noch, damals auf dem Schützenfest, da wollte er …«

»Man gut, dass die nicht meine Schwiegertochter geworden ist.« Das war Karls Mutter. Die hatte ich noch gar nicht bemerkt. Aber da stand sie und schaute mich an wie ein Wesen von einem anderen Stern.

Gleichfalls, dachte ich böse.

»Hast Glück gehabt, Petra.«

»Kommst du mit zum Kaffee? Darüber müssen wir reden!«

»Ja, ich rufe nur eben noch Michaela und Rebecca an. Die sollen das auch hören!«

Ich saß derweil da wie ein Häufchen Elend und hoffte auf ein Wunder. Es trat ein.

Silke machte ein paar Schritte auf mich zu, Wolfram folgte ihr. Die Kinder bauten sich neben ihnen auf. Wie ein Schutzschild.

Ach ja, die alte Clique hielt zusammen. In guten wie in schlechten Zeiten. Und die neue Generation erhielt eine Gratisstunde in echter Freundschaft. Wir waren jetzt die drei Musketiere gegen den Rest der Welt. Samt Knappen. Einer für alle, alle für einen.

»Mich habt ihr damals Mücke genannt«, sagte Silke. »Weißt du noch, Nele?«

»Und mich Bolle«, ergänzte Wolfram.

Mein Lächeln geriet schief, war aber voller Dankbarkeit. Silke grinste zurück. »Erinnert ihr euch daran, wie Wolfram damals die zwei Flaschen Jägermeister aus dem Lager seines Vaters geklaut hat?«

»Geliehen, nur geliehen.«

»War lecker«, murmelte ich.

»Ja, und dann hat Karl dir am Baggersee einen Heiratsantrag gemacht. Das war ja so romantisch.«

»Das hat mich auf eine wunderbare Idee gebracht«, sagte Wolfram und warf Silke einen tiefen liebevollen Blick zu.

Wow! So viele Jahre Ehe, so viele Kinder, und immer noch Liebe. Ich war ein bisschen neidisch. Die Menge fing an, sich zu zerstreuen.

Pastor Gräve warf mir einen gütigen Blick zu. Komm zu mir, wenn du dein Herz erleichtern willst, sollte der heißen. Hm, war auch eine Option. Musste ich ihm dann verraten, dass er um ein Haar die leere Urne von Opa Hermann beerdigt hätte?

Doch keine gute Idee.

Jetzt waren nur die Kinder und die alten Männer übrig. Die Hausfrauen versammelten sich gerade um einen Kaffeetisch.

Rüdiger schloss sabbernd neue Freundschaften, lautes Juchzen und Kreischen erfüllte den Dorfplatz.

Endlich zogen auch die Männer ab. Wolfram und Silke setzten sich zu mir.

»Geschafft«, sagten sie wie aus einem Mund.

»Danke!«

»Ehrensache.« Silke klopfte mir auf den Rücken. »Können wir sonst noch was für dich tun?«

Ich stellte fest, dass sie keine neugierigen Fragen stellte.

»Danke!«, sagte ich wieder. »Aber wir müssen jetzt nach Hause.«

»Na, dann.« Wolfram erhob sich ein wenig mühsam. Seit jener legendären Nacht im Baggersee hatte er gute dreißig Kilo zugelegt. »Wir sollten das mal wieder machen. Du weißt schon, grillen und so.«

»Unbedingt.«

»Aber für dich nur Tofu-Würstchen«, warf Silke ein. »Du musst an dein Cholesterin denken.«

Wolfram seufzte und fügte noch hinzu: »Kannst ja deinen neuen Freund mitbringen, Nele. Den kennen wir noch gar nicht richtig.«

Statt einer Antwort nickte ich nur. Brachte gerade kein Wort heraus.

Mit einem Pfiff trennte Wolfram den eigenen Nachwuchs von den anderen Kindern. Auch Silke sprang daraufhin an seine Seite. Toll! Das war mal eine Art, seine Lieben beisammenzuhalten.

Rüdiger wirkte enttäuscht, als wir allein waren. Gibt's noch Kuchen?

»Du spinnst wohl!«

War ja nur 'ne höfliche Frage. In seinem Bauch rumorte es lautstark. Ich tätschelte seinen Riesenkopf. »Komm, wir gehen jetzt heim.«

Am liebsten wäre ich weiter und weiter gelaufen. Immer nach Süden. Bis nach München. Meinetwegen zu Fuß und mit einem Kalbshund als Begleiter, mit dem ich mich durch die örtlichen Süßwaren fressen würde.

Schluss jetzt, Nele! Abrupt blieb ich stehen. Rüdiger bremste neben mir ab.

Zweimal war ich zu Paul nach Lüneburg gefahren, um mit ihm zu reden. Nu war mal gut. Bis nach München fuhr ich bestimmt nicht, von einer wochenlangen Wanderung ganz zu schweigen. Genau. Jetzt war er mal dran.

Seinen nächtlichen Besuch verdrängte ich vorübergehend. Passte nicht so recht in meine subjektive Wahrnehmung der Sachlage.

Mein Herz wurde schwer, als ich weiterging. Vielleicht war's aber auch der Magen mit dem vielen Kuchen darin. Rüdiger war vorausgelaufen.

Als ich das Hoftor erreichte, hörte ich ihn laut und drohend bellen. Das klang aber gar nicht gut. Immerhin rief diesmal niemand um Hilfe. Aber jemand fluchte laut.

»Rüdiger!«, rief Irene, »komm auf der Stelle von dem Baum runter!«

Ich stoppte ab und sammelte mich. Musste wohl doch so etwas wie einen Zuckerschock haben. Schon wieder so eine akustische Halluzination.

»Das ist kindisch!«, fügte sie hinzu.

Es wurde auch weiter kräftig geflucht und gebellt. Ich war mir nicht sicher, ob ich weitergehen wollte. Eigentlich war jetzt mal gut für einen Tag. Wie jeder andere Mensch bin auch ich nur begrenzt aufnahmefähig.

»Rüdiger, aus! Bei Fuß!«

Der Lärmpegel stieg. Mein Stresspegel auch.

»Wer sind Sie denn?«, rief Papa. Das wollte ich auch wissen und trat durchs Tor. Auf den unteren Ästen einer Eiche saß ein Mann. Nicht Rüdiger. Der stand drunter und bellte wie wild.

»Rüdiger«, sagte Irene wieder. »Komm vom Baum runter. Du machst Rüdiger nur noch wilder.«

Bitte? In meinem Kopf machte es klick. Dort oben im Geäst saß der Namensgeber meines Kuchenkumpels. Mein Beinahe-Vater. Oder doch mein Vater? Ich schaute genauer hin. Nee, unmöglich. Ein rothaariger Mann mit hellblauen Augen und eine groß gewachsene Blondine brachten keine dunkle Südländerin zustande. So viel verstand ich immerhin von Genetik.

Irene schnappte sich jetzt Rüdigers Halsband, zerrte ihn zur Hollywoodschaukel und bedeutete ihm, dort zu bleiben. Er bellte weiter, schien jedoch begriffen zu haben, dass der Mann seinem Frauchen nicht an den Kragen wollte. Der zweibeinige Rüdiger sprang vom Baum und landete einigermaßen elegant auf dem Kies.

»Wieso heißt dein verrückter Hund wie ich?«, erkundigte er sich.

»Er ist nicht verrückt. Er wollte mich nur verteidigen.« Das mit dem Namen ließ sie aus.

»Vor mir? Ich habe dich doch bloß freundschaftlich umarmt.«

»Für ihn sah das anders aus. Er ist sehr eifersüchtig, musst du wissen.«

»Das erklärt noch lange nicht, warum das Vieh so heißt wie ich.«

»Na ja«, sagte Irene. »Er hat mich wohl an dich erinnert. Du isst doch auch so gern Süßes.«

Der zweibeinige Rüdiger tippte sich gegen die Stirn. »Du warst ja schon immer reichlich durchgeknallt.«

Irene ließ das unkommentiert.

Rüdiger Wolters, der Nachname fiel mir gerade wieder ein, klopfte sich den Staub von der Hose. »Ein netter Empfang, muss ich schon sagen. Da erfahre ich, dass du wieder im Lande bist, und will dich begrüßen, und prompt muss ich um mein Leben fürchten.«

»Wer hat dir das verraten?«, wollte Irene wissen.

Rüdiger grinste. »Du lebst schon zu lange in der Stadt, meine Gute. Von Wilsede bis Lüneburg weiß inzwischen jedes Kind, dass Irene Wedekind die Lüneburger Heide mit ihrer Anwesenheit beehrt.«

So hochgestochen musste man erst mal reden können. Ich trat näher, und sofort heftete sich der Blick des Besuchers auf mich. Dann schüttelte er den Kopf und wirkte zutiefst erleichtert.

»Nein, unmöglich.«

Irene hob die Augenbrauen. Offenbar hatte sich auch herumgesprochen, dass sie eine Tochter hatte. Ein uneheliches Kind, das von den Lüttjens' großgezogen worden war. Unsere Klatschtanten aus dem Dorf konnten das aber nicht gewesen sein. Die tranken gerade erst Kaffee und besprachen ihre Strategie.

»Man hat dich neulich in Salzhausen gesehen«, erklärte

Rüdiger. »Und deine Mutter hat beim Metzger alles erzählt.«

Aha.

»Die kann auch kein Geheimnis für sich behalten«, stellte Irene fest.

Ich fand, die Dame konnte genauso gut schweigen wie die Lüttjens'. Immerhin hatte sie das große Geheimnis viele Jahre lang gehütet.

Rüdiger Wolters ließ noch einmal den Blick über mich gleiten.

»Guten Tag«, sagte ich höflich. »Ich bin Nele Lüttjens.«

»Hallo.«

Er nahm meine Hand und drückte kräftig zu. Ich hasse Leute, die einem die Finger zerquetschen. Und Leute, die froh sind, nicht mein Vater zu sein, sowieso.

Papa kam hinzu und legte einen Arm um meine Schultern. Der freute sich, mein Vater zu sein, auch wenn er es gar nicht war.

Danke, Papa. Ich kuschelte mich an ihn.

»Wo ist Jan?«, fragte ich.

»Der musste nach Hamburg. Zur Wohnungsübergabe.«

Das Küchenfenster ging auf, und Marie schaute hinaus. Im nächsten Moment wurde sie von Grete unsanft beiseitegedrängt.

»Dann war's also doch der Makkaroni«, meinte Rüdiger. »Hab ich mir ja gleich gedacht.«

Irene schoss tödliche Blicke auf ihn ab. Mein Herz tanzte Tarantella. Papas Griff wurde fester.

»Makkaroni?«, rief Grete. »Heute gibt es aber Frikadellen mit Kartoffelpüree.«

»Nun gut«, setzte Rüdiger hinzu, nachdem er die Bombe gezündet hatte. »Ich will nicht länger stören. Ruf mich an, wenn du Lust hast, mal über alte Zeiten zu plaudern.«

»Eher erschieße ich mich«, murmelte Irene.

Ich dachte an die Waffe in ihrem Zimmer und nahm mir vor, die so bald wie möglich gut zu verstecken. Manche Leute muss man vor sich selbst schützen.

»Die Pistole habe ich in Gewahrsam genommen«, flüsterte Papa.

Kluger Papa.

Rüdiger stieg in einen Angeber-Sportwagen und brauste vom Hof.

Durch die Windschutzscheibe erhaschte ich einen Blick auf ein breites Grinsen. Der hatte seine späte Rache gehabt. Von Irene verlassen werden für einen Makkaroni. Das ging aber auch gar nicht. So was nagte auch nach einem halben Leben noch an einem echten Heidjer. Und dann auch erfahren müssen, dass ein Riesenhund nach ihm benannt worden war.

Der Mann hätte mir beinahe leidgetan.

Aber nur beinahe.

14. Der Geschmack von Makkaroni

Papas Blick wanderte zwischen Irene und mir hin und her, während seine Hand die Mütze auf dem Kopf vor und zurück schob. Gleichzeitig trat er von einem Fuß auf den anderen. Ziemlich viel Bewegung für einen so ruhigen Mann.

»Ihr zwei müsst miteinander reden«, entschied er. »Allein. Komm, Rüdiger.«

Der folgte ihm aufs Wort. Ganz ohne süße Lockmittel. Verräter!

Als sie im Stall verschwunden waren, wies ich mit der Hand hinter mich. »Gehen wir spazieren.«

Irene zögerte. Die ganzen Tage lang war sie diejenige gewesen, die unbedingt mit mir hatte sprechen wollen; nun zögerte sie. Fast schien es, als hätte sie plötzlich Angst vor mir.

Meinem Magen tat das nicht besonders gut. Der fühlte sich jetzt regelrecht verknotet an.

Irene gab sich einen Ruck.

»Also gut.« Sie marschierte los, und zwar so schnell, dass ich kaum mitkam. Für jeden Schritt ihrer langen Beine musste ich zwei machen und trotzdem alle zehn Meter noch einen Zwischenspurt einlegen.

In null Komma nix lief sie am Baggersee und am Kiefernwäldchen vorbei. Erst als wir den Wald erreichten, in dem wir uns das erste Mal unter außergewöhnlichen Umständen begegnet waren, wurde sie endlich langsamer und blieb schließlich stehen.

Außer Puste schloss ich zu ihr auf.

»Lass uns da lieber nicht reingehen«, schlug ich vor. »Nicht dass wir wieder den Jägern in die Quere kommen.«

Jagdhörner waren zwar keine zu hören, aber man konnte nie wissen.

Ich wies auf eine verwitterte Holzbank, und wir setzten uns. Die letzten Strahlen der warmen Novembersonne legten sich auf mein Gesicht und meinen Oberkörper. Der Knoten im Magen löste sich. Auf einmal fürchtete ich mich nicht mehr. Was immer sie mir erzählen würde, ich war bereit dafür.

Dachte ich zumindest.

Irene schwieg sehr, sehr lange. Ich döste vor mich hin.

»Marcello Occhipinti«, sagte sie plötzlich.

Hä?

»So hieß dein Vater. Ich schätze, er heißt immer noch so.«

Da drängte sich die Frage auf, ob der Mann seine Identität gewechselt hatte oder tot war. Ich stellte sie nicht. War zu sehr damit beschäftigt, den exotischen Namen einzuordnen.

»Italiener«, murmelte ich.

Irene nickte.

»Und aus welcher Gegend?« Als ob das im Augenblick wichtig gewesen wäre.

»Apulien.«

Mein Vater war also im Absatz des Stiefels beheimatet.

Aha. Ich war nur ein paar Mal am Gardasee gewesen und einmal mit Sissi in Venedig.

Irene holte tief Luft. »Alles fing bei einem Essen an. Ich war damals seit einem Jahr mit Rüdiger zusammen. Wir sind nach Lüneburg in eine Pizzeria gefahren, um unseren Jahrestag zu feiern. Und da sah ich diesen Jungen, der die dünnen Teigstücke so elegant in die Luft geworfen hat. Das war Marcello. Ich habe mich auf den ersten Blick in ihn verliebt. Und er sich in mich.«

Woher wolltest du das wissen?, hätte ich gern gefragt, schwieg aber lieber, um ihren Redefluss nicht zu unterbrechen. Ich bekam die Antwort auch so.

»Wir bestellten Pizza Quattro Stagioni, und ich bekam meine in Herzform. Rüdiger war stinksauer, aber ich schwebte im siebten Himmel.« Irene lächelte bei dieser ganz besonders süßen Erinnerung.

Zwei Wochen später trennte sie sich von Rüdiger.

»Die Italiener haben da ein Sprichwort«, erklärte sie mir. »Es heißt ›Al cuore non si comanda‹, das bedeutet, dem Herzen befiehlt man nicht. Ich konnte einfach nicht anders, auch wenn ich wusste, dass ich Rüdiger sehr wehtat.«

Marcello war nach Deutschland gekommen, um seinem Onkel zu helfen, und Irene wusste von Anfang an, dass er nicht bleiben würde. Er hatte sein Abitur in der Tasche und plante für das folgende Jahr ein Studium der Agrarwissenschaft. Das junge Mädchen aber verschloss die Augen vor der Realität. Wenn er sie genug liebte, würde er schon bleiben, dachte sie, oder sie würde eben nach Italien ziehen. Doch es kam anders. Genau an dem Tag, an dem Irene Marcello von ihrer Schwangerschaft erzählen wollte, erklärte er ihr, er müsse sofort heim nach Apulien fahren. Seine Familie stecke in Schwierigkeiten, und es sei eine Frage der Ehre, dass er ihr zu Hilfe eile.

Eine Frage der Ehre?, fragte sich Irene und dachte: Gehört der etwa zur Mafia?

Marcello wunderte sich wohl über ihre kühle Reaktion. Er war die Temperamentsausbrüche der Mädchen seiner Heimat gewohnt. Die brachen in Tränen aus, stampften mit den Füßen auf, drohten mit Selbstmord oder auch mit Mord. Die rauften sich die Haare und zerkratzten dem Geliebten das Gesicht. Ah, *sì*! Die hatten Feuer in den Augen und schnell ein scharfes Messer zur Hand.

Nicht so seine schöne deutsche Freundin. »Wenn du fahren musst, dann fahr«, sagte sie ruhig, wandte sich ab und ging ohne einen Gruß davon.

»Er hat bestimmt gedacht, ich liebe ihn nicht genug«, erzählte mir Irene. »Aber in meiner Familie ist es nicht üblich, seine Gefühle offen zu zeigen. Ich wusste einfach nicht, was ich tun oder sagen sollte.«

Konnte ich nachvollziehen. In der Lüneburger Heide machte man keine Szenen. Man litt still und ging zum Weinen vor die Tür. Nur im absoluten Notfall griff man zur Heugabel. Irene beschrieb mir ihr Elternhaus in Salzhausen. Vater und Mutter, Bauern von altem Schlag, drei jüngere Geschwister. Die Mutter zudem seit Langem leidend. Zu ihr konnte Irene mit ihrem Problem nicht gehen. Sie musste allein klarkommen. An eine Abtreibung dachte sie keine Sekunde lang. Sie war christlich erzogen worden und hatte tiefen Respekt vor dem Leben, das da in ihrem Bauch heranwuchs.

Herzlichen Dank, dachte ich. War doch ziemlich froh darüber, dass sie mich am Leben gelassen hatte.

»Ich bin dann für eine Weile nach Hamburg zu einer Freundin gezogen, und dort habe ich bald den Plan gefasst, dich zu den Lüttjens' zu bringen.«

Die Geburt fand anonym in einer Hamburger Klinik statt. Irene zögerte. Ich sah, wie sie mit sich kämpfte, aber schließlich sprach sie weiter: »Als ich dich zum ersten Mal im Arm hielt, wollte ich dich behalten. Du warst so süß. Ganz die Tochter deines Vaters. Dunkelhaarig und mit diesen Augen, in denen ich mich verloren hatte.«

Wärme durchflutete mich. Sie hatte mich geliebt. So wie es sich für eine Mutter gehörte.

»Ich musste schwer mit mir kämpfen. Aber meine Freundin hat mir klargemacht, dass ich dich weggeben musste. Und zwar so schnell wie möglich. Bevor die Bindung zu stark wurde. Du warst eine Woche alt, als wir nach Nordergellersen gefahren sind.«

Sie beschrieb mir, wie sie mich weinend vor die Tür der Lüttjens' gelegt hatte.

»Dann habe ich hinter dem Hoftor gewartet, bis Hermann Lüttjens dich hineingeholt hatte.«

Irene stieß einen tiefen, jahrzehntealten Seufzer aus. »Meine Freundin brachte mich dann nach Hamburg zurück. Von den Wochen danach weiß ich nicht mehr viel. Ich befand mich in einer Art Dämmerzustand. Meine Freundin hat mir die Milch abgepumpt und mich gefüttert wie ein kleines Kind. Später hat sie mir geholfen, wieder auf die Beine zu kommen.«

Sie erzählte, wie sie eine Hotelfachschule besuchte, und ich musste daran denken, dass ich mich viele Jahre später ebenfalls über diese Schule informiert hatte. Allerdings war mir Hamburg nicht weit genug weg von Nordergellersen gewesen, und ich hatte mich schließlich für München entschieden.

»Nach und nach habe ich mir ein eigenes Leben aufgebaut, und sobald ich es mir leisten konnte, habe ich einen Privatdetektiv engagiert, der mich regelmäßig über dich auf dem Laufenden gehalten hat.«

Ich dachte automatisch an den Kerl in München, der mir seinen Beruf nicht hatte verraten wollen.

So 'n Schiet aber auch.

Irene legte eine Pause ein, und ich stellte die Frage, die mir am meisten auf der Zunge brannte. »Und du hast nie wieder etwas von meinem Vater gehört?«

Sie schüttelte den Kopf. »Nein. Und ich habe nicht nach ihm gesucht. Dieses Kapitel war ein für alle Mal für mich abgeschlossen. Mit einem Verbrecher wollte ich nichts mehr zu tun haben.«

Die alte Traurigkeit in ihrem Blick sagte etwas anderes, aber ich ging nicht näher darauf ein. Ihre Gefühle für Marcello waren ihre Privatsache.

Schweigen entstand, während die Sonne hinter den Baumwipfeln unterging.

»Lass uns heimgehen«, sagte ich endlich.

Irene nickte. Wortlos kehrten wir zum Hof zurück und sahen Rüdiger, der vor dem Küchenfenster Position bezogen hatte. Also wussten wir, wo die Familie war.

In der Diele strömte mir der Duft von Frikadellen in die Nase.

Aber nur für eine halbe Sekunde.

Dann roch das gebratene Hackfleisch mit Ei, Zwiebeln und altbackenen Brötchen plötzlich nach Makkaroni mit Tomatensoße.

Mir wurde ein bisschen schlecht.

Als wir eintraten, erstarb das Gespräch in der Küche. Papa, Mama, Grete und Marie sahen uns entgegen.

Wir erwarten eine Erklärung, sagten ihre Blicke.

Grete häufte mir den Teller voll. Ich starrte auf den Berg Kartoffelpüree und die drei Frikadellen. Mein Magen hob sich.

»Gibt's auch Parmesan?«

Alle starrten mich an. Papa griff nach hinten in den Küchenschrank und holte die Flasche Doppelkorn heraus.

»Ich hätte lieber einen Grappa«, murmelte ich.

Grete tippte sich gegen die Stirn. »Völlig plemplem.«

Papa reichte mir ein Glas Köm. Ich kippte es hinunter. Danach ging's mir ein bisschen besser, und ich hörte zu, wie Irene ihre Geschichte zum zweiten Mal erzählte.

»Da wäre mir ein Zigeunerbalg ja fast lieber gewesen«, meinte Grete, als sie geendet hatte. »Jetzt haben wir einen Mafiasprössling in der Familie.«

Papas strafenden Blick übersah sie. Marie lächelte mir zu. Ob Halbitalienerin oder Halbzigeunerin – du bist du, sagten ihre Augen.

Mama verdrückte eine Träne. »Ein rassiger Italiener! Hast du ein Glück, Irene.«

Papas Blick wurde eine Nuance dunkler.

»Wobei ich persönlich mehr auf den klassischen Nordmann stehe«, ergänzte Mama schnell.

Irene sagte gar nichts mehr. Zweimal die eigene unglückliche Geschichte erzählen, das zehrte.

»Also gut«, brummte schließlich Grete. »Nun wissen wir alles, dann willst du bestimmt wieder nach Hause fahren, Irene. Ich helfe dir beim Kofferpacken, dann kannst du gleich nach dem Essen aufbrechen.« Oma hatte es wirklich eilig, den ungebetenen Gast wieder loszuwerden.

»Ich will nach Italien fahren«, sagte jemand. Überrascht schaute ich mich in der Runde um. Erst dann merkte ich, dass ich selbst gesprochen hatte.

Papa schenkte nach. Auch die anderen bekamen ein volles Glas Köm.

»Nach Italien«, murmelte Mama. Ich bemerkte, wie sie einen langen Blick mit Papa tauschte. Die beiden waren sich ohne Worte einig.

»Ihr müsst euch keine Sorgen machen«, sagte ich schnell. Der Köm breitete sich wohlig in meinem Inneren aus. Auf einmal war ich fest entschlossen. Bevor ich meine Zukunft beginnen konnte, musste ich auch den Teil meiner Vergangenheit kennen, der mir fremd war, und mit ihm abschließen. »Ich möchte nur meinen Vater treffen. Einmal sehen, wie es dort aussieht, und meine italienischen Verwandten kennenlernen. Und ich will wissen, ob er wirklich ein Verbrecher ist. Aber ihr werdet immer meine Eltern bleiben. Ich liebe euch.«

Papa gab ein merkwürdiges Geräusch von sich. Es klang wie ein Schluchzen, doch das konnte natürlich nicht sein. Mama stand auf, kam zu mir und schloss mich fest in die Arme. Sie roch wie gewohnt nach Patchouli. Papas schaufelgroße Hand legte sich auf meine Schulter. Er duftete nach Heimat und noch immer ein wenig nach Kuhstall, obwohl wir das Vieh schon vor vielen Jahren abgeschafft hatten.

Irene starrte auf ihren Teller.

»Italien«, flüsterte sie.

Ich horchte auf. Da war Sehnsucht in ihrer Stimme. Ganz ohne Zweifel.

»Du kannst ja mitfahren«, schlug ich vor, obwohl ich nicht sicher war, ob das eine so gute Idee war. »Vielleicht möchtest du dich nach all diesen Jahren mit… ähm… meinem Vater aussöhnen.«

Erneut tauschten meine Eltern einen Blick.

»Wir kommen mit«, sagte Papa.

Mama nickte. »Das fehlte noch, dass wir unsere einzige Tochter allein in ein Mafianest schicken.«

Das mit dem Mafianest überhörte ich, aber der Gedanke, meine Eltern bei mir zu wissen, machte mich froh.

Irene räusperte sich. »Sie wäre nicht allein. Außerdem spreche ich Italienisch.«

Aha, dachte ich. Und sie behauptete, mit der Vergangenheit abgeschlossen zu haben.

»Dann fahren wir eben alle zusammen«, entschied Papa und schenkte eine neue Runde ein.

Unser Telefon klingelte. Mama ging ran. Sie blieb ziemlich lange weg.

»Schöne Grüße von Jan«, sagte sie, als sie zurückkam. »Ich habe ihm alles erzählt. Er ist morgen früh hier und wird uns nach Italien fahren. Er sagt, seine Geschäftseröffnung wird sowieso erst im Dezember sein. Eine Woche kann er sich schon freinehmen.«

Ich schluckte. Mein Bruder ließ mich auch nicht im Stich.

Mannomann!

War ich froh, eine Lüttjens zu sein!

Grete schlug mit der Faust so kräftig auf den Tisch, dass die Schnapsgläser und ein paar Frikadellen hochhüpften.

»Und ihr denkt, ihr könnt so einfach verschwinden? Aber ohne mich.«

Ich glaubte, sie meinte etwas anderes. »Du willst auch mitfahren?«

»Selbstverständlich.«

»Ich auch«, meldete sich Marie mit leiser Stimme zu Wort.

»Dumm Tüch!«, rief Grete aus. »Du bist viel zu alt für so eine Reise.«

Sie vergaß, dass Marie zwei Jahre jünger als sie war. Andererseits hatte meine Großtante mit mehr körperlichen Gebrechen als ihre ältere Schwester zu tun. Aber die südliche Sonne würde ihrem Rheuma guttun.

Marie straffte sich. »Ich fahre mit und damit basta!«

Grete klappte den Mund auf und wieder zu. Vorerst hatte es ihr die Sprache verschlagen.

»Ich weiß nicht, ob das so eine gute Idee ist«, gab Irene zu bedenken.

»Wieso?«, fragte Grete kalt. »Werden wir da erschossen? Das könnte dir doch in den Kram passen. Dann hast du Nele ganz für dich.« Oma hatte aber auch gar keine Vorurteile gegen Süditaliener!

Irene schüttelte den Kopf. »Unsinn. Aber es könnte sein, dass sich die Leute in Apulien von uns überfallen fühlen.«

»Die Barbaren kehren zurück«, warf Mama ein.

Grete war mit Marie noch nicht fertig. »Du bist noch nie im Ausland gewesen. Nur mal in Bayern.«

»Du etwa?«

»Und ob! Neunzehnhundertzweiundsiebzig war ich mit Neckermann an der Costa Brava. Volle zwei Wochen lang.« Ihrer Meinung nach zeichnete sie diese Pauschalreise als Globetrotterin aus. »Das Wetter war ja ganz schön, aber das Essen war grauenhaft.«

Marie runzelte besorgt die Stirn. Das Thema Essen hatte sie offensichtlich noch nicht bedacht. Wenn man sechsundachtzig Jahre lang norddeutsche Kost gewohnt war und nur mal Abstecher ins Land der Schweinshaxen und Knödel unternommen hatte, konnte das schon zum Problem werden.

»Ich war mal fast in Indien«, warf Mama ein.

Klar, dachte ich, und in deinen Hasch-Träumen auf allen fünf Kontinenten.

Papa schwieg. Der hatte in dieser Beziehung nichts zu bieten. Die Hochzeitsreise hatte ihn und Heidi nach Sylt geführt, und in Richtung Süden war er noch nicht über Hannover hinausgekommen.

Irene ließ die Reiseabenteuer meiner Familie unkommentiert. Ich nahm an, dass sie schon viel herumgekommen war. Mehr als wir alle anderen zusammen. Jan vielleicht mal ausgenommen. Der reiste ausgesprochen gern.

»Dann sollten wir jetzt über das passende Transportmittel nachdenken«, regte sie an.

»Ich steige in kein Flugzeug«, stellte Grete klar und traf damit sicherlich auch den Geschmack von Marie und Papa. »Die Dinger fallen wie Steine vom Himmel. Außerdem haben die da unten bestimmt keine Landebahn.«

Das klang, als wollten wir in den afrikanischen Busch reisen.

»Die Eisenbahn kommt auch nicht in Frage«, fuhr Grete fort. »Das ist nichts für unsere Nele. Die lässt da beim nächsten Mal ihren Kopf liegen.«

»Und wer weiß, ob die da unten überhaupt einen Bahnhof haben«, murmelte ich.

»Bleibt das Auto«, stellte Irene fest.

Papa kratzte sich am Haaransatz. »Und wie sollen wir da alle reinpassen?«

»Ich wüsste eine Lösung«, sagte Mama. »Mein guter Freund Ashoka besitzt einen Kleinbus, den leiht er uns bestimmt.«

Irene hob die Augenbrauen. »Ashoka?«

Ganz klar, dieser Name weckte bei ihr kein Vertrauen.

»Das ist einer dieser esoterischen Spinner, mit dem sich meine Frau seit einiger Zeit umgibt«, erklärte Papa.

Mama seufzte. »Er ist kein Spinner, sondern ein ganz feiner Mensch. Und Ashoka ist nur sein buddhistischer Name. Er bedeutet ›Ohne Traurigkeit‹. Getauft wurde er auf den Namen Carlo.«

»Nun gut.« Irene schaute mich fragend an.

»Die Küppers von nebenan haben auch einen Kleintransporter. Da können zusätzliche Sitzbänke eingebaut werden. Ich glaube, es passen sieben oder acht Leute rein.«

»Mit der Kiste transportieren sie aber auch die Kälber zum Schlachthof«, gab Papa zu bedenken. »Da drinnen stinkt es.«

»Wir können uns den Wagen ja morgen früh mal anschauen«, schlug ich vor. Bei mir dachte ich, dass Carlo-Ashokas Kleinbus eventuell auch eine eigene Duftnote besaß. Nach Pot zum Beispiel.

»Ich könnte auch etwas organisieren«, bot Irene an. »Unsere beiden Hotels verfügen über zwei Großraumwagen für Gäste, die in Gruppen anreisen.«

Alle anderen außer mir schüttelten den Kopf. Von dieser Frau wollten sie keine Gefälligkeit annehmen. Es reichte ja wohl, dass sie unsere Familie auf den Kopf stellte.

Gut möglich, dass diese Reise kein reines Vergnügen werden würde.

»Es gibt noch ein Problem«, gab Papa zu bedenken. Wir schauten ihn überrascht an.

15. Auf nach Bella Italia

Papa wies zum Fenster. Hinter den Scheiben zeichnete sich ein Kalbskopf ab. »Was sollen wir mit Rüdiger machen?«

»Der kommt mit«, sagte Irene schnell. »Er war noch nie für längere Zeit von mir getrennt.«

»Na und?«, fragte Grete. »Kriegt er etwa Depressionen, wenn er sein Frauchen mal für eine Woche nicht sieht? Heult er dann den Mond an oder was?«

Irene sparte sich die Antwort.

Papa traf die Entscheidung. »Wir werden ihn mitnehmen müssen.«

Niemand protestierte. Nur Gretes Miene verfinsterte sich, soweit das überhaupt möglich war.

»Und wann fahren wir?«, erkundigte sich Mama.

»Übermorgen«, gab Papa zurück. »Morgen kommt Jan und kann gleich den Kleinbus von diesem Carlo mitbringen. Dann bereiten wir alles vor, schließen den Ferienhof und starten am Montag in aller Frühe. Wir werden bestimmt zwei oder drei Tage für die Fahrt brauchen. Apulien liegt ja doch sehr weit im Süden.«

»Praktisch in Afrika«, warf Grete ein.

Papa überhörte sie. »Irgendwo in Bayern werden wir übernachten, sonst wird es zu anstrengend.«

139

Ich schaute Marie an. Mit Bayern verbanden sie traurige Erinnerungen. Dort hatte sie ihr Kind geboren, das sie dann an Grete abtreten musste. Sie wirkte in sich gekehrt. Dann dachte ich an Paul, der sich im Augenblick auf geheimnisvoller Mission in München befand. Ob ich ihn irgendwie ausfindig machen konnte?

»Ich habe noch etwas zu erledigen«, erklärte ich und stand auf. Ein bisschen wackelig. Wie viele Köms hatte ich schon wieder getrunken? Ich bekam sie nicht mehr zusammen.

In der Diele linste ich vorsichtig in Richtung Garderobenständer. Kein Opa. Gott sei Dank. Den hätte ich jetzt nicht ertragen.

Mein Blackberry lag in meinem Zimmer auf dem Nachttisch. Ich checkte die Nachrichten. Kein Lebenszeichen von Paul. Nur Jan schrieb, ich solle die Ohren steifhalten. Mein Kopf befahl mir, gar nichts zu tun, mein Herz hatte bereits meine Finger angewiesen, die Kurzwahltaste zu drücken. Wieder einmal antwortete mir nur Pauls Mailbox und bat um Nachricht. Ich sagte nichts und unterbrach die Verbindung. Traurig legte ich mich aufs Bett. Da passierte so viel in meinem Leben, und ich konnte darüber nicht mit dem Mann reden, den ich über alles liebte. Mein Herz galoppierte nicht. Es schlug langsam. Darüber schlief ich ein.

Lautes Hupen weckte mich am nächsten Morgen. Ich ging zum Fenster und starrte auf ein quietschbuntes Vehikel, aus dem gerade mein Bruder stieg.

Oh Gott! Ashokas Kleinbus!

Von seiner farbenfrohen Bemalung hatte Mama nichts gesagt. Als Grundton machte ich ein sattes Orangerot

140

aus, darüber tummelten sich gelbe, grüne und hellblaue Kleckse, die wahrscheinlich etwas mit abstrakter Kunst zu tun haben sollten. Alles wurde gekrönt von überdimensionalen Prilblumen und Peace-Zeichen. Kurz, das Gefährt sah aus, als wäre es in der großen Hippie-Zeit auf sämtlichen Demos zwischen Hamburg und San Francisco mitgefahren und mindestens schon einmal in Indien gewesen.

Damit konnten wir unmöglich nach Italien fahren. Ausgeschlossen! Was sollte meine neue Familie von uns denken? Vor dem Haus liefen die Lüttjens' zusammen, Irene und Rüdiger gesellten sich zu ihnen. Fünf Minuten später war ich auch unten.

Jan lud mit großer Geste zur Besichtigung ein. »Immer hereinspaziert«, rief er. »Drinnen ist der Bus echt bequem. Und er fährt eins a! Hat bloß schlappe zweihunderttausend runter.«

Ich sag's ja: San Francisco, Indien. Vermutlich mehr als einmal.

Papa schüttelte ungläubig den Kopf, Mama grinste hocherfreut, Marie sah unsicher von einem zum anderen, und Irene kämpfte mit einem Lachanfall. Rüdiger ging zur Vorderfront und hob das Bein fast in Höhe der Windschutzscheibe.

»Guter Hund«, sagte Grete zur Überraschung aller. Er nutzte die Gunst der Stunde, kam zu ihr und schlabberte sie voll.

Angewidert stieß sie ihn weg. Dann stemmte sie die Fäuste in die Hüften. »Nur damit ihr es wisst! Ich steige in kein Prilreklamefahrzeug!«

»Sei nicht so etepetete«, sagte Marie: »Hauptsache, wir passen alle rein und können Nele begleiten.«

Sie ging mit gutem Beispiel voran und setzte sich probehalber auf eine der hinteren Bänke. »Es ist wirklich sehr gemütlich«, verkündete sie beinahe fröhlich. »Und es duftet so schön.«

Ich steckte die Nase hinein. Oh ja, hier drinnen war zweifellos im Laufe der letzten vier Jahrzehnte mehr als ein Haschpfeifchen geraucht worden. So was setzte sich fest.

»Pfft«, machte Grete, nachdem sie sich überwunden hatte, wenigstens auch einmal Probe zu sitzen. »Ich find's zu eng.«

Dabei nahm sie Marie den halben Platz weg.

Papa griff ein und erklärte: »Wir haben nun einmal diesen Wagen und werden auch damit reisen. Jan und ich sitzen vorn und wechseln uns beim Fahren ab. Auf der ersten Bank sitzen Marie, Nele und Heidi. Nach hinten gehen Irene, Grete und Rüdiger.«

Kluger Papa. Er trennte Grete von Marie und Mama von Irene.

»Rüdiger?«, fragte Grete zurück. »Der nimmt aber die gesamte Bank ein.«

»Unsinn«, gab Irene zurück. »Der setzt sich ganz gesittet hin. Er muss eben den Kopf einziehen.«

Wir versammelten uns in der Küche zum Frühstück. Niemand war sonderlich gesprächig. Jeder dachte an das bevorstehende Abenteuer. Mama und Papa linsten immer wieder zu Irene hinüber, als ob sie sagen wollten: Was hast du uns nur eingebrockt! Hättest du nicht in Hamburg bleiben können, wo du hingehörst? Mit deinen Hotels und deinem Hund? In ihren Gesichtern stand Unsicherheit. Würden sie noch eine Tochter haben, wenn wir wieder heimkamen?

Obwohl ich ihnen versichert hatte, sie blieben immer meine Eltern, konnten sie ihre Zweifel nicht abschütteln. Niemand durfte ihnen ihr Kind nehmen. Hier ging es um ihren Sonnenschein, ihr Geschenk Gottes – oder das der Störche, wenn man Opa Hermann glauben wollte. Die Tatsache, dass ich nach dreizehneinhalb Jahren Abwesenheit gerade erst nicht ganz freiwillig in den Schoß der Familie zurückgekehrt war, ließen sie großzügig außen vor.

Grete und Marie wirkten in sich gekehrt, und Irene kämpfte offensichtlich mit den Geistern der Vergangenheit. Mal huschte ein Lächeln über ihre Mundwinkel, mal stand Angst in ihren Augen.

Ich selbst gab mir alle Mühe, mich auf die Reise zu freuen. Klappte bloß nicht.

Nach dem Frühstück gingen wir alle in unsere Zimmer, um zu packen. Jedes Mal, wenn ich im Laufe des Tages aus dem Fenster schaute, sah ich, wie entweder Grete oder Marie kleinere und größere Päckchen und Tüten im Kleinbus verstauten. Im Kofferraum, unter Sitzen, überall, wo sie ein freies Eckchen fanden.

Unglaublich, dachte ich, was zwei alte Damen so alles auf einer Reise brauchen.

Jan kam am Nachmittag zu mir.

»Hallo, Kröte. Alles fertig?«

»Hm.«

»Und wie fühlst du dich so als frischgebackene Halbitalienerin?«

»Keine Ahnung.«

»Du warst auch schon mal gesprächiger. Was ist denn los mit dir?«

»Entschuldige«, sagte ich schnell und erklärte ihm dann,

143

wie schwierig es für mich sei, mit all dem Neuen fertig zu werden, ohne mit Paul darüber reden zu können.

»Ja«, sagte er. »Das ist hart. Ich treffe mich nachher mit Hans-Dieter. Möchtest du mitkommen?«

Ich schüttelte den Kopf. Die beiden hatten Besseres zu tun, als sich mit meiner miesen Stimmung zu befassen. »Ist lieb von dir, aber ich bleibe lieber hier.«

Jan gab mir einen dicken Kuss auf die Stirn und verschwand.

Um nicht vollends durchzudrehen erledigte ich in den folgenden Stunden liegen gebliebene Büroarbeit. Ich brachte die Buchhaltung auf Vordermann und bearbeitete Reservierungen für die Weihnachtsferien sowie erste Anfragen für Ostern.

»Ach, hier bist du.« Mama kam ins Büro. »Ich habe dich schon überall gesucht. Was machst du denn? Arbeitest du etwa?« Sie warf einen Blick auf den Computermonitor.

»Oh, ich verstehe. Du regelst die Angelegenheiten des Hofes, damit du guten Gewissens nach Bella Italia verduften kannst.«

»So ein Quatsch, Mama. Ich arbeite, um die Zeit bis zur Abreise herumzubringen. Außerdem war noch einiges aufzuholen.«

»Ich an deiner Stelle wüsste Besseres mit mir anzufangen. Ich würde zum Beispiel den Tag mit meinem Freund verbringen.«

»Ach, Mama.«

Sie setzte sich auf die Schreibtischkante und legte mir eine Hand auf den Arm. »Erzähl.«

Das tat ich. Am Ende war Mama genauso ratlos wie ich.

»Vielleicht sollten wir tatsächlich in München Station

machen«, schlug sie vor. »Möglicherweise hat Sissi inzwischen von diesem Bonifaz erfahren, wo Paul sich aufhält und was er überhaupt dort tut. Diese Ungewissheit muss ja furchtbar für dich sein.«

»Danke, Mama. Einen Versuch ist es vielleicht wert.«

Als sie das Büro wieder verließ, war mir ein wenig leichter ums Herz.

Spät am Abend kam Jan noch einmal in mein Zimmer.

»Schläfst du schon?«

»Nein, ich kriege sowieso kein Auge zu.«

Er schlüpfte zu mir unter die Decke.

»Du stinkst wie eine ganze Kneipe«, stellte ich fest.

»Sorry, Kröte. Wir waren noch bei Otto und haben mit der alten Clique Abschied gefeiert.«

Schade, dachte ich. Wäre gern dabei gewesen. Hätte mir gutgetan, mit den anderen ein Gläschen zu heben. Oder zwei.

Jan kicherte. »Die haben mich gefeiert, als wäre ich Odysseus.«

»Der befand sich aber schon auf der Heimfahrt, und du musst erst noch los«, erwiderte ich schläfrig. Jans Nähe ließ mich endlich zur Ruhe kommen.

»Sei nicht so pingelig. Nach dem vierten Jägermeister waren die glutäugigen italienischen Jünglinge meine Sirenen, und Hans-Dieter war meine Penelope, die mich rief.« Er gähnte.

»Na super. Dann bin ich der menschenfressende, einäugige Zyklop, der dich von der Heimkehr abhalten will.«

Ein sanftes Schnarchen antwortete mir. Kurz darauf war ich ebenfalls eingeschlummert. An Jans Schulter schlief es sich prima.

Er weckte mich mit dem ersten Tageslicht.

»Auf, auf, Kröte. Wir wollen früh starten.«

Ich rieb mir die Augen. »Muss ich im Pyjama ins Auto springen, oder darf ich noch duschen und mich anziehen?«

Jan hörte mich nicht mehr. Er war bereits über den Flur in sein Zimmer gestürmt. Sicherheitshalber beeilte ich mich.

Als ich hinunter in die Küche kam, wollte Papa gerade Marie den Kassettenrekorder aus der Hand nehmen.

»Tut mir leid, der bleibt da.«

Marie gab ihn nicht her.

»Aber er funktioniert auch mit Batterie, und Heino singt so schöne Reiselieder.«

»Der war aber meistens in Mexiko oder auf Madagaskar unterwegs«, warf ich ein. Wer mit Heino aufwächst, kennt seine Songs, ob er will oder nicht.

»Zur Ponderosa ist er auch geritten«, sagte Jan, der gerade hereinkam. »Dann war er noch in Tampico, im Böhmerwald und …«

»In Athen, Honolulu, Casablanca«, half ich aus.

»Genau. Nicht zu vergessen die Sierra Nevada und den Westerwald. Jedenfalls war der nicht in Italien.«

»Oh doch«, gab Marie triumphierend zurück und drückte auf den Startknopf. Heino sang das Lied der Caprifischer. Plötzlich wurde seine Stimme ungewohnt hoch und sehr schnell, denn Marie spulte vor und ließ uns »O mia bella Napoli« hören. Heino (mit Hannelore) jaulte auf, als er erneut von Marie beschleunigt wurde.

Papa griff ein und drückte auf Stopp.

»Ist eh alles auf der falschen Seite von Italien«, murmelte ich und warf Marie einen bedauernden Blick zu.

Papa nahm den Kassettenrekorder an sich. »Im Wagen ist es sowieso zu laut. Wir würden ihn gar nicht hören.«

Marie ergab sich in ihr heinoloses Schicksal und verließ die Küche.

Papa, Jan und ich sahen uns an.

»Was glaubt ihr«, fragte Papa. »Werden wir die Damen heil nach Italien bringen oder gehen die sich alle gegenseitig an die Kehlen, noch bevor wir die deutsche Grenze hinter uns gelassen haben?«

Gute Frage. Eher noch früher, dachte ich.

Jan hob die Schultern. »Es wird schon alles gut gehen«, meinte er dann und strahlte allen Optimismus aus, zu dem er im Augenblick fähig war. War nicht viel.

Ich nickte entschlossen. »Wir schaffen das.«

»Na gut«, sagte Papa, wirkte aber nicht sonderlich überzeugt. »Jetzt sehen wir erst mal zu, dass wir so weit kommen wie möglich.«

Wir kamen bis Egestorf, der ersten Autobahnausfahrt nach Garlstorf. Dann brach der erste große Sturm im Innern von Ashokas Pril-Kleinbus los.

16. Irene wehrt sich

Zunächst waren wir froh, endlich alle im Auto zu sitzen. Papa am Steuer und Jan neben ihm. Dann kamen Marie und ich mit Mama in der Mitte. Hinter uns hatten Grete, Irene und Rüdiger Platz genommen. Wir alle trugen praktische Reiseklamotten, nur Grete und Marie verzichteten nicht auf ihre schwarzen Trauerkleider. Wobei Gretes Kleid noch einen Tick schwärzer wirkte als Maries. Klar, sie musste zur Schau stellen, dass sie die offizielle Witwe war.

Ich blickte kurz am Haus hoch. Hinter dem Fenster zum Schlafzimmer der Großeltern stand Opa und starrte kopfschüttelnd zu uns herunter. Als er meinen Blick auffing, hob er den Arm und drohte mir mit dem arthritischen Zeigefinger.

So bleibt also mein Lebenswerk einsam und verlassen zurück, sollte das wohl bedeuten. Ganz klar, er bedauerte es schon mindestens seit seiner Einäscherung, mich zur Haupterbin gemacht zu haben. Oder seit seiner abenteuerlichen Zugfahrt.

Tja, dumm gelaufen, Opa. Ich atmete tief durch.

Von hinten traf mich klatschend eine lange nasse Zunge im Nacken. Danke, Rüdiger, ich liebe dich auch.

Aus dem Stall erklang zweistimmiges Wiehern. Ernie und Bert schickten uns ihren Abschiedsgruß. Rüdiger bellte zurück. Um die Ponys würde sich Karl Küpper kümmern. Darum hatte ihn Papa noch gebeten.

Langsam rollte der Kleinbus vom Hof und bog auf die Landstraße ein. Grete saß am Fenster, aufrecht wie eine Königin in ihrer vierspännigen Kutsche. Fehlte nur noch, dass sie einer vorbeiziehenden Heidschnuckenherde huldvoll zugewinkt hätte. Marie hinter ihr saß eingesunken und still. Etwas raschelte. Ich fand, es duftete plötzlich nach Pflaumenkuchen. Offensichtlich war ich nicht ausgeschlafen. Erst Opa am Fenster und nun Kuchenduft in der Nase.

Zwanzig Minuten später nahmen wir die Autobahnauffahrt Garlstorf. Papa beschleunigte, wenn auch unwesentlich. Ich hoffte, dass Jan bald das Steuer übernehmen würde. In diesem Tempo kämen wir erst zu Weihnachten in Apulien an. Und ich konnte ja auch eine Strecke fahren.

In Richtung Süden herrschte an diesem Montagmorgen auf der A 7 wenig Verkehr. Die Pendler strebten allesamt auf der anderen Seite nach Hamburg.

Gerade war ich halbwegs eingenickt, als Mama laut sagte: »Ich verstehe immer noch nicht, warum du nach all den Jahren ausgerechnet jetzt in unser Leben platzen musstest.«

»Das ist auch nicht nötig«, gab Irene knapp zurück.

Ich horchte auf. Ihrer Stimme fehlte der unterwürfige Ton, den sie in der vergangenen Woche stets angeschlagen hatte. Anscheinend war sie die Rolle der bösen Hexe, die in ein Familienidyll platzte, gründlich leid.

Konnte ich verstehen. Ich war auch nicht gern die schwarze Heidschnucke der Familie gewesen.

Gewesen?

Na ja, Nele.

Und das mit dem Familienidyll stimmte sowieso nicht hundertprozentig. Musste ich Irene bei Gelegenheit mal erzählen.

Ich sah, wie wir die Ausfahrt Egestorf passierten, und fing Papas eindeutigen Blick im Rückspiegel auf. Von wegen Italien. Von wegen deutsche Grenze.

Mamas Hals knackte leise, so stark verrenkte sie ihn, um Irene streng in die Augen schauen zu können.

»Ich habe ja wohl ein Recht drauf zu erfahren, was im Leben meiner Tochter vor sich geht.«

Nur mit einiger Mühe konnte ich ein Kichern unterdrücken. Mama als Löwenmutter – das Bild passte zumindest für die letzten dreizehneinhalb Jahre nicht mehr. Klar, wir waren in Kontakt geblieben, aber hauptsächlich war Heidi damit beschäftigt gewesen, sich in eine erwachende Bodhi zu verwandeln.

Irene beugte sich vor und starrte sie an. Ihre Gesichter waren nur wenige Zentimeter voneinander entfernt.

Meine zwei Mütter. Komisches Gefühl, wie sich diese beiden Frauen meinetwegen stritten. Ob sich das überhaupt lohnte? Wenn ich nun die ideale Tochter gewesen wäre. Treu sorgend, mit einem braven Ehemann und diversen putzmunteren Enkelkindern, die auf Omis Knien herumhüpften. Dann hätte ich das ja noch verstehen können. Aber so ein Stress für eine abtrünnige Rebellin mit halbitalienischem Stammbaum und katastrophalem Liebesleben? Ladys, das lohnt sich doch nicht!

Offenbar waren Mama und Irene anderer Meinung. Die sahen etwas in mir, das mir selbst verborgen blieb.

Na gut, dann bitte.

Beide gaben eine Art Zischen von sich, das nun auch die anderen Fahrgäste auf sie aufmerksam machte.

Jan stieß ein Seufzen aus, Marie schaute stumm, Grete murmelte etwas, das klang wie: »Gib's ihr, Heidi!«

»Na, na«, meinte Papa.

Nur Rüdiger schien anderweitig beschäftigt. Sein Riesenkopf war abgetaucht.

Weder Irene noch Heidi achtete auf uns.

Mama läutete die nächste Runde ein. »Wie konntest du dich überhaupt mit einem Mafioso einlassen!«

»Pah!«, machte Irene. »Das hab ich ja vorher nicht gewusst. Marcello war einfach nur ein netter Pizzabäcker.«

»Pizza, pfui Deibel«, bemerkte Grete, wurde aber überhört.

»So etwas merkt man doch!«, behauptete Heidi.

»Blödsinn.«

Der Meinung war ich auch, hielt mich aber raus. Mama hätte denken können, ich wolle ihr in den Rücken fallen.

»Du solltest mir dankbar sein«, sagte Irene fest.

»Dankbar? Ha!«

Mamas Stimme war sehr hoch und laut. Irene wich zurück.

»Immerhin habe ich dir eine kleine Tochter geschenkt.«

»Geschenkt? So nennst du das?«

»Ganz genau.«

»Ich nenne das weggeben.«

»Also …«

»Verlassen!«

»Das ist …«

»Wegwerfen!«

»Es reicht!«

»Dem sicheren Tod preisgeben!«

Rock 'n' Roll! Mama war jetzt richtig in Fahrt.

»Du hast ein kleines unschuldiges Wesen ausgesetzt!«

Irene sagte nichts mehr. Sie weinte. Nicht laut, nicht schluchzend. Nein, ganz still, ohne eine Regung. Die Tränen liefen über ihre Wangen und tropften in ihren Schoß.

Ich schaute mich um. Hätte gern irgendwas Tröstendes gesagt. Mir fiel bloß nichts ein. Mamas Worte hatten mir auch zugesetzt. Eine schmale Hand schob sich auf Irenes Arm. Marie hatte sich ebenfalls umgedreht.

»Ein Kind abzugeben ist das Schwerste«, flüsterte sie.

Irene sah sie groß an. Die Tränen trockneten auf ihrem Gesicht, Verwunderung lag in ihrem Blick. Aber die Frage, die ihr sicherlich brennend auf der Zunge lag, stellte sie nicht.

»Meine Schwester ist senil!«, trompetete Grete. Sie gab ihre königliche Haltung auf und war wieder ganz die Alte. »Als ob die wüsste, wovon sie redet!«

Auf einmal sagte niemand mehr was. Ein großes Geheimnis der Lüttjens' waberte schwer durch den Kleinbus. Außer Irene kannten es alle, aber das wussten Grete und Marie nicht.

Ziemlich kompliziert.

Nur der Motor war jetzt zu hören. Und ein Rascheln. Äußerst verdächtig. Wieder roch ich Pflaumenkuchen. Im nächsten Moment rieselten ein paar Krümel in meinen Nacken.

»Rüdiger, nein!«, rief Irene noch.

Zu spät. Unser naschhafter Reisegefährte hatte Beute

gemacht. Ich drehte mich um und sah gerade noch, wie ein Rest Butterbrotpapier in seinem Maul verschwand.

»Was war das?«, fragte ich.

»Pflaumenkuchen«, bestätigte Marie leise. »Den habe ich gestern Nacht noch gebacken und unter den Sitz gelegt.«

Ich hob die Augenbrauen.

»Woanders war kein Platz mehr«, fügte sie hinzu.

»Blöder Hund«, erklärte Grete.

Irene verteidigte ihren Rüdiger. »Was kann mein Dicker dafür, wenn die Verführung direkt vor seiner Nase liegt?«

Papa fuhr auf den nächsten Parkplatz. »Wir machen eine Pause und warten, bis Rüdiger die Verpackung wieder losgeworden ist.«

Immerhin, unsere erste Etappe hatte uns schon bis kurz vor Bispingen geführt. Ich fragte mich, ob es in Apulien auch Weihnachtsbäume gab.

Alle vertraten sich die Beine, bis Rüdigers Art des Wiederkäuens zum Einsatz kommen würde.

Ich bemerkte, wie fast jeder vom anderen fortstrebte. Nur Jan und ich blieben zusammen.

»Ich würde übrigens auch gern wissen, warum Irene erst jetzt aufgetaucht ist«, sagte er.

Ich nickte. »Habe ich mich auch schon gefragt.«

Wir erfuhren es, nachdem die ganze Familie wieder im Kleinbus Platz genommen hatte.

»Ich bin letztes Jahr krank gewesen«, erklärte Irene von der hinteren Sitzbank aus. »Leukämie. Monatelang war nicht sicher, ob ich überleben würde.«

Ich warf Grete einen langen warnenden Blick zu. Wehe, du sagst jetzt etwas Falsches! Ausnahmsweise benahm sich meine Oma wie ein menschliches Wesen und schwieg.

»Im Krankenhaus hatte ich viel Zeit zum Nachdenken«, fuhr Irene fort. »Und ich kam zu dem Schluss, dass ich meine Tochter wenigstens einmal kennenlernen möchte, bevor es vielleicht zu spät ist.«

Eine Weile sagte niemand etwas, aber ich spürte, wie sich die feindliche Stimmung ein ganz klein wenig legte.

»Was mich noch interessieren würde«, begann Mama schließlich. »Warum hast du keine weiteren Kinder gekriegt? Ich meine später, als du dein Leben im Griff hattest.«

Irene schlang einen Arm um Rüdiger, wie um sich festzuhalten. »Ich konnte keine mehr bekommen. Irgendwas war bei Neles Geburt schiefgegangen. Man hat es mir damals nicht genau erklärt. Und später sagten die Ärzte, da sei nichts mehr zu machen. Dabei haben Kurt und ich uns so sehr Kinder gewünscht.«

Sie sah mir an, welche Frage ich stellen wollte, und kam mir zuvor. »Nein, eine Adoption war nicht möglich. Die Wedekinds pflanzen sich fort, die lassen kein fremdes Erbgut in ihre kostbare Familie.« Die Bitterkeit in ihrer Stimme verriet mir, wie viele Diskussionen sie damals geführt haben musste.

Irene lächelte traurig. »Nun, für Kurt wendet sich alles zum Guten. Seine Verlobte Gaby erwartet Zwillinge.«

Großer Gott! Da war es für Irene aber reichlich dicke gekommen.

Täuschte ich mich, oder lag sogar in Gretes Blick ein Hauch von Mitleid?

Ich täuschte mich. »Das Leben ist kein Zuckerschlecken«, erklärte sie. »Aber unsere Nele lassen wir uns trotzdem nicht wegnehmen.«

Mann, Oma! Seit wann so anhänglich?

»Schluss jetzt!«, dröhnte Papa von vorn. »Lasst uns über was anderes reden.«

Es fiel bloß keinem was anderes ein, worüber es sich zu reden lohnte.

Jan wühlte in einem Haufen unbeschrifteter CDs und steckte eine nach der anderen in den nachträglich eingebauten Player. Indische Weisen lullten uns ein. Als Schlaflieder waren die perfekt.

Jemand rüttelte mich unsanft am Arm.

»Aufwachen, Nele, wir sind da.«

Was? In Italien? Hatte ich etwa drei Tage durchgeschlafen? Ich schaute aus dem Fenster.

Und erstarrte.

Vor mir erhob sich die barocke Fassade des Luxushotels Kiefers.

»Was machen wir denn hier?«

»Wir übernachten«, erklärte Jan.

»Ausgeschlossen!« Ich war in einem Hippie-Kleinbus vorgefahren und sollte mit meiner durchgeknallten Sippe *hier* absteigen?

Niemals!

Das würde meinen Ruf in der Hotelbranche für alle Zeiten schwer schädigen. Und wer wusste schon, ob ich nicht eines Tages wieder auf Jobsuche gehen würde? Vielleicht hielt ich es ja nicht mehr lange aus auf dem Lüttjenshof, mit Paul in nur dreißig Kilometer Entfernung, mit Paul, der mich nicht mehr liebte.

Paul!

Zum Teufel mit meinem Ruf! Ich musste alles über Paul wissen. Sofort!

Ich sprang aus dem Bus, rannte durch die Lobby und pflanzte mich vor Sissi auf.

»Herzlich willkommen im Kiefers«, säuselte sie.

»Lass den Quatsch. Was gibt's Neues?«

»Wir sind zu fünfundneunzig Prozent ausgebucht, aber der Chef hat für euch drei Zimmer reservieren lassen. Eines für dich, Jan und Marie, eines für Olaf, Heidi und Grete Lüttjens und eines für Irene Wedekind und Rüdiger Wolters.«

»Was?«

»Ja, weißt du, Irene und unser Chef kennen sich. Hoteliers unter sich, du weißt schon. Und weil bei uns nur ganz kleine Haustiere erlaubt sind, hat er den Riesenhund als männlichen Begleiter eintragen lassen. Genial, nicht?«

Jan kam hinzu und grinste breit. »Heißt das, Rüdiger muss nun aufrecht mit Hut und einem Trenchcoat durch die Lobby laufen?«

Sissi knutschte meinen Bruder ab, bevor sie antwortete. »Ach was. Der ist mit dem Lastenaufzug hochgefahren.«

Ich verlor die Geduld. »Jetzt sag schon, was mit Paul ist.«

»Oh, das ist eine interessante Geschichte. Bonifaz hat mir da was erzählt, das glaubst du im Leben nicht. Ist echt der Wahnsinn.«

»Sissi!«

»Ja, schon gut. Also …«

Aber in diesem Moment stürmte eine Gruppe Amerikaner die Rezeption, und Sissi war vollauf damit beschäftigt, Wegbeschreibungen zum »Cinderella-Castle« zu geben. Das konnte dauern. Ich kannte das. Wer aus Amerika nach Bayern kam, musste Neuschwanstein sehen und wunderte sich dann, dass die Deutschen das Disneyschloss so perfekt kopiert hatten.

»Uff!«, stöhnte ich.

Jan nahm mich am Arm. »Komm. Wir machen uns jetzt erst mal frisch. Sissi hat nachher bestimmt Zeit für uns.«

Es war ein merkwürdiges Gefühl, Gast in dem Hotel zu sein, in dem ich so lange gearbeitet hatte. Automatisch kontrollierte ich das Zimmer auf Staubflusen.

Erst als ich in der warmen Badewanne lag, entspannte ich mich. Jan kam mit einer Flasche kühlem Berlucchi herein, den Sissi uns hochgeschickt hatte.

Ich fragte mich, ob ich die Neuigkeiten über Paul lieber nüchtern oder angesäuselt verkraften würde.

Ich entschied mich für Letzteres. Zum Glück.

17. Wat de Buer nich kennt ...

»Eigentlich«, sagte Sissi, »hätte mir der Boni ja gar nichts verraten dürfen. Ihr wisst schon, Amtsgeheimnis und so. Er ist da ziemlich korrekt.«

Ich schwieg. Die Charakterzüge des Bonifaz interessierten mich gerade nicht sonderlich.

»Beamte!«, stieß Jan hervor. »Ich finde, es sollte mal eine Schweigepflicht für Friseure eingeführt werden. Was wir so alles zu erzählen hätten ...«

Wir lagen zu dritt auf dem Kingsize-Bett in unserem Zimmer. Sissi war vor zehn Minuten mit einer zweiten Flasche Berlucchi hinzugestoßen. Die war jetzt auch schon fast leer.

»Jan, bitte. Nun lass Sissi doch mal reden.«

Meine beste Freundin sah von einem zum anderen, holte tief Luft und sagte: »Ein Kind!«

Hä?

»Was?«, fragte Jan.

Ich starrte in mein leeres Glas. Entweder ich gewöhnte mir bald mal die Sauferei ab, oder ich würde für den Rest meines Lebens mit Halluzinationen rechnen müssen. Sicherheitshalber linste ich in alle vier Zimmerecken. Opa war nicht da. Gott sei Dank. Wäre ja auch ein ziemlich weiter Weg für einen Geist gewesen.

Jan und ich warteten beide darauf, dass Sissi einen Lach-anfall bekam und erklärte, sie habe nur mal unsere dum-men Gesichter sehen wollen.

Tat sie bloß nicht.

Sie blieb ernst, erklärte nichts.

»Mehr hat mir der Boni nicht verraten, das müsst ihr mir glauben. Ich habe sogar versucht, mit einem Kuss und einem heißen Versprechen noch mehr aus ihm herauszu-bekommen, aber da war nichts zu machen. Der Kerl ist plötzlich immun gegen mich.«

Musste hart für sie gewesen sein.

»Für mich hat noch kein Freund ein erotisches Opfer dargebracht«, stellte Jan fest. Wie viel hatte der eigentlich getrunken?

Sissi kicherte.

Ich war vollkommen nüchtern. »Ein Kind? Will Paul etwa jemanden adoptieren? Ein richtiges Kind?«

»Nee«, murmelte Jan, »einen Münchener Bierkut-scher.«

»Sehr witzig.«

Sissi hob die Schultern. »Wie gesagt, mehr war aus dem Boni nicht rauszukriegen. Wie findest du das, Nele?«

Wie ich das fand? Woher sollte ich das denn wissen?

Jan legte mir einen Arm um die Schultern. »Nele muss den Schock erst mal verdauen. Ist ja ein starkes Stück. Und Paul hat nie auch nur ein Sterbenswort gesagt, oder?«

Ich schüttelte den Kopf.

»Nicht zu fassen«, meinte Sissi. »Dabei seid ihr so gut wie verlobt. Und dann verschweigt er dir eine derart exis-tenzielle Familienangelegenheit.«

Shit! Das klang jetzt aber dramatisch.

»Vielleicht ist alles nur halb so wild«, erklärte Jan mit wenig Hoffnung in der Stimme.

Ich setzte mich auf. Das war die Lösung. »Genau! Es geht gar nicht um Paul selbst. Er handelt im Auftrag eines Klienten.«

Sissis Gesichtsausdruck ließ mich zurücksinken. »Sorry, Nele, aber in dem Punkt habe ich den Boni ganz genau verstanden. Es geht wirklich um eine persönliche Sache.«

»Und was jetzt?«, fragte ich kleinlaut.

Jan runzelte die Stirn. »Hast du noch mal versucht, ihn zu erreichen?«

»Sechsmal. Nein, sieben.«

»Das ist sinnlos«, stellte mein Bruder fest. »Der will im Moment keinen Kontakt. Dann kannst du nur abwarten, bis er dir von selbst alles erklärt.«

Wie ich das hasste! Tatenlos rumsitzen und hoffen, dass sich die Dinge von allein lösten.

War noch nie mein Ding gewesen.

Ich sprang auf. »Wir gehen aus!«, erklärte ich. »Hier drinnen halte ich es keine Sekunde länger aus.«

Jan und Sissi tauschten einen besorgten Blick. Die lassen wir heute lieber nicht aus den Augen, schienen sie sich zu sagen.

Auch recht.

Es wurde eine lange Nacht. Mit Sissi und Jan im Schlepptau klapperte ich die Bars und Klubs aus meiner Münchener Zeit ab. Hier und da wurde ich mit großem Hallo begrüßt, und ich tauschte angeregt Neuigkeiten aus. Ein paar Mojitos gab es auch, und es dauerte einige Stunden, bis mir bewusst wurde, dass ich mich nicht wohlfühlte. Die Gespräche langweilten mich, die Mojitos schmeckten schal. Ich merkte plötzlich, dass mir Ottos verkommene Kneipe in Nordergellersen fehlte. Mit Bier und Schnaps, mit vergilbten Gardinen, Besteck in angeschlagenen Gläsern und verstaubten Trophäen.

Hin und wieder rief ich Paul an. Der Gedanke, ihm ganz nah zu sein und ihn doch nicht erreichen zu können, war unerträglich. Irgendwann gab mein Blackberry keinen Ton mehr von sich. Der arme Akku war so leer wie nie.

Richtig zu mir kam ich erst im Laufe des nächsten Vormittags.

»Oh, Berge«, war das Erste, das ich von mir gab. »Wo sind wir?«

»Kurz hinter Bozen«, sagte Papa, der wieder am Steuer saß.

Jan hing neben ihm im Sicherheitsgurt. Er war definitiv noch nicht fahrtüchtig. Von Mama erfuhr ich, dass Papa mich quer durch die Hotelhalle zum Bus getragen hatte.

Astrein. Im Kiefers konnte ich mich im Leben nicht mehr sehen lassen.

»Und bei Jan mussten zwei Gepäckträger helfen. Was habt ihr gestern Nacht bloß gemacht?«

»Nichts Besonderes«, murmelte ich und hoffte, es stimmte wirklich, was Herr von Hirschhausen behauptete: Dass die Leber mit ihren Aufgaben wächst.

»Suffköppe, all beide«, stellte Grete fest, die selbst ausgesprochen munter klang.

Ich wandte mich zu ihr um und ignorierte das scheppernde Geräusch in meinem Kopf. »Schönen guten Morgen, liebe Oma.«

Es heißt ja, mit ausgesuchter Höflichkeit könne selbst der größte Miesepeter besänftigt werden.

Wer das behauptet, kennt Grete Lüttjens nicht.

»Dreh dich bloß wieder um, du siehst ja aus wie der Leibhaftige«, knurrte sie.

Irene lächelte mir zu, ich lächelte zurück. Rüdiger schlief im Sitzen. Sein Riesenkopf baumelte sacht hin und her. Mama neben mir wirkte frisch, und bei Marie entdeckte ich ein Schmunzeln auf den Lippen.

»Wie schön es hier ist«, sagte sie staunend. Bestimmt war sie froh, dass wir Bayern mit seinen traurigen Erinnerungen hinter uns gelassen hatten.

Eine Stunde später gab es eine kurze Diskussion zwischen meinen Eltern über einen Abstecher nach Venedig. Mama war dafür, Papa dagegen.

»Das wird uns mindestens einen Tag kosten«, erklärte er und fuhr auf Höhe Verona stur geradeaus weiter.

»Aber ich wollte die Stadt so gern mal sehen. Irgendwann versinkt sie im Meer.«

»Sicher. Morgen ist sie weg.«

Irene lachte, ich war zu müde.

»Schade«, murmelte Mama. »Es wäre so schön romantisch geworden.«

Papa erwiderte etwas, aber ich hörte nicht mehr hin. Gerade stellte ich fest, dass mein Blackberry kein Lebenszeichen mehr von sich gab. Ich rüttelte Jan wach und befahl ihm, das Ladegerät an die Buchse des Zigarettenanzünders zu stecken.

»Da hast du aber Glück, dass der noch funktioniert«, meinte Jan gähnend. Im nächsten Moment hörte ich, dass in der vergangenen Nacht drei Anrufe eingegangen waren. Ich beugte mich vor und starrte auf das Display.

Von Paul!

»Oh nein!«

Da! Eine Nachricht! Um vier Uhr früh eingegangen!

»Liebe Nele, du hast dreiunddreißig Mal versucht, mich anzurufen«, stand da.

Echt? So oft? War mir gar nicht aufgefallen.

»Bitte gib mir noch etwas Zeit. Ich melde mich, sobald alles geklärt ist. In ein paar Tagen bin ich wieder in Lüneburg. Love, Paul.«

Meine Finger flogen schon über die Tasten, um ihm zu erklären, warum er mich in Lüneburg nicht antreffen würde. Weil ich nämlich auf dem Weg nach Italien war, um meinen Vater kennenzulernen.

Dann hielt ich inne. Ich sollte ihm Zeit geben.

Na gut.

Musste mich halt beherrschen und mich ganz doll an dem einen Wort festhalten – Love.

Stunde um Stunde ging die Fahrt weiter in Richtung Süden. Wir machten nur wenige Pausen, und als wir Bologna hinter uns gelassen hatten, waren wir alle erschöpft.

»Wir können in Pesaro übernachten«, schlug Irene vor. »Ein Freund von mir führt dort ein Hotel. Ich rufe ihn gleich mal an.«

Niemand protestierte. Die Aussicht, sich eine ganze Nacht lang ausstrecken zu können, war zu verlockend, und die geballte Feindseligkeit gegen Irene hatte sich ohnehin gelegt.

An diesem Abend war niemand unternehmungslustig, ich am wenigsten. So sahen wir von der Geburtsstadt Gioacchino Rossinis nur ein paar hübsche Villen aus den Zwanzigerjahren und ein Stück elegante Strandpromenade.

Sehr früh am nächsten Morgen ging die Fahrt weiter, und je tiefer wir in den Süden gelangten, desto schweigsamer wurden wir. Ich glaube, wir hatten alle Schiss. Rüdiger mal ausgenommen. Der Arme litt unter Bewegungsmangel. Still sitzen war nicht mehr drin. Mal reichte sein Kopf bis nach vorn zum Armaturenbrett, mal hatte ich seine Rute als lebendigen Ventilator im Gesicht. War gar nicht so unangenehm, da die Temperaturen draußen mit jedem Kilometer anstiegen und Ashokas Bus natürlich nicht über eine Klimaanlage verfügte. Unterzuckerung hatte Rüdiger auch. Ständig schnüffelte er im Wagen herum und bekam von Grete regelmäßig eins auf die Schnauze.

Wenn ich es recht bedachte, hatte ich auch Hunger. Seit wir die italienische Grenze überquert hatten, ernährten wir uns von mitgebrachten Broten. Außer gestern Abend. Da hatte es in Pesaro Spaghetti mit Meeresfrüchten und anschließend eine riesige Fischplatte gegeben. Dazu Ofenkartoffeln und frischen Salat. Alle hatten kräftig zugelangt, nur Grete und Marie nicht.

Wat de Buer nich kennt, dat frett he nich.

»Ihr könnt doch nicht eine Woche hungern«, hatte Jan gesagt. »Also auf jeden Fall nicht Großtante Marie.«

»Was soll das heißen?«, hatte sich Grete empört. »Bist du etwa der Meinung, ich bin zu dick?«

Jan war flott ins Lüttjens-Schweigen verfallen, während Marie ihm sanft über den Arm gestrichelt hatte.

»Wir kommen schon zurecht. Mach dir keine Sorgen, mien Jung.«

Jetzt erhörte Marie meinen knurrenden Magen und steckte mir zwei kalte Frikadellen zu.

Ich bot Rüdiger eine an, aber der verzog die Lefzen. Selber schuld. Musste er eben hungern.

Von Zeit zu Zeit glitzerte zu unserer Linken die Adria im Sonnenschein, und ich wartete auf so etwas wie ein Heimatgefühl. Aber da kam nichts. Meine Heimat war der Baggersee von Nordergellersen. Klein, tief, schwarz und saukalt.

Gegen Mittag fuhren wir am Gargano, dem Stiefelsporn Italiens, vorbei, ließen Foggia hinter uns und näherten uns am Nachmittag Bari.

»Wir bleiben vorerst an der Küste«, verkündete Papa, der auf dem Beifahrersitz die Landkarte studierte. »In Monopoli fahren wir dann ins Landesinnere.«

»Monopoli!«, stieß Grete aus. »Was ist das denn für ein dummer Name?«

Niemand antwortete ihr. Alle hatten ihre schlechte Stimmung gründlich satt.

Wir fuhren bis Putignano und von dort direkt nach Alberobello. Als die ersten Häuser in Sicht kamen, schrie Grete erschrocken auf. »Ach du meine Güte! Jetzt bin ich in Schlumpfhausen gelandet.«

Das nahm ich ihr übel. Okay, die Zipfelmützenhäuser, Trulli genannt, sahen ulkig aus, aber hier lag die Hälfte meiner Wurzeln, und ich ließ mir meine zweite Heimat von niemandem madig machen. Schon gar nicht von Grete.

Einige der Trulli waren nicht größer als runde, weiß getünchte Ställe, andere waren viereckig und besaßen die Größe eines Einfamilienhauses mit zwei oder drei der typischen runden Dächer aus Naturstein darauf. Viele Anwesen bestanden aus mehreren Trulli, die sich um einen großen Hof herum gruppierten. Hier fanden ganze italienische Großfamilien Platz.

»Halt mal dort an der Bar«, sagte Irene zu Jan. »Ich frage nach der Adresse der Occhipintis.«

Alle stiegen sofort aus, um sich die Beine zu vertreten. Ich registrierte, wie die Leute stehen blieben und uns anstarrten. Einige bekreuzigten sich, andere schnatterten in schnellem Italienisch, wieder andere waren starr vor Staunen.

Als nun auch noch Rüdiger aus dem Bus sprang, wich die Menge entsetzt zurück. Aber das Monster hatte es nicht auf die braven Pugliesi, die Einwohner Apuliens, sondern auf die Auslage einer Pasticceria gleich gegenüber abgesehen. Dort stand er nun, drückte sich die von Grete misshandelte Schnauze platt und starrte auf die köstlichen winzigen Küchlein. Ich erbarmte mich seiner, kaufte ein halbes Kilo Mignons und sah zu, wie alles ratzfatz in seinem Schlund verschwand. Die Bäckersfrau bekam den Mund nicht mehr zu, und die Leute draußen bekreuzigten sich gleich noch mal. Ein Monster, das Mignons fraß. Das konnte nicht mit rechten Dingen zugehen.

Irene rief uns alle zurück zum Wagen.

»Es ist nicht weit von hier«, erklärte sie.

Natürlich verfuhren wir uns trotzdem. Diese runden weiß gestrichenen Bauten mit den Kegeldächern sahen sich zum Verwechseln ähnlich.

»Du wolltest ja kein Navi mitnehmen«, knurrte Jan.

Papa hob entspannt die Schultern. »Ich habe einen ausgezeichneten Orientierungssinn. Da, halt mal, hier muss es sein.«

War es aber nicht, und so kurvten wir noch ein Weilchen herum. Bis wir bei den Occhipintis ankamen, hatte sich die Nachricht von unserer Ankunft bereits zu ihnen rumgesprochen. Klatsch kursierte in Italien offenbar genauso schnell wie in Deutschland. Und so sahen wir uns einer italienischen Großfamilie gegenüber, die sich vor einem Anwesen von sechs oder sieben Trulli aufgebaut hatte und aus dem Staunen nicht mehr rauskam.

»*Mamma mia!*«, rief eine ältere Frau.

»*I barbari!*«, rief eine andere.

Das verstand ich auch mit meinen eher rudimentären Italienischkenntnissen.

So wie die Lüttjens' nacheinander mehr oder weniger flott aus dem Wagen purzelten, wurden sie genauestens begutachtet und mit ahnungslosem Kopfschütteln bedacht.

Bei Irenes Anblick legten sich einige Stirne in nachdenkliche Falten, Rüdiger bekam die übliche Reaktion.

Ich stieg zufällig als Letzte aus. Plötzlich wurde es still auf dem Vorplatz des Anwesens. Sehr still. Einige Frauen bekreuzigten sich schon wieder.

Also, ich war noch keine halbe Stunde in Alberobello, aber das konnte ich schon nicht mehr ab.

»Der Leibhaftige«, murmelte Grete neben mir.

Danke auch.

Ein Mann drängte sich vor. Mein Vater. Ich wusste es. Ein tieferes Wissen in meinem Innern erkannte ihn.

Ach, Quatsch.

Der Mann rief einfach: »*Figlia mia!* Meine Tochter!«

»Woher weiß der das?«, fragte Mama misstrauisch.

»Schau ihn dir an und nimm zwanzig Kilo und den Bartschatten weg«, antwortete Irene. »Das graue Haar denkst du dir rabenschwarz, dann hast du es.«

Mama tat wie geheißen, blickte dann von dem Mann zu mir und wieder zurück.

Ich hätte schwören können, dass ihre rechte Hand schon Richtung Stirn zuckte. Zum Glück erinnerte sie sich im letzten Moment daran, dass sie Protestantin war.

18. So viele Verwandte!

Marcello Occhipinti kam mit ausgebreiteten Armen auf mich zu. Wie ein Verbrecher sah er eigentlich nicht aus. Eher wie ein behäbiger Familienvater. Beim besten Willen konnte ich ihn mir nicht als Paten vorstellen, der seinen Feinden Pferdeköpfe ins Bett legte, Angebote machte, die niemand ausschlagen durfte, oder wild um sich schießend durch den Ort der Zipfelmützenhäuser rannte.

War eher lachhaft, die Vorstellung. Trotzdem wich ich ein Stück zurück und drängte mich in die Mitte meiner Eltern.

Gut, das hier war jetzt mein leiblicher Vater, aber – hey – konnten wir mal einen Gang runterschalten?

Papas Brust fühlte sich heute besonders breit und hart an. Ich war kurz abgelenkt. »Hast du unter dem Hemd noch was an?«

Er kratzte sich verlegen am Haaransatz.

Mama klärte mich auf. »Dein Holzkopp von Vater hat sich eine kugelsichere Weste besorgt.«

Papa wurde ein ganz kleines bisschen rot.

Ich fand das gar nicht so dumm. Hätte mich vielleicht auch beschützter gefühlt mit so einem Ding am Leib. Was wohl Paul sagen würde, wenn ich in Italien erschossen wurde, weil ich nicht an eine kugelsichere Weste gedacht hatte?

Ach, Blödsinn. Und Paul – an den dachte ich jetzt mal besser nicht. Hätte mich nur traurig gemacht.

Marcello war jetzt herangekommen. Seine Augen hatten die Farbe von schwarzen Oliven. Genau wie meine.

»Guten Abend«, sagte ich artig und streckte ihm die Hand hin.

Er nahm sie, zog mich mit einer einzigen fließenden Bewegung zu sich heran und drückte mich an seine eher weiche Brust.

»Hoppla«, sagte Papa und zog an meinem anderen Arm.

»Finger weg!«, schrie Mama. Sie packte auch mit an.

Da waren beachtliche Kräfte am Werk. Auf einmal fühlte ich mich nicht nur innerlich zerrissen.

»Aufhören!«, schrie ich und bemühte zur Sicherheit auch noch meinen mickrigen italienischen Wortschatz. »*Basta!* Aber *pronto!*«

War bestimmt nicht korrekt, half aber. Alle drei ließen mich gleichzeitig los, was zur Folge hatte, dass ich hilflos hin und her wankte. Plötzlich stand Rüdiger neben mir und bot mir seinen breiten Rücken als Halt an. Die Italiener wichen ein Stück zurück. Nur Marcello blieb tapfer, wo er war, und reckte sich, damit er über Rüdigers Kopf hinwegschauen konnte.

»*Perdonami*«, sagte er.

Irene übersetzte. »Er bittet dich um Verzeihung.«

Ich fand, in dem Wort lag eine zentnerschwere Bedeutung, die mein ganzes Leben umfasste.

»Schon okay«, gab ich zurück.

Plötzlich kam Leben in die Familie. Marcello klatschte zweimal in die Hände, und alle bewegten sich gleichzeitig.

Gestenreich wurden wir hereingebeten. Um jeden von uns wuselten mindestens drei Italiener herum.

Jan lachte und begann sofort, mit einigen jungen Frauen zu palavern. Soweit ich das verstehen konnte, ging es um den besonderen Glanz in ihren schwarzen Haaren.

Okay, mein Bruder änderte sich nie.

Fand ich tröstlich.

Grete auch nicht. Die schlug gerade mit ihrem Regenschirm auf einen Jungen ein, der ihr eine schwere Einkaufstüte abnehmen wollte.

»Pfoten weg! Oder ich jage dir eine Ladung Kugeln in den Leib!«

Mensch, Grete.

Der Junge, der sie offenbar verstanden hatte, lief schreiend weg.

Marie folgte still einer kleinen alten Frau, die auch nichts sagte. Mit ihren weißen Haaren und den ähnlichen schwarzen Kleidern ähnelten sich die beiden mehr, als es Marie und Grete je getan hatten. Aber das mochte auch an dieser zurückhaltenden Art liegen, die sie besaßen.

Mama und Papa ließen sich von ein paar Kindern hereinführen, wobei Papa darauf achtete, dass ihm niemand zu nahe kam. Die kugelsichere Weste war ihm jetzt wohl peinlich.

Ich ging mit Rüdiger und Marcello. Wir betraten einen weitläufigen Hof, von dem die verschiedenen Häuser abgingen. In Windeseile wurden Tische herausgebracht und zu einer langen Tafel zusammengesetzt. Aus mehreren Küchen strömten bald köstliche Düfte, und jemand goss blutroten Wein in die Gläser.

Eine Weile schaute ich dem Treiben verblüfft zu, dann

verstand ich. Erst musste gegessen und getrunken werden. Anschließend konnte man über die wichtigen Dinge des Lebens reden. So viel anders als die Heidjer waren die Pugliesi gar nicht.

Ich begann mich wohlzufühlen.

Und diese ganze Verbrecher-Mafia-Geschichte – ach, das war bestimmt nur ein Missverständnis.

Marcello saß neben mir, aber Rüdiger hatte sich noch zwischen uns gedrängt. Der war jetzt mein Beschützer, und niemand durfte mir zu nahe kommen.

Am Kopfende der Tafel saß ein alter Herr, der von allen nur ehrerbietig mit *Padrone* angesprochen wurde. Seine leicht grantige und überhebliche Art erinnerte mich stark an Opa Hermann. Ich stutzte. Dieser Mann war offensichtlich auch mein Opa, und zwar mein leiblicher.

Marcello war meinem Blick gefolgt.

»Don Antonio«, raunte er mir zu. »Dein *nonno*.«

Ich nickte überwältigt. Neben ihm saß eine bildschöne Frau, deren nachtschwarzes Haar nur wenige silberne Fäden aufwies. Schätzungsweise war sie fünfundzwanzig Jahre jünger als er. Alle Achtung. Geschmack hatte der Padrone. Aber meine Großmutter konnte diese Dame auf keinen Fall sein.

Sehr rätselhaft und im Moment zu kompliziert.

Ich schaute mich weiter um. Sämtliche Familienmitglieder waren eher dunkle Typen, aber nicht alle sahen mir deshalb ähnlich. Allerdings entdeckte ich hier und dort meine Augen in den fremden Gesichtern, meinen breiten Mund oder die Nase, die ich einen Tick zu flach fand. Es würde interessant sein herauszufinden, mit wem ich um welche Ecken blutsverwandt war.

Interessant und beängstigend. War vielleicht nicht so eilig.

Dicke geröstete Weißbrotscheiben wurden herumgereicht. Sie waren mit Olivenöl beträufelt, mit frischem Knoblauch eingerieben und mit grobkörnigem Meersalz bestreut.

Ich hatte selten etwas Köstlicheres gegessen.

Wenig später kamen große dampfende Schüsseln auf den Tisch. Marcello saß neben mir und erklärte in fast akzentfreiem Deutsch: »Das sind Orecchiette, Öhrchennudeln mit Tomatensoße und Basilikum. Und die Spaghetti hier sind mit Tintenfischtinte gefärbt.«

»Pfui Deibel«, sagte Grete, die uns gegenübersaß und nichts anrührte.

Marie tat es ihr gleich.

Ich kostete von der Pasta und fand sie himmlisch. Eigentlich hätte ich mich in dieser gastfreundlichen Runde entspannen können, wenn nicht hin und wieder von dem einen oder anderen italienischen Familienmitglied ein Name genannt worden wäre. Ein Name wie eine Drohung. »Anna.«

Marcello machte dann jedes Mal eine wegwischende Handbewegung und verbot den anderen weiterzureden.

Aber ich ahnte, dass mir noch einiger Ärger blühte. War ja nicht schwer zu erraten, wer diese Anna war. Ich bekam mit, dass sie heute oder morgen aus Palermo zurückerwartet wurde, wo sie ihre Eltern besucht hatte.

Von mir aus konnte sie gern noch ein Weilchen wegbleiben.

Grete und Marie standen auf und schlichen in seltener Eintracht zu einem der kleineren Trulli, der ihnen als Gästezimmer zugewiesen worden war. Als sie nach einiger Zeit zurückkehrten, wirkten sie zufrieden. Merkwürdig.

Essen, Palaver und Gelächter gingen weiter. Der Novemberabend war lau, die Weingläser blieben bis zum Rand gefüllt. Zum ersten Mal fühlte ich mich inmitten meiner Wikinger-Familie nicht wie eine, die aus der Art geschlagen war. Ganz im Gegenteil. Bei den Occhipintis passte ich perfekt ins Bild. Hingegen wirkten die jüngeren Lüttjens' und Irene in dieser Gesellschaft wie hingetupfte Farbkleckse – ihre blonden Haare erhoben sich über einem Meer aus Schwarz. Nur die ältere Generation passte mit ihren weißen Haaren zusammen. Dafür reihten sich die Jungen problemlos ein, kauderwelschten, was das Zeug hielt, und genossen das Festessen.

Es gab Calamari fritti, gegrillte Tintenfische, dicke, über dem Holzfeuer gegrillte Garnelen, Seebarsche und Goldbrassen.

Oma und Großtante verschwanden weiterhin von Zeit zu Zeit, und ich rätselte ein bisschen vor mich hin. Als Grete sich einmal noch schnell über den Mund wischte, bekam ich eine Ahnung, was die beiden taten.

Die drohende Anna geriet in Vergessenheit, als Flaschen mit Grappa und Limoncello die Runde machten. Ich kostete von dem Zitronenlikör. Er schmeckte wie die Sonne des Südens.

Rüdiger, der nach dem Zwischenstopp in der Pasticceria längst wieder Hunger hatte, stupste mich an.

Hallo, ich bin auch noch da.

Okay, mein treuer Beschützer.

Unauffällig ließ ich ein paar Teilchen aus Blätterteig und Creme unter den Tisch fallen.

Nicht unauffällig genug.

Ein paar Kinder, die Rüdiger nicht aus den Augen gelassen hatten, stießen sich jetzt die Ellenbogen in die Seite. Bevor ich es verhindern konnte, verschwand eine große Glasschale mit Panna cotta vom Tisch.

Die Schale fraß Rüdiger nicht mit. Kluger Hund.

Im Übrigen wich er nicht von meiner Seite. Marcello stand irgendwann auf und gesellte sich zu Irene. Die beiden vertieften sich in ein angeregtes Gespräch.

Das gab mir Gelegenheit, Oma Grete über den Tisch hinweg anzufunkeln. »Ihr habt euch von zu Hause Essen mitgenommen«, behauptete ich.

Keine Sekunde lang dachten sie daran, es zu leugnen. Ein schlechtes Gewissen hatte sie auch nicht.

»Selbstverständlich. Wir sind alt und brauchen unsere gewohnte Kost. An der Costa Brava habe ich mir den Magen verdorben. So etwas passiert mir nicht noch mal.«

Womit die Frage nach den vielen Päckchen im Kleinbus geklärt war.

»Aber das gehört sich nicht.«

»Wieso?«, fragte Grete drohend.

»Es verstößt gegen die Regeln der Gastfreundschaft. Du wärst auch beleidigt, wenn ein Besucher deinen Steckrübeneintopf ablehnen würde.«

»Das ist was anderes.«

Langsam machte sie mich wütend. »Ist es nicht, und du bist unhöflich.«

Grete durchbohrte mich mit ihren Blicken. »Noch ein Ton, und du kannst deine Knochen einzeln aufsammeln.«

Wow! Zur Vorbereitung auf die Reise hatte sie sich offenbar eine Nacht lang Mafiafilme angeschaut.

Marie hingegen wurde nun von ihrem schlechten Gewissen geplagt. Sie kämpfte mit sich, probierte dann aber ein kleines Stück geröstetes Weißbrot. Die Überraschung auf ihrem Gesicht, weil es richtig gut schmeckte, war wunderschön.

Ich lächelte ihr zu, sie lächelte zurück.

Grete brütete wütend vor sich hin.

Auf Marcellos Stuhl saß plötzlich ein etwa siebzehnjähriges Mädchen, das mich aufmerksam musterte.

»Du hast meine Augen«, sagte sie in fließendem Deutsch zu mir.

Okay, so herum konnte man es auch sehen.

Davon abgesehen war sie hundertmal schöner als ich in ihrem Alter. Langbeinig, wohlproportioniert und mit den Gesichtszügen einer Madonna. Ich stellte mir ihre Wirkung auf die Jungs in Nordergellersen vor und musste grinsen. Die Nachfahren der Wikinger würden sich gegenseitig die Köpfe einschlagen.

Rüdiger beschloss, dass von ihr keine Gefahr drohte, und legte seinen Kalbskopf in ihren Schoß. Sie kraulte ihn hinter den Ohren. Dort, wo er es am liebsten hatte.

»Woher kannst du Deutsch?«, fragte ich neugierig. Es war mir schon aufgefallen, dass ein Großteil der Familie meine Muttersprache beherrschte.

Das Mädchen winkte lässig ab. »Das sprechen wir fast alle. Viele Verwandte arbeiten in Deutschland, und wir Kinder verbringen die Sommerferien in Frankfurt, München oder Stuttgart. Der Padrone sagt, Fremdsprachen öffnen uns die Tür zur Welt.«

Ziemlich plietsch, dieser Padrone.

»Ich heiße Margherita«, sagte sie.

»Was für ein hübscher Name. Ich bin Nele.«

Wenn ich es mir recht überlegte, hätte ich auch gern wie eine Blume geheißen. Dabei fiel mir ein, dass ich Irene unbedingt etwas fragen musste. Später, irgendwann.

»Wir sind also verwandt«, stellte ich fest. »Vielleicht Cousinen?«

Margherita schüttelte den Kopf.

»Halbschwestern?«

Erneutes Kopfschütteln.

»Bist du meine Nichte?«

Dieselbe Reaktion. Dann erzählte Margherita mir eine lange Geschichte über die erste Frau des Padrone. Die hatte Rosalba geheißen und war in ihrer Jugend offenbar sehr heißblütig gewesen. »Sie kam aus Lecce, musst du wissen. Und da haben die Frauen einen bestimmten Ruf.«

Ich unterbrach sie nicht. In gewisser Weise war es beruhigend zu erfahren, dass auch in meiner italienischen Familie nicht alles reibungslos verlaufen war.

»Rosalba gebar Don Antonio fünf Söhne, und trotzdem wurde sie nicht ruhiger«, erzählte Margherita mit leiser Stimme. »Es heißt, sie hat anderen Männern schöne Augen gemacht, und einmal hat Don Antonio sich sogar mit einem Mann duelliert. Er selbst bekam nur ein paar Schrammen ab, aber Rosalbas Verehrer verlor ein Auge.«

Nach den Waffen wollte ich lieber nicht fragen.

»Irgendwann haben Don Antonio und Rosalba nur noch gestritten. Und sie hat ihn ziemlich oft mit der Bratpfanne geschlagen.«

Sie ihn. Alles klar.

»Aber das Problem hat sich schließlich von selbst gelöst. Eines Tages ist sie mitten in einer *Tarantella* gestorben.«

»Was?«

»Die Tarantella. Du weißt schon. Das ist dieser schnelle Tanz. Früher hüpften die Leute so wild herum, wenn sie von einer Tarantel gestochen wurden. Davon kommt der Name.«

»Und Rosalba ist …«

»Genau. Mittendrin. Einfach umgekippt und war tot. Herzinfarkt.«

Uff!

Im Land der Zipfelmützenhäuser war aber auch gut was los.

»Alle haben dann gedacht, Don Antonio würde sich in seinem Kummer vergraben und nie wieder eine Frau anschauen. Trotz der Prügeleien haben sie sich nämlich innig geliebt. Sein Kummer schien nicht enden zu wollen. Aber zehn Jahre später zog die schöne Elena nach Alberobello. Und da war's plötzlich um den Padrone geschehen. Er hat wieder geheiratet und diesmal fünf Töchter gezeugt.«

Ganz schön potent, der alte Herr. Das musste Marcello von ihm haben.

»Wow!«, sagte ich. Die bildschöne Dame dort am Kopfende des Tisches war also Elena.

»Ich bin seine jüngste Tochter.«

»Interessant.«

Rotwein und Limoncello verlangsamten meinen Denkprozess, ich kam nicht gleich auf die Lösung.

Margherita half mir aus. »Ich bin also deine Tante, aber du musst nicht Tante Margherita zu mir sagen.«

»Oh, vielen Dank. Das ist sehr nett.«

Jan war zu uns getreten, ohne dass ich ihn bemerkt hätte.

»Ciao Bella«, sagte er zu Margherita.

»Das ist deine Stieftante«, erklärte ich ihm.

Jan musterte mich. »Wie viel hast du getrunken?«

»Geht so.«

Margherita lachte ihn an. »Wenn ihr wollt, stelle ich euch die anderen Verwandten vor. Nele hat nämlich fünf Geschwister, vier Onkel und vier Tanten, neun Cousins und Cousinen und sechzehn Nichten und Neffen. Aber die sind nicht alle da heute. Außerdem ...«

Hilfe! *Aiuto!*

Ich hob die Hand. »Können wir bitte morgen an dieser Stelle weitermachen? Ich glaube, das wird mir doch zu viel.«

Margherita nickte. »Und dann ist da natürlich noch Anna.«

Die schon wieder!

19. Zwei schöne Italiener

Sehr früh am nächsten Morgen wachte ich aus unruhigen Träumen auf. Ich war bei Paul gewesen, und er hatte mir erklärt, er könne mich leider nicht heiraten, weil er schon versprochen sei. Seine zukünftige Frau hatte meine Augen und hieß Anna. Echt gruselig.

Jan neben mir im großen Doppelbett schlief noch fest. Man hatte uns einen der größeren Trulli mit drei Schlafzimmern gegeben. In den anderen beiden schliefen meine Eltern und Irene mit Rüdiger.

Leise schlüpfte ich in ein Paar Jeans und ein Polo-Shirt. Fünf Minuten später stand ich draußen auf dem Hof. Die Sonne ging gerade erst auf, aber aus den verschiedenen Küchen drang bereits würziger Kaffeeduft.

Ich überlegte, mir ein Tässchen zu holen, entschied mich jedoch dagegen. Für ein Zusammentreffen mit meiner neuen Familie war es definitiv zu früh. Rasch trat ich auf die Straße. Ich hatte kein Ziel und ließ mich treiben. Frauen strebten an mir vorbei. Ich schätzte, sie waren auf dem Weg zum Markt oder in die Kirche. Männer waren noch keine zu sehen, und auch für Touristen war dies noch keine akzeptable Tageszeit. Ich kam an Dutzenden gleich aussehenden Trulli vorbei, bis die Straße mich schließlich aus Alberobello hinausführte.

Nach einer Weile bog ich auf einen schmalen lehmigen Weg ein, der ins ausgedörrte Nichts führte. Rechts und links standen verkrüppelte Olivenbäume mit silbrig schimmernden Blättern. Der Wind ließ die morschen Äste knacken und brachte den salzigen Geruch des Meeres mit. Als ich eine Anhöhe erreichte, sah ich mich um. Unter mir erstreckten sich Tomatenfelder und Weinberge. Nur hier und da gab es noch steiniges Brachland, auf dem vereinzelt Feigenkakteen wuchsen. Ich stellte mir vor, wie es hier im Sommer aussehen mochte, wenn die Sonne die Erde ausdörrte, die Eidechsen davon träumten, Fische zu sein, und die Felsen vor Hitze stöhnten.

Oh Gott! Offensichtlich konnte man sich in Süditalien auch im November und schon früh am Morgen einen Sonnenstich holen.

In der Ferne zog ein einsamer Reiter auf einem Esel dahin, und die Zeit blieb stehen.

Auf einmal gehörte ich hierher. Ja, ich war ein Kind dieser Erde, in meinen Adern floss schweres apulisches Blut.

Sonnenstich, Nele! Zurückgehen! Sofort!

Zu meiner Überraschung fand ich das Anwesen der Occhipintis auf Anhieb wieder, und während ich noch mein neues Heimatgefühl auskostete und selig vor mich hin lächelte, hörte ich eine kreischende Frauenstimme: *»Maledetto puttaniere! Vergognati!«*

Klang nicht nett.

Jan kam mir auf dem Hof entgegen. Margherita folgte ihm auf dem Fuße.

»Ist gerade keine gute Idee, da reinzugehen«, sagte mein Bruder. »Anna ist wieder da.«

Dachte ich's mir doch.

»Und was hat sie gerade gesagt?«

»Verdammter Hurenbock! Schäm dich!«, erklärte Margherita.

Hm. So genau wollte ich es doch nicht wissen.

»Komm«, sagte Jan. »Wir gehen frühstücken. Margherita weiß, in welcher Cafeteria es die besten Hörnchen und den stärksten Kaffee gibt.«

Gute Idee. Nur weg von hier.

Margherita lief noch einmal zurück und kam mit Rüdiger wieder.

»Der mag bestimmt auch Hörnchen.«

Darauf kannst du wetten.

So stolzierten wir durch den Ort und ließen uns schließlich auf der Terrasse der Cafeteria »La Bionda« nieder. Die namensgebende Blondine war zwar gefärbt, aber darüber sah ich angesichts des köstlichen Frühstücks hinweg. Nur Jan verwickelte sie in ein holpriges Gespräch über die richtige Färbetechnik. Wir tranken Cappuccino mit einem Berg aus Milchschaum und einem Klecks Zabaione, bissen in ofenwarme Brioches, wie die Hörnchen hier hießen, und erfrischten uns an einer Spremuta, dem frisch gepressten Orangensaft.

Rüdiger begnügte sich mit Wasser als Getränk, dafür fraß er fünfzehn Brioches und brachte mal wieder seine Umwelt zum Staunen. Um uns herum erstarben die Gespräche, und alle Blicke waren auf das gefleckte Monster gerichtet. Wir kümmerten uns nicht weiter darum und machten uns schließlich gestärkt auf den Rückweg.

Der Kleinbus war weg. Entweder war ein Teil der Familie zu einem Ausflug aufgebrochen, oder meine Leute waren vor der furchterregenden Anna geflüchtet.

»Ich muss zur Schule«, erklärte Margherita, schnappte sich einen Ranzen und verschwand.

Die hatte es gut!

Rüdiger legte sich im Hof in den Schatten eines Feigenbaums.

Der Glückliche.

Jan war mein Bruder. Der musste treu an meiner Seite bleiben.

Eine Frau kam auf uns zugestapft, klein, stämmig und sehr, sehr wütend.

Anna.

Sie starrte mich an, dann spuckte sie auf den Boden. Später sollte ich erfahren, dass dies eine der schwersten Beleidigungen war, die ein Italiener einem anderen Menschen zufügen konnte.

Herzlichen Dank.

Zum Glück fand ich die Sabberei im Augenblick nur ein wenig unappetitlich und fühlte mich nicht sonderlich beleidigt.

Der Blick war da schon schlimmer.

»Die starrt, als wärst du eine Geißel Gottes«, stellte Jan leise fest.

Äh … ja.

»Ein Erdbeben«, schlug er vor. »Oder sieben Jahre Dürre. Oder eine Heuschreckenplage.«

Ist ja gut.

»Malaria und Tsunami.«

»Halt die Klappe«, sagte Anna mit leicht schwäbischem Akzent zu Jan.

Der verstummte tatsächlich.

Sie wandte sich an mich. »Du bist Nele.«

183

»Ja.« Ganz schön kleinlaut.

»Und was willst du hier?«

Mein apulisches Blut geriet langsam in Wallung. »Ich will meinen leiblichen Vater kennenlernen. Ist das etwa verboten?«

Anna stieß einen drohenden Knurrlaut aus.

Die sollte sich mal mit Grete zusammentun, dachte ich. Würden ein hübsches Gespann abgeben.

Rüdiger sprang auf und eilte an meine Seite. Der konnte auch prima knurren. Anna wich einen halben Zentimeter zurück. Dann fischte sie ein paar Plätzchen aus der Tasche und hielt sie ihm vor die Nase. Seine Vorlieben hatten sich schnell herumgesprochen.

Rüdiger nahm sie artig. Verräter!

Anna wandte sich wieder mir zu. »Keine Frage, du bist Marcellos Tochter. Du hast seine Augen.«

Ich sagte nichts.

»Also noch eine«, stellte Anna fest.

Mir kam der Verdacht, dass ich womöglich mehr Geschwister hatte, als ich dachte. Vielleicht auch mehr, als Marcello dachte. Offensichtlich hatte er in seiner Jugend den Ruf des Latin Lovers gepflegt.

»Zu erben gibt es hier nichts«, stellte Anna klar.

Aha. Deshalb die Feindseligkeit. Die Dame des Hauses fürchtete um den Besitz.

»Ich will überhaupt nichts von ihm«, sagte ich laut und deutlich. »Erstens besitze ich selbst einen Ferienhof, und zweitens würde ich von einem Hurenbock nichts geschenkt nehmen. Auch nicht, wenn er mein Vater ist.«

Das mit dem Hurenbock war mir so rausgerutscht und tat mir jetzt ein bisschen leid.

Anna spuckte wieder.

Na toll.

»Dann kannst du ja wieder abreisen. Ich habe deine Eltern schon zum Tanken geschickt. Die müssten gleich wieder da sein.«

Jan mischte sich ein. »Können Sie die Spuckerei mal lassen? Das ist unhygienisch.«

Anna betrachtete ihn wie ein ekliges Insekt.

Jan dachte gar nicht daran, den Blick zu senken. Konnte ganz schön stark sein, mein Bruder.

Die Situation war jetzt festgefahren, und wir hätten uns noch stundenlang so feindselig gegenüberstehen können, wenn nicht Marcello beschlossen hätte einzugreifen. Er kam auf den Hof und bedachte seine Frau mit einer Reihe von italienischen Flüchen.

Nahm ich jedenfalls an. Nach Koseworten klang das jedenfalls nicht. Anna fluchte zurück.

Hm, das konnte dauern.

Irene gesellte sich zu uns, hörte eine Weile zu und hob ratlos die Schultern. »Solche Ausdrücke lernt man nicht auf der Volkshochschule«, raunte sie uns zu.

Anna und Marcello bemühten weiter fleißig ihren Wortschatz und gaben sich auch Klapse auf Arme und Schultern.

»Das gibt gleich Mord und Totschlag«, mutmaßte Jan.

Irrtum.

Sie lagen sich plötzlich in den Armen, und Marcello sagte einen Satz, in dem mehrmals das Wort Amore vorkam.

»Er schwört ihr seine ewige Liebe«, übersetzte Irene. Bei so was kannte sie sich wieder aus. Ein melancholisches Lächeln glitt über ihre Lippen. Vermutlich hatte Marcello vor rund fünfunddreißig Jahren zu ihr dieselben Worte gesagt.

Uns hatten die beiden Temperamentsbündel glatt vergessen.

»Kommt.« Irene zog uns fort, Rüdiger folgte uns, musste dann aber draußen bleiben.

Wir betraten eine der großen Küchen, in der einige Frauen schon zu früher Stunde mit Essensvorbereitungen beschäftigt waren. In einem riesigen Topf wurde Tomatensoße eingekocht, am Tisch nahmen zwei Frauen fangfrischen Fisch aus. Eine junge Mutter stillte ihr Baby, eine andere zeigte ihrer etwa fünfjährigen Tochter, wie Nudelteig geknetet wurde. Ein echtes italienisches Idyll.

Na ja, vielleicht ausgenommen der Frau in Irenes Alter, die auf ihrem iPad herumwischte. Der gepiercte Junge mit dem Null-Bock-auf-gar-nichts-Flunsch passte auch nicht ganz ins Bild.

Ich beschloss, diese Störung in meiner Vorstellung von Bilderbuchitalienern großzügig zu ignorieren.

Jan gesellte sich zu der Mutter mit dem Nudelteig und machte begeistert mit.

»Ich wollte dich gern etwas fragen«, sagte ich zu Irene. »Aber hier ist es zu laut.«

Sie nickte.

»Ich weiß, wo wir hinkönnen. Das wollte ich dir sowieso zeigen.«

Sie führte mich durch einen schmalen Flur in ein kleines Zimmer. Nur zwei Sessel standen darin. Auf dem Boden lag ein dicker Perserteppich, im Kamin prasselte ein munteres Feuer, und auf einem schmalen Regal standen einige Bücher. Durchweg Klassiker.

»Der Padrone hat mir erlaubt, mich hier aufzuhalten«, erklärte mir Irene. »Das darf außer seinem Lieblingssohn Marcello sonst niemand.«

Wow! Den alten Herrn hatte sie aber schnell um den Finger gewickelt.

»Immerhin habe ich ihm eine weitere Enkelin geschenkt«, erwiderte sie, als ich meine Gedanken laut ausgesprochen hatte. »Mit dir hat er die zwei Dutzend voll.«

Ich sag's ja. Eine zeugungsfreudige Familie, diese Occhipintis.

»Was hast du auf dem Herzen?«

Ich schaute einen Moment ins Feuer, bevor ich meine Frage stellte. Konnte schließlich sein, dass mir die Antwort nicht gefiel. Vielleicht würde Irene nur ratlos die Augenbrauen heben, und dann würde sich alles, was sie mir schon über ihre Gefühle für mich erzählt hatte, als gelogen erweisen. Und ich hatte mich gerade so schön an die liebende junge Mutter gewöhnt, die ihr Kind mit blutendem Herzen einer anderen Frau schenkte.

Shit.

Nun musste ich es wissen. »Mein Name. Nele. Hast du ihn mir gegeben?«

Irene schüttelte den Kopf. »Ich habe darüber nachgedacht, aber dann habe ich es gelassen.«

Verflixt. Ich hatte es befürchtet. Also war ich ihr nicht wichtig genug gewesen. Nicht einmal einen Namen hatte sie für mich gewählt.

Irrtum.

»Ich war der Meinung, deine neuen Eltern sollten frei entscheiden können, aber wenn es nach mir gegangen wäre, hättest du Walfriede geheißen, wie meine Großmutter.«

Walfriede?

Herr im Himmel!

»Oder Hannerose. So hieß meine andere Oma.«

Hannerose!

In beiden Fällen wäre ich meiner Clique außerordentlich dankbar für einen Spitznamen gewesen.

»Es war eine kluge Entscheidung von dir«, erwiderte ich erleichtert.

Irene grinste. »Du kannst die Namen ja nachträglich noch annehmen, um deine Herkunftsfamilie zu ehren.«

»Äh … ja. Darüber denke ich mal nach.«

Nele Walfriede Hannerose Lüttjens-Küpper-Liebling. Mit so was hätte ich glatt Bundesministerin werden können.

Irene warf einen Blick auf ihre Cartier-Uhr. »Er müsste eigentlich schon hier sein.«

»Wer?«, fragte ich mit einem mulmigen Gefühl in der Magengegend.

»Dein Vater. Ich meine, Marcello. Er will mit dir reden.«

Hm. Vielleicht fragte mal jemand mich, ob ich das wollte? Mein Bedarf an familiären Aussprachen war nach den letzten Tagen gut gedeckt. Konnten wir nicht einfach ein Weilchen hierbleiben, lecker essen und ganz viel von dem blutroten Wein und dem fruchtigen Limoncello trinken? Also, ich für meinen Teil wäre damit vollkommen zufrieden gewesen.

»Was will er denn von mir?«

»Das muss er dir schon selbst sagen.«

»Vielleicht gesteht er mir ja seine zahlreichen Verbrechen.«

Irene schüttelte den Kopf, sagte aber nichts.

»Oder er teilt mir mit, dass ich demnächst an einer ver-
feindeten Familie Blutrache nehmen soll. Vendetta heißt
das doch, richtig?«

Irene tippte sich schweigend mit dem Zeigefinger gegen die Stirn.

Okay, das hatte ich wahrscheinlich verdient. Prüfend sah
ich sie an. Irene wusste mehr, als sie mir verraten wollte.
Ich erinnerte mich daran, wie sie gestern Abend lange
mit Marcello geredet hatte. Sie kannte die Wahrheit, kein
Zweifel. Aber sie war nicht bereit, mir etwas zu verraten.
Das sollte Marcello persönlich tun.

Ob es helfen würde, ihr den Lauf eines Revolvers an die
Schläfe zu halten?

Krieg dich wieder ein, Nele! Nicht immer ist es von
Vorteil, die Tochter seines Vaters zu sein. Dann lieber
Olafs Tochter. Ruhig und fest im Leben stehend, wie eine
sturmerprobte niedersächsische Eiche.

Mir kam ein anderer Gedanke. »Gestern hat er mich
so bedeutungsschwer um Verzeihung gebeten. Wusste er
schon immer von meiner Existenz?«

Irene hob nur die Schultern und sah wieder auf die Uhr.
»Wahrscheinlich hat Anna ihn aufgehalten.«

Ja, klar. Prügelnd, fluchend und knutschend.

Als es an der Tür klopfte, zuckte ich zusammen. Nein,
ich wollte nicht allein mit diesem Mann bleiben! Der war
mir doch vollkommen fremd.

Fremder als ich dachte. Den Kopf, der jetzt hereinge-
steckt wurde, hatte ich noch nie gesehen.

Wow!

Und was für ein Kopf! Klassisches Römerprofil. So hatten einst die Imperatoren ausgesehen. Hundertpro! Er trug zwar Vollbart, aber der stand ihm sogar. Der Rest war auch nicht schlecht. Groß, schlank, sportlich.

Irene schaute andächtig.

Ich auch.

Und dann rissen wir die Augen auf. Da kam noch so einer herein. Vielleicht zehn Jahre jünger als Imperator I, mit schärferen Gesichtszügen und ohne Bart.

Irene seufzte.

Ich auch.

Paul, dachte ich verzweifelt. Wo bist du, wenn ich dich brauche?

Meinetwegen durfte jetzt auch Marcello kommen. Oder Anna. Sollte die mich ruhig noch mal beschimpfen. Spucken durfte sie auch gern. Mir war alles recht, das mich von dieser doppelten Versuchung ablenken konnte.

Irene strich sich das Haar zurück, setzte sich kerzengerade hin, streckte die Brust vor und lächelte.

Ich nicht. Mir brach der Schweiß aus.

20. Kleopatra und Marcus Antonius

»Marc Aurel«, flüsterte Irene und zeigte unauffällig zu Imperator I.

»Marcus Antonius«, erwiderte ich mit Blick auf Imperator II.

Interessant. In Geschichte hatten wir beide offenbar gut aufgepasst, als die Römer durchgenommen wurden. Ich erinnerte mich daran, wie ich tagelang über dem Lehrbuch gehockt und mir die Abbildungen von edlen, in Stein gemeißelten Gesichtern angeschaut hatte.

Irene anscheinend auch.

»Guten Tag«, sagte Imperator I freundlich. Kein Stück herrisch.

Fand ich ein wenig enttäuschend. »Wir sind auf der Suche nach Marcello. In der Küche haben sie gesagt, er wäre hier.« In seinem Deutsch schwang ein Hauch von Ruhrpott mit. Schade.

Ich beschloss, nicht so pingelig zu sein. Nur für den Fall, dass Imperator II jetzt berlinern würde.

Tat er aber nicht. Der hatte seine Schulferien eindeutig in Norddeutschland verbracht, denn abgesehen von einem minimal zu scharfem »S« sprach er perfekt.

»Aber wir wollen die Damen nicht stören.«

Bitte stört mich!, schrien Irenes Augen.

Ich senkte den Blick. Nur zur Sicherheit.

Irene räusperte sich. »Er müsste jeden Moment hier sein. Ich bin Irene Wedekind, und das ist meine Tochter, Nele Lüttjens.«

Fühlte sich für mich immer noch merkwürdig an, dieses Familienverhältnis. Trotzdem lächelte ich.

Imperator I nickte, als wisse er über uns Bescheid. War ja keine Kunst. Klatsch verbreitete sich in Süditalien mit derselben rasanten Geschwindigkeit wie in der Lüneburger Heide. Das hatten wir ja schon bei unserer Ankunft erlebt.

»Sehr angenehm. Giovanni Occhipinti.«

»Federico Occhipinti«, sagte Imperator II.

Ich atmete auf. Verwandte. Möglicherweise meine Brüder. Die Gefahr war gebannt.

Ja, aber nur für wenige Sekunden.

»Wir sind die Söhne von Martino.«

Offenbar sollte uns dieser Name etwas sagen. Als wir nur ratlos schauten, klärte Giovanni uns auf. »Unser Vater entstammt einer entfernten Linie der Familie. Ich bin der Älteste, und Federico ist der Jüngste.«

»Wie weit entfernt?«, fragte ich mit Panik in der Stimme.

Er sah mich direkt an. »Unsere Ururgroßväter waren Cousins.«

Verflixt! Wir waren nur unwesentlich enger miteinander verwandt als Rüdiger mit Ernie und Bert.

»Aber unsere Familie macht gemeinsame Geschäfte. Deswegen sind wir heute auch aus Bari hergekommen. Seit drei Jahren leiten mein Bruder und ich die Firma, und wir haben einiges mit Marcello zu besprechen.«

Ich hielt die Luft an.

Geschäfte. Ja, klar.

Die exportierten wohl von Bari aus die durchsiebten Leichen, die Marcello hier im Hinterland sammelte.

Etwas von meinen Gedanken musste sich in meinem Mienenspiel abgezeichnet haben, denn nun musterte mich Federico alias Marcus Antonius gründlich.

»Alles in Ordnung?«

»Äh … sicher.« Ich stand auf.

Ein bisschen zu plötzlich. Mein rechter Fuß verfing sich im Perserteppich, und ich stürzte nach vorn, direkt in Federicos Arme.

Boah!

Der Mann roch gut. Nach Meer, sonnengereiften Tomaten und heißer Erde.

Kein bisschen nach Leichen.

Seine Arme hielten mich sicher, sein Brustkorb war hart und weich zugleich.

Einladend.

Oh, ihr Götter, rettet mich!

Ich dachte an Paul. Ganz fest.

»Meine Tochter ist ein wenig tollpatschig«, erklärte Irene wie aus weiter Ferne. Ich linste zu ihr herüber. Sie lag zwar nicht in Giovannis Armen, stand aber plötzlich so dicht neben ihm, wie sie sich traute.

Tja, so eine Teppichkante musste man erst mal erwischen.

Paul ließ sich endlich in meinem Herzen blicken, und ich konnte mich von Federico befreien.

»Tut mir leid.«

»Mir nicht.« In seinen dunklen Augen stand ein Funkeln. »Ich fange dich gern noch öfter auf.«

Okay, ich lernte meine erste Lektion. Apulische Männer besaßen ein anderes Temperament als Lüneburger Anwälte. Und ich war mir nicht sicher, ob ich im Augenblick eher Süditalienerin oder Niedersächsin war.

»Wie ich sehe, habt ihr schon Bekanntschaft gemacht.«

Marcello war unbemerkt hereingekommen. Er grinste, als hätte er sich mit seiner Frau vorhin nur freundlich über das Wetter unterhalten.

Prügeln, fluchen und knutschen – alles eine Frage der Gewohnheit.

Sein Blick streifte kurz Federico und mich, dann blieb er etwas länger an Irene und Giovanni hängen, die noch immer sehr dicht beieinanderstanden.

Geradezu unschicklich.

Irene begegnete Marcellos Blick mit einem gewissen Trotz, Giovanni fühlte sich in ihrer Nähe ausgesprochen wohl. Ich sah, wie seine Hand unauffällig über ihren Rücken strich.

Der ging aber ran!

Marcello lächelte wehmütig, dann wandte er sich an die beiden Männer. »In einer halben Stunde gibt es Mittagessen. Wollt ihr vielleicht Irene einen *Aperitivo* anbieten? Ich habe noch etwas mit Nele zu besprechen.«

Hm. Hätte auch lieber was getrunken. Wieso fragte mal wieder niemand, was ich wollte?

Die beiden Brüder nickten und verließen zusammen mit Irene das kleine Kaminzimmer.

»Bitte, setz dich«, sagte Marcello und wies auf einen Sessel. Er ließ sich schwer in den anderen fallen.

Ich entdeckte ein paar Schrammen auf seinen runden Wangen.

Ah, *l'Amore!*

»Hat Anna sich wieder beruhigt?«, erkundigte ich mich vorsichtig.

»Aber ja. Mach dir ihretwegen keine Sorgen. Sie ist ziemlich eifersüchtig. Auch auf meine lang zurückliegenden Beziehungen. Und sie will Haus und Hof zusammenhalten.«

»Das kann ich verstehen.«

Stimmte sogar. Ich würde den Lüttjenshof auch nicht mit irgendwelchen dahergelaufenen Verwandten teilen wollen.

Marcello verfiel in Schweigen und schaute ins Feuer.

Er hörte gar nicht mehr auf mit dem Schweigen und Schauen.

Ich überlegte, wie ich ihn vorsichtig auf das Thema ansprechen konnte, das mich am meisten beschäftigte.

»Bist du ein Gangster?«

Na ja, Diplomatie war noch nie meine Stärke.

Seine Schultern zuckten, und ich fürchtete mich schon vor einem Wutausbruch. Stattdessen folgte ein Lachanfall.

»So etwas hat mich Irene gestern Abend auch gefragt«, sagte er stockend zwischen zwei Lachern. »Sie wollte wissen, ob ich zur Mafia gehöre.«

Ja, und?

Er kicherte noch eine Weile vor sich hin, bevor er mich aufklärte. »Die Mafia gibt es hauptsächlich in Sizilien. Hier in Apulien ist die *Sacra Corona Unita* beheimatet. Die heilige geeinigte Krone. Klingt edel, ist aber auch nur eine Bande von Verbrechern, die mit Erpressung, Raub und Drogenhandel ihr Geld verdient.«

Okay, das hatte ich jetzt verstanden, aber meine Frage war damit nicht beantwortet.

Marcello zwang sich, ernst zu werden. »Nein, Nele, ich bin kein Gangster.«

»Aber als du so plötzlich zurück nach Italien gefahren bist, hast du Irene gesagt, es sei eine Frage der Ehre.«

»Ja, und sie hat die falschen Schlüsse daraus gezogen. Wir sind Tomatenbauern, Nele, schon seit vielen Generationen. Und damals wollte eine internationale Firma den größten Teil unserer Ländereien aufkaufen. Es war eine schwere Krise, und wir haben sie nur überwunden, indem wir alle zusammengehalten haben. Das war für uns eine Frage der Ehre.«

Okay, konnte ja keiner wissen. Nun war es an mir, eine Weile schweigend ins Feuer zu schauen. Ich spürte Marcellos Blick auf mir und wand mich innerlich. Kritische Musterungen konnte ich noch nie gut ab.

»Es ist eine Schande«, sagte er.

»Wie bitte?«

»Hätte Irene mir damals die Wahrheit gesagt, wäre alles anders gekommen.«

»Du wusstest also nichts von mir?«

Er schüttelte den Kopf. »Anfangs nicht. Erst einige Jahre später hab ich von meinen Verwandten in Lüneburg erfahren, dass es da ein Mädchen gibt, das aussieht wie eine waschechte Occhipinti.«

Ich erinnerte mich an den einen oder anderen Besuch in einer Pizzeria mit Mama und Jan. Ja, tatsächlich. Die Leute dort hatten mich ziemlich auffällig angestarrt. Das war auch Mama aufgefallen, und nach dem zweiten Mal hatten wir das Lokal gewechselt.

»Da habe ich zwei und zwei zusammengezählt.«

»Und weiter?«

Marcello zeigte mir seine Hände mit den Handflächen nach oben, wohl, um seine Hilflosigkeit zu unterstreichen. »Damals war ich bereits mit Anna verlobt. Sie war die richtige Frau für mich, auch wenn sie mich oft zur Weißglut trieb. Aber sie stammte aus dieser Gegend und passte gut in unsere Familie. Der Padrone hatte uns bereits seinen Segen gegeben. Ich glaube, sie hätte mich umgebracht, wäre ich plötzlich mit einer deutschen Freundin und einer unehelichen Tochter angekommen.«

So wie ich seine Anna einschätzte, glaubte ich ihm aufs Wort.

»Trotzdem habe ich versucht, Kontakt mit Irene aufzunehmen. Aber ich konnte sie nicht ausfindig machen.«

Klar, damals lebte sie längst in Hamburg, und später nahm sie den Namen ihres Mannes Kurt an.

»Außerdem erzählte mir mein Cousin in Lüneburg, du wärst mit einer anderen Mutter dort gewesen. Ich war ziemlich ratlos. Am Ende habe ich gar nichts mehr getan. Anna und ich haben geheiratet, und bald kamen die Kinder. Mir gefiel mein Leben so, wie es war. Ich dachte nicht mehr an Irene und auch nicht an das Mädchen, das mir so ähnlich sein sollte. Ich habe deine Existenz verdrängt. Das war unverzeihlich. Ich war ein Feigling.«

Ein dicker Kloß saß plötzlich in meinem Hals. Da hatte mein leiblicher Vater von mir gewusst und sich einfach nicht weiter um mich gekümmert.

Vigliacco hatte Anna ihn genannt. Feigling. Recht hatte sie.

Von einem ermordeten leiblichen Vater hätte ich allerdings auch nichts gehabt. Nicht einmal die Chance, ihn nach so vielen Jahren zu treffen.

Also – Schwamm drüber.

»Ist schon okay«, murmelte ich großzügig.

Marcello vergrub sein Gesicht in den Händen. »Nein«, erwiderte er mit plötzlicher Bitterkeit in der Stimme. »Das ist es nicht. Ganz und gar nicht.«

Hä?

»Wieso denn?«

»Aber wie hätte ich ahnen sollen, was dir passieren würde?«

Wovon zum Teufel redete er?

»Ich habe Irene damals für ein sehr vernünftiges deutsches Mädchen gehalten.«

»Ja, und?«

»*Perdonami.*«

Uff! Mir wurde das jetzt ein bisschen zu viel Dramatik. Nächster Akt, bitte. Rausgehen, *Aperitivo* trinken, Imperatoren anhimmeln.

»Woher sollte ich wissen, dass sie dich bei Verrückten abgeben würde?«

Mein apulisches Blut trat erschrocken den Rückzug an, mein niedersächsischer Stolz ließ mich rot vor Zorn werden.

»Das will ich jetzt überhört haben.«

»Nele, *figlia mia*. Ich bitte dich. Du bist in einer Familie groß geworden, in der keiner der ist, der er zu sein scheint. Wo sich alle nur gegenseitig anlügen und verrückte Sachen machen. Dein Opa glaubte an Störche, die beiden alten Damen kämpften siebzig Jahre lang um denselben Mann, dein Bruder ist schwul geworden, und deine Mutter hat sich einer Sekte angeschlossen. Wahrscheinlich ist dein Vater der einzige normale Mensch. Und du, na ja, du hast offenbar auch mit deiner geistigen Gesundheit zu kämpfen. Diese komische Sache mit der Asche deines verstorbenen Opas …«

Ich hob die Hand, um ihm Einhalt zu gebieten, aber er war sowieso fertig.

»Irene redet zu viel«, sagte ich schwach und dachte bei mir: Erschreckend, wie viel sie in der kurzen Zeit über uns herausgefunden hatte. »Außerdem stimmt das so gar nicht. Jedenfalls nicht alles. Manchmal lieben zwei Leute halt denselben Menschen, und Jans homosexuelle Ausrichtung ist einfach Zufall.«

Ich überlegte angestrengt. Papa war in Marcellos Augen normal, Gott sei Dank. Den musste ich wenigstens nicht verteidigen.

»Mama ist bloß ein bisschen esoterisch geworden, das hat nichts mit einer Sekte zu tun. Die quatschen bloß gern und fühlen sich ein bisschen erleuchtet. Und ich, na ja, ich stand an dem Tag im Zug unter Schock. So was kann passieren.«

Ich dachte angestrengt nach. »Und nur, damit du es weißt: Mir hat nichts gefehlt. Ich hatte eine ganz wunderbare Kindheit, und ich hätte mir keine bessere Familie wünschen können.«

Die letzten zwei Sätze hatte Marcello offenbar überhört.

»Ist ja schon gut«, sagte er betont langsam. So als spräche er zu einem verwirrten Kind. »Jetzt bist du ja hier.«

Das klang, als wollte er mich höchstpersönlich aus einer Arena voller Löwen retten.

Arena, Löwen, Gladiatoren, Rom, Imperatoren.

»Ich würde jetzt gern was trinken«, erklärte ich mit fester Stimme. »Wir sehen uns später.«

Diesmal passte ich gut auf die Teppichkante auf und verließ erhobenen Hauptes das Kaminzimmer.

Vom Hof klang fröhliches Stimmengewirr zu mir herüber. Ich beeilte mich, zu meiner verrückten Sippe zu kommen. Selten hatte ich die Lüttjens' so sehr geliebt wie in diesem Moment.

Das Gefühl dauerte aber nicht allzu lange an. Als ich die Sitzordnung an der langen Tafel bemerkte, nahm ich meine Liebe für Jan erst mal zurück.

Der saß nämlich sehr dicht neben Federico und strahlte ihn an. Ganz kurz bedauerte ich Hans-Dieter in Nordergellersen.

Hm. Ein schwuler römischer Kaiser könnte mich allerdings aus meinen Gewissensnöten befreien.

Nix da.

Federico sah mich, stand auf und kam zu mir. Seine Augen sprühten geradezu Funken.

»Marcus Antonius«, murmelte ich.

Vielleicht konnte ich mir mal eine Auszeit vom richtigen Leben mit all seinen Problemen nehmen und für ein paar Stunden Kleopatra sein?

Möglicherweise mutierte Paul dann zu Caesar. Das konnte stressig werden!

Ach nein, Paul musste außen vor bleiben. Sonst würde der wie Caesar ein böses Ende nehmen.

Oh Gott! Alkohol zu mir! Sofort!

Ich wurde abgelenkt, als Papa mit seinem Messer gegen ein Glas klopfte und um Ruhe bat.

Dann hielt er eine Ansprache, und ich dachte: Das war wohl nix mit dem Normalsein.

21. Papas Schnapsidee

»Was hat der vor?«, flüsterte Jan. Er war ebenfalls aufgestanden und zu mir gekommen. Oder Federico nachgelaufen. War nicht so klar zu unterscheiden.

Ich hob die Schultern. »Keine Ahnung.«

Es dauerte, bis Ruhe einkehrte. Papa klopfte und klopfte. Eine italienische Großfamilie unterbrach nicht so leicht eine Unterhaltung.

Federico stand sehr dicht neben mir, Jan kesselte ihn auf der anderen Seite ein. Ich driftete leicht zur Seite. Waren schließlich zwei starke Männer. Am Feigenbaum ging es aber nicht weiter, und ich machte Bekanntschaft mit der Borke.

Aufmerksam beobachtete ich Papa. Er wirkte ein wenig fahrig in seinen Bewegungen. Ein paar Mal traf sein Messer nicht das Glas, sondern die Flasche, die daneben stand.

Was war denn das? Goldgelb und halb leer?

Federico war meinem Blick gefolgt. »Grappa di Vino«, erklärte er. »Ein ganz besonderes Tröpfchen. Den stellt der Padrone höchstpersönlich her. Ist sein ganzer Stolz, abgesehen von seiner Nachkommenschaft natürlich.«

Ich verstand. Offenbar war Papa zu einer Probe von diesem Weinschnaps eingeladen worden, und die war aus dem Ruder gelaufen. Seinen heimischen Köm vertrug er prima, aber exotische Schnapsarten konnten eine niedersächsische Eiche leicht umhauen.

Sein Blick war glasig, und auf der Stirn bildeten sich Schweißtropfen.

Mensch, Papa, mach bloß keinen Quatsch.

Zu spät. Endlich besaß er die volle Aufmerksamkeit der Anwesenden und setzte zu seiner Rede an.

»Liebe Verwandte von meiner geliebten Nele«, sagte er flüssig.

Hier und da wurde für jene, die kein Deutsch verstanden, simultan übersetzt.

»Ich danke euch herzlich für eure Gastfreundschaft. Meine geliebte Frau Heidi und ich sind in eurem warmen Schoße überglücklich.«

Die Übersetzer gerieten ins Stocken.

Papa nicht. »Auch meine Mütter fühlen sich sehr wohl hier in Schlumpfhausen.«

Mit zunehmender Hektik wurde nach italienischen Worten gesucht.

Grete und Marie waren blass geworden.

Mama versetzte Papa einen Rippenstoß. »Oh – ich meine natürlich, meine Mutter und meine Tante. Sie mögen zwar nicht so gerne Tittenfrisch… äh – Trinentisch…«

Einige Leute tippten sich unauffällig mit dem Zeigefinger gegen die Stirn. Die Übersetzer griffen nach einem Glas mit Grappa.

»Er meint Tintenfisch«, sagte ich zu Federico.

Papa bekam das Wort nicht mehr heraus. »Also, sie essen nicht so gern eure Spezialitäten, aber sonst finden sie es prima hier.«

Er sagte »Scheschaliätten«, aber das fiel niemandem weiter auf.

»Nun müsst ihr wissen, dass wir Heidjer ebenfalls ein sehr gastfreundliches Volk sind.«

»Oh nein!«, stieß ich aus. Einige Köpfe drehten sich zu mir um. Hey, nur die Ruhe. So war das nicht gemeint.

Bevor ich ihn daran hindern konnte, kam Papa zum Punkt. »Deswegen möchte ich euch hiermit ganz herzlich zu uns nach Nordergellersen einladen.«

Er sackte auf seinem Stuhl zusammen und wartete wohl auf den lauten Applaus. Der blieb aus. Die Occhipintis sahen sich an, lauschten zum Teil noch den Übersetzungen und berieten sich mit leiser Stimme. Niemand schien große Lust zu haben, zu einem besoffenen Barbaren in den Norden zu fahren.

Konnte ich verstehen.

Die Borke piekste in meinen linken Arm. Jan übte einigen Druck auf Federico aus, den dieser gern weitergab.

Ja, Leute, aber der Baum ist stärker.

Mit einer schnellen Bewegung befreite ich mich aus meiner Zwangslage. Dann eilte ich zu Papa.

Ich musste ihn unbedingt auf freundliche Art dazu bringen, seine Worte zurückzunehmen.

»Du hast ja nicht mehr alle Latten am Zaun.«

Zum Glück hörte er mich nicht richtig. Er drückte mir ein Schnapsglas mit goldgelber Flüssigkeit in die Hand. »Auf die Völkerverständigung.«

Gute Idee. Lecker! Noch einen, bitte.

Nach dem dritten hatte ich vergessen, was ich sagen wollte. Der Gedanke, meine neue Verwandtschaft bei mir zu Hause zu begrüßen, erschien mir auf einmal verlockend.

Alle dreißig oder vierzig Leute. Mit Ausnahme von Anna vielleicht.

Irgendwo klopfte wieder ein Messer gegen ein Glas. Diesmal waren sämtliche Familienmitglieder auf der Stelle mucksmäuschenstill.

Der Padrone hatte das Wort. Er bedankte sich höflich für die Einladung – und nahm sie an.

Oha!

Mama, Grete und Marie verdrehten die Augen. Irene, die fast auf Giovannis Schoß saß, grinste glücklich, Jan himmelte Federico an, und ich kämpfte mit meinem vierten Glas Grappa. Ging nicht mehr ganz so flüssig runter.

»Natürlich werden wir nicht alle kommen«, erklärte der Padrone. »Ich werde eine Auswahl treffen.«

Niemand schien sich sonderlich vordrängen zu wollen. Alle waren jetzt mit dem Essen beschäftigt.

Auch gut. Wenn nur mein Großvater und mein Vater zu Besuch kamen, war das machbar. Nur bitte keine entfernten Verwandten aus Bari.

Irene schien anderer Meinung zu sein. Sie redete gerade intensiv auf Giovanni ein.

Halt bloß die Klappe, Irene!

Federico war mir nachgekommen und strahlte mich an.

»Ich finde, das ist eine wunderbare Idee.«

»Grmpf.«

Jan schaute aus einigem Abstand zu uns herüber. Sein Blick war finster.

Sorry, Brüderchen, ich will das doch auch nicht.

Ein Kalbskopf schob sich zwischen Federico und mich. Der zuckte nicht einmal mit der Wimper. Na ja, wer Löwen und Tiger in seiner Arena hat, darf sich nicht so anstellen.

Hunger!, schrien Rüdigers Augen.

Er fühlte sich vernachlässigt, ganz klar. Kein Wunder, wenn sein Frauchen und seine neue Freundin nur noch Augen für Imperatoren hatten.

Seine Rettung nahte in Gestalt von Margherita. Die warf ihren Schulranzen in eine Ecke, stieß ein Seufzen aus, das sämtliche Fächer und Lehrer abdeckte, und pfiff nach Rüdiger.

Weg war er. Die beiden verschwanden in der Küche.

Grete runzelte die Stirn. »Bei mir darf der das nicht.«

Marie schwieg. Sie sah immer noch erschrocken aus und fragte sich wohl, ob irgendjemand verstanden hatte, was Olafs Versprecher vorhin bedeutete. Seine Mütter. Herr im Himmel!

Die alte Frau, die ihre Schwester hätte sein können, reichte ihr eine Schale mit eingelegten Oliven. Maries Augen weiteten sich vor Angst. Dann ließ sie eine Olive auf ihren Teller gleiten und stieß todesmutig mit der Gabel zu. Die Olive flog hoch und landete auf Gretes hochgekämmten Haaren. Die merkte nichts. Zu viel Spray auf der Frisur, vermutlich. Ich fragte mich, was sich da oben noch so alles ansammelte. Olive Nummer zwei landete zielgenau in Mamas Weinglas.

»Danke«, sagte Mama ungerührt. »Jetzt habe ich eine Art Martini.«

Der dritte Versuch gelang. Marie schob sich vorsichtig eine Olive in den Mund. Die alte Frau nickte glücklich. Viel zu sprechen schien sie auch nicht.

Marie kaute äußerst vorsichtig, spuckte dann den Kern aus und probierte ein winziges Stück Artischockenherz.

Tapfere Marie.

Ich fühlte mich ein bisschen schwer, und es dauerte einen Moment, bis ich merkte, woran es lag. Federico hatte mir wie selbstverständlich einen Arm um die Schultern gelegt.

Hallo? Ging das nicht ein bisschen schnell?

Jans Blick hatte sich zum Glück aufgehellt. Er sprach schnell in sein Handy und erzählte vermutlich Hans-Dieter, dass er die Liebe seines Lebens sei. War er ja auch. So wie Paul die meine war.

Imperatoren bringen ein Herz nur vorübergehend aus dem Takt. Meines zum Beispiel galoppierte nicht. Es hatte vor Schreck aufgehört zu schlagen.

»Ist dir nicht gut?«, fragte Federico.

Ich ließ mich auf einen Stuhl sinken, weg von seinem Arm. Der Stuhl stand zwischen Mama und Papa. Hier war ich in Sicherheit.

»Dein Vater gehört eingesperrt«, erklärte Mama.

»Ganz deiner Meinung.«

»Andererseits sind die Leute hier wirklich sehr gastfreundlich. Es gehört sich so, dass wir sie ebenfalls einladen.«

»Wenn du meinst.« Ich knabberte an den Grissini, von denen ich mir gleich eine ganze Hand voll gegriffen hatte, damit der Grappa di Vino in meinem Magen etwas verdickt wurde.

Jan war dabei, sein Handy wegzustecken. Er zögerte und las dann eine Nachricht.

Sein Blick huschte zu mir.

Mein Herz galoppierte an.

Federico sagte zu Papa, der Padrone wolle ihn sprechen, und nahm seinen Platz ein.

206

So langsam wurde mir alles zu viel.

Ich beschloss, dass ich Ruhe brauchte. Eine Siesta war jetzt genau das Richtige.

Als ich am Kopfende des Tisches vorbeikam, stand Anna beim Padrone und redete in einer Art Stakkato-Italienisch auf ihn ein. Papa wartete höflich in gebührendem Abstand auf seine Audienz. Ich verstand die Worte *Puttaniere* und *Bambini*. Vermutlich befürchtete Anna, die halbe Lüneburger Heide sei von Nachkommen der Occhipintis um die dreißig bevölkert. Zuzutrauen wär's meinem zeugungsfreudigen Vater. Und nicht jedes dieser Bambini wäre in Erbschaftsangelegenheit vielleicht so bescheiden wie ich.

Ich grinste. Anna funkelte mich böse an. Mein *nonno* blinzelte mir unter buschigen weißen Augenbrauen zu.

Ich blinzelte zurück. Er mochte ja eine Respektsperson sein, aber ich hatte keine Angst vor Patriarchen. Wer unter Opa Hermanns Fuchtel aufgewachsen war, der fürchtete sich vor nichts und niemandem. Außer vielleicht vor kaiserlichen Versuchungen.

In meinem Trullo teilte mein Blackberry mir mit, dass Paul zweimal angerufen hatte. Einmal, als ich an Federicos Brust gestolpert war, einmal, als er seinen Arm um mich gelegt hatte. Da war ich mir hundertprozentig sicher.

Während mein Herz jetzt auch noch im Galopp ein paar Hindernisse nahm, rief ich zurück.

Mailbox. Welch Überraschung.

Na gut, dann musste er eben mal *mir* Zeit lassen.

Ich legte mich aufs Bett und stellte fest, dass das runde Dach fröhlich vor sich hin eierte.

Ein Erdbeben schloss ich aus. Das war der Schnaps.

Opa Hermann geriet verschwommen in mein Sichtfeld.

Mann! Der war aber weit gereist!

Sah auch nicht gut aus. Grau wie die gemauerten Feldsteine.

»Nele! Du fährst auf der Stelle nach Hause!«, befahl er.

»Ich bin nicht fahrtüchtig«, erwiderte ich voller Logik.

Opa überhörte den Einwand. »Die ganze Sippe kehrt sofort heim! Keine Minute länger bleibt ihr in diesem Mafianest.«

Ich überlegte, ob es sinnvoll war, ihn über diese heilige und so weiter Krone und die Sache mit den Tomatenfeldern aufzuklären.

War mir bloß gerade zu kompliziert, also ließ ich es lieber bleiben.

»Ich bin aber ziemlich müde.«

»Aufwachen!«, schrie er. »Du kannst nicht meine Familie entführen und dich dann schlafen legen.«

»Ich schlaf doch gar nicht!«

»Aufwachen!«

Ich gab mir Mühe, war aber schwierig. Ein nasses Handtuch landete in meinem Gesicht.

Vor Schreck fuhr ich hoch. Hatte sich Opas Geist jetzt materialisiert? War der in der Lage, ein Handtuch nass zu machen und mir ins Gesicht zu klatschen?

Nee, es war bloß Jan.

»Mensch, Opa-Jan.«

»Kröte, komm mal wieder zu dir. Ich muss mit dir reden.«

»Später.«

Starker Kaffeeduft kitzelte meinen Geruchssinn. Ich linste zu der winzigen Espressotasse, die Jan unter meiner Nase hin und her führte.

Na gut. Mit Kaffee ging es vielleicht. Danach konnte ich beide Augen öffnen.

»Was ist denn los?«, fragte ich, als das Gebräu meine Nerven wachrüttelte.

Mein Bruder sah so besorgt aus, dass ich es erst mal mit der Angst bekam.

»Ist was passiert?«

Er schüttelte den Kopf und reichte mir ein großes Glas Wasser. Ich trank gehorsam. Vielleicht wollte er mir ja eine Eifersuchtsszene machen. Ich musste ein Kichern unterdrücken.

»Es geht um Paul.«

Nee, das war nicht lustig.

»Er hat mir wieder eine Mail geschickt.«

»Und mich hat er zweimal angerufen, aber nicht erreicht.«

Jan runzelte die Stirn. »So ganz konsequent ist der Mann nicht in seinen Beschlüssen.«

Nicht? Passte gar nicht zu Paul.

»Was hat er dir geschrieben?«

»Dass er seine Angelegenheiten in München geregelt hat.«

»Nur das? Und deshalb hast du diese Panik im Gesicht?«

»Na ja, er …«

»Spuck's aus, Jan.«

»Er wollte wissen, wo wir sind.«

In meinem Gesicht stand jetzt vermutlich auch blanke Panik. »Und du hast es ihm verraten?«

»Ja.«

Dio mio! »Und er? Was meinte er dazu?«

»Also, ich habe ihm in groben Zügen alles erzählt, und er hat gesagt, er will sich überlegen, was zu tun ist.«

Das klang wieder ganz nach Paul. Umständlich und alles andere als spontan.

»Der wird schon nicht herkommen«, sagte ich. Ein Teil von mir hätte sich darüber gefreut, dem anderen Teil war alles viel zu kompliziert. Und dieser Teil war im Augenblick größer.

Wir schwiegen eine Weile vor uns hin, bis Jan fragte: »Sag mal, Nele, du und Marcus Antonius – geht da was?«

Mein Bruder hatte in Geschichte auch gut aufgepasst.

»Ach, Quatsch!«, sagte ich ein bisschen zu schnell.

»Pass bloß gut auf dich auf.« Jan kannte mich gut. »Der ist gefährlich, Nele.«

»Für dich oder für mich?«

Ein schwaches Grinsen malte sich auf seinem schönen Gesicht ab.

»Schwul ist er jedenfalls nicht. Leider, oder vielleicht zum Glück.«

»Oder umgekehrt.«

Wir grinsten jetzt um die Wette.

»Deine Mutter hat bei ihrem Imperator freie Hand.«

Ich dachte einen Moment voller Schreck an Mama.

»Ach so, Irene. Na, die darf ja auch.«

Jan nickte. »Was wirst du jetzt tun, Nele?«

Ich überlegte. »Kann ich hier drin bleiben, und du reichst hin und wieder Wasser und Brot rein, bis wir wieder abfahren?«

Jan lachte. »Das wäre unhöflich.«

»Ich könnte doch eine plötzliche schwere Krankheit haben.«

»Ja. Liebesfieber.«

Klasse Idee, fand ich.

»Nix da«, entschied Jan. »Sieh das Ganze als eine Prüfung für deine Liebe zu Paul. Wenn du die bestehst, wird dich nichts mehr vom Weg abbringen.«

Okay.

Und wenn nicht?

22. Grete The Ripper

Für das Abendessen war es noch zu früh, also entschloss
ich mich zu einem Spaziergang. Der viele Stress mochte ja
Kalorien verbrennen, aber angesichts der üppigen Mahl-
zeiten nicht genug. Zwar war ich froh, nicht mehr so mager wie früher in München zu sein, aber ein bisschen
wollte ich schon auf meine Figur achten.

»Kommst du mit?«, fragte ich Jan.

Für den Fall, dass mir im Hof ein Imperator auflauern
sollte, konnte ich einen Bodyguard gebrauchen.

»Nein, sorry. Ich will mit Margherita ein Tiramisù für
Rüdiger zubereiten.«

»Na, hoffentlich bleibt für uns auch was übrig.«

»Versprochen«, sagte Jan. »Der Dicke soll sich ja nicht
überfressen.«

Das waren geradezu prophetische Worte, wie sich später herausstellen sollte.

Ich zog mir eine leichte Jacke über. Nach Sonnenunter-
gang machte sich der Herbst auch in Süditalien bemerkbar.

Dann schlich ich leise über den Hof und war erleichtert, als ich unbemerkt auf die Straße gelangte. Dort
saß im schwachen Licht einer Laterne eine Gruppe in
Schwarz gekleideter kleiner alter Frauen auf wackeligen
Stühlen und besprach die Ereignisse des Tages. Offenbar

fanden sich Mitglieder der Familie und Nachbarinnen hier regelmäßig ein.

Ich grinste schwach. Bestimmt standen die Lüttjens' im Mittelpunkt des Gesprächs.

Die Frauen nickten zu jedem Satz mit den Köpfen, wie Krähen.

Kurz blieb ich stehen und ließ das Bild auf mich wirken. Dann rissen die Krähenfrauen die Augen auf.

Ich auch.

Marie kam heraus, in Begleitung ihrer Wahlschwester. Jede trug einen Stuhl und setzte sich dazu. Beide schwiegen, nickten nur hin und wieder im Rhythmus der anderen Köpfe. Schon im nächsten Moment war Marie von den anderen nicht mehr zu unterscheiden.

Das nennt man geglückte Assimilation.

Ich wandte mich lächelnd ab und ging in die Richtung, die ich schon kannte. Nach einer Weile wies mir nur noch der Vollmond den Weg, und die verkrüppelten Olivenbäume standen da wie erstarrte Soldaten. Mir wurde unheimlich zumute, und ich beschloss umzukehren. Die vielen Horrorfilme mit Sissi wirkten irgendwo tief in meinem Unterbewusstsein nach.

Zu Recht.

Kurz bevor ich Alberobello erreichte, kam mir eine dunkel gekleidete Gestalt auf einem merkwürdigen Fortbewegungsmittel entgegen.

Hilfe! *Aiuto!*

Sleepy Hollow.

Galoppierte da der kopflose Reiter auf mich zu?

Ach nein, der hier trug einen Motorradhelm, und der Rappe war eine knatternde Vespa.

Ich beruhigte mich.

Aber nur so lange, bis der Vespafahrer vor mir anhielt und den Helm abnahm.

»Nele«, sagte Federico. »Schon, dich hier zu treffen.«

Reiner Zufall, klar. Es liefen ja auch massenhaft Leute hier draußen in der Einöde rum.

Der Mann hatte auf seinem stählernen Ross bestimmt die halbe Region nach mir abgegrast. Ich fühlte mich geschmeichelt und genervt zugleich.

»Hallo«, murmelte ich und kickte ein Steinchen weg.

Federico bockte die Vespa auf und stellte sich vor mich hin. Zu dicht, viel zu dicht.

Ich machte einen halben Schritt zurück, verfing mich in einem Rosmarinbusch und wäre gestürzt, wenn er mich nicht festgehalten hätte.

War keine Absicht. Ich schwöre!

Sein sonnig-salziger Duft zog mir in die Nase und vermischte sich mit dem Geruch einiger Rosmarinnadeln, die ich platt gedrückt hatte.

»Du kannst mich wieder loslassen.«

»Eh …«

»Federico! Lass mich los!«

Im Mondlicht funkelten seine Augen noch ein bisschen heller als sonst.

Ein feuriger Mann inmitten einer südlichen Landschaft. Verdammt!

Ginge das bitte mal einen Tick weniger kitschig? Ich musste plötzlich an den anderen Mann denken, der mir auch mal nachgekommen war. Der war sogar auf einem Pferd bis zum Totengrund im Naturpark Lüneburger Heide geritten, um mich zu retten.

Paul, ach Paul.

»Wer ist Paul?«, fragte Federico.

Hatte ich laut gesprochen? Übernahm jetzt mein Unterbewusstsein die Führung meines Handelns?

Federicos gerunzelte Stirn gab mir die Antwort.

»Mein … äh … Verlobter.«

Stimmte ja auch. Fast.

Mal sehen, ob was dran war an der legendären Eifersucht der Südländer.

Hm.

Ja.

Federico schwang sich auf seine Vespa und brauste davon.

Danke. Hättest mich wenigstens mitnehmen können. Ich stellte fest, dass ich viel weiter gelaufen war, als ich gedacht hatte. Der Vollmond versteckte sich jetzt hinter ein paar dicken Wolken. Offenbar reservierte der sein fahles Licht für Pärchen, die romantischer drauf waren als wir.

Halb so wild. So schwer konnte es ja nicht sein, den Heimweg zu finden. Immer den Hügel hinunter und dort an der Weggabelung nach links.

Nach rechts.

Oder?

Mir wurde heiß. Dann kalt.

Die Olivenbäume waren auch keine Hilfe. Die sahen irgendwie alle gleich verkrüppelt aus. Jetzt streckten sie ihre knorrigen Äste nach mir aus.

Blackberry, wo bist du?

Im Trullo auf dem Nachttisch, wo ich es in meiner trotzigen Soll-Paul-sich-doch-wieder-melden-Stimmung liegen gelassen hatte.

Selbst schuld, Nele. Und du hättest auch ein bisschen netter zu Federico sein können.

Oh Mann! Meinem Gewissen konnte ich es aber auch nicht recht machen.

Ich entschied mich für links. Man soll ja immer der ersten Eingebung folgen. Oder auch nicht.

Als der Weg nach einer halben Stunde im Nirgendwo endete, wusste ich, dass ich mich verlaufen hatte.

Mittlerweile hatte ich Hunger und Durst, die Füße taten mir weh, und kalt war mir auch. Ich drehte um und lief zurück. Also den anderen Weg.

In guten und weniger guten Filmen wird die Heldin spätestens jetzt gerettet.

Ja, toll.

Mutlos trottete ich weiter.

Wie viele Olivenbäume gibt es eigentlich in Apulien? Zehn Millionen? Abgeerntet waren die auch schon, wie ich mit echtem Bedauern feststellte.

Irgendwo in weiter Ferne bellte ein Hund. Ich schöpfte Hoffnung. Vielleicht gab es hier einen Bauernhof in der Nähe.

Das Bellen verklang. Wahrscheinlich hatte ich es mir eingebildet. Genau wie Opas Stimme, die sich in meinem Kopf festsetzte.

»Was soll das Gejammer, Nele? Du bist eine Lüttjens. Vergiss das nicht! Habe ich dir mal erzählt, wie ich mich beim Russlandfeldzug verirrt habe? Fünf Tage lang bin ich allein durch die Schneewüste gestapft. Drei Zehen habe ich mir abgefroren ...«

Ich ließ ihn reden und fand es tröstlich, ihn bei mir zu haben.

»Ach, Opa, ich bin so allein.«

»Dumm Tüch! Da kommt Rüdiger!«

Echt? Im nächsten Moment stand er vor mir, mein großer Freund, und schlabberte mich ab. Ich fing an zu heulen und klammerte mich an ihn. Opa wandte sich angewidert ab.

Während ich Rüdiger so glücklich umarmte, stellte ich fest, dass an seinem Halsband ein Zettel steckte. Und eine kleine Wasserflasche hing auch daran.

»Rüdiger, du würdest einen prima Bernhardiner abgeben«, erklärte ich, nachdem ich meinen schlimmsten Durst gelöscht hatte.

Den Zettel hatte Jan geschrieben. »Imperatoren sind auch nicht mehr das, was sie mal waren. Federico hat gestanden, dass er dich in der Walachei allein gelassen hat. Rüdiger ist die Vorhut. Die Kavallerie ist auf dem Weg!«

Das mit der Walachei war geografisch nicht korrekt, aber ich verzieh es großzügig. War viel zu erleichtert. Und nachdem mein Retter mehrfach laut gebellt hatte, rückten sie an. Federico, Jan und Margherita auf Vespas und Mofas.

Federico machte ein außerordentlich zerknirschtes Gesicht.

»Das werde ich mir nie verzeihen«, erklärte er.

Ich dir auch nicht, dachte ich, stellte jedoch fest, dass ich gegen seinen Charme keineswegs immun war.

Jan schon. Dem ging seine große Schwester über alles.

Federico stieg von der Vespa und kam auf mich zu. Ich war drauf und dran, mich an seine Brust zu werfen. Einzig Jans böser Blick hielt mich davon ab.

»*Perdonami*«, sagte Federico. »Ich bin schon nach zehn

Minuten wieder umgekehrt, um dich mit nach Hause zu nehmen, aber ich konnte dich nicht mehr finden. Da bin ich zurückgefahren, um Hilfe zu holen.«

Immerhin, er hatte mich nur kurz allein gelassen. Das konnte man doch verzeihen, oder?

Nein!, erklärten Jans Augen kategorisch.

Ja!, sagte ein Teil von mir, der ein ganzes Stück tiefer als mein Herz saß.

Federico streckte die Hand nach mir aus. »Irene hat mir verraten, dass du Stress mit deinem Freund hast.« Er sagte nicht »Verlobter«.

Alle Achtung. Das nennt man eine flotte Recherche.

Ich wollte die Hand ergreifen, aber da drängte sich Rüdiger zwischen uns. Der traute dem Mann nicht.

»Braver Hund«, sagte Jan.

Margherita amüsierte sich königlich. Mit siebzehn konnte man sich über das seltsame Verhalten der Erwachsenen nur schlapp lachen.

»Ab nach Hause«, sagte sie und lud mich ein, auf ihrem Zweisitzer mitzufahren. »Rüdiger muss seine Belohnung kriegen.«

Ich wäre lieber mit Jan gefahren, aber sein Mofa war nur für eine Person gedacht. Außerdem wackelte er ziemlich hin und her. Hatte noch nie so ein Ding gelenkt. Auf die Vespa traute ich mich nicht. Gut möglich, dass mich meine weiblichen Instinkte zu einem sexuellen Amoklauf anstifteten. Imperator von der Vespa ziehen und in den nächsten Olivenhain schleppen, zum Beispiel.

Margherita fuhr, wie italienische Jugendliche so fahren. Ich war froh, noch am Leben zu sein, als wir den Hof erreichten. Dort war das Abendessen in vollem Gange, und mir wurden wahre Fleischberge frisch vom Grill aufgehäuft, kaum dass ich saß.

Der Padrone warf mir einen tadelnden Blick zu. Hab keine Lust, meine vierundzwanzigste Enkelin gleich wieder zu verlieren, sollte der wohl heißen.

Mama, Papa, Irene und Grete durchlöcherten mich mit Fragen.

Ich gab mich wortkarg, konzentrierte mich aufs Essen und sah nur noch, wie Margherita mit Rüdiger in einer der Küchen verschwand.

Sobald mein Teller leer war, entschuldigte ich mich und ging in meinen Trullo. Noch angezogen warf ich mich aufs Bett und schlief auf der Stelle ein.

Irgendwann spät in der Nacht wurde ich von lauten Schreien geweckt.

»*Il cane! Il cane sta morendo!*«

Was? Das klang ja, als würde jemand sterben. Und was hieß *cane?*

»Der Hund stirbt!« Das war Margheritas Stimme.

Ogottogott!

Rüdiger!

So schnell war ich im Leben noch nicht angezogen gewesen. Als ich in den Hof gerannt kam, war dort schon eine Gruppe Menschen versammelt. Ich drängte mich durch den Kreis und erreichte die Mitte.

Vor Schreck schnappte ich nach Luft. Dort lag Rüdiger und stöhnte herzzerreißend. Sein Bauch war ein prall gefüllter Ballon, die Kalbsaugen quollen ihm aus den Höhlen. Aus seinem Maul sickerte gelblicher Schaum.

Irene drängte sich neben mich.

»Mein Dicker!«

Rüdiger stöhnte und rülpste.

»Was hast du gefressen?«

»Tiramisù«, murmelte Margherita kreidebleich.

»Aber nur eine kleine Portion. Ich schwöre. Jan und ich haben auch fünf Schüsseln voll für die Erwachsenen zubereitet, aber ...«

»Die sind auch leer«, verkündete Jan, der jetzt zu uns trat. »Ich habe gerade nachgesehen. Jemand hat die Küchentür offen gelassen.«

»Aber die Schüsseln waren doch im Kühlschrank«, gab Margherita zurück.

Irene stöhnte mit ihrem Liebling im Duett. »Rüdiger konnte schon als Welpe Kühlschranktüren öffnen.«

»Der braucht einen Einlauf«, erklärte Oma Grete. In ihrem riesigen weißen Nachthemd und den abstehenden Haaren sah sie aus wie ein übergewichtiges Gespenst.

Sie sah niemanden an, und ich entdeckte den Anflug eines schlechten Gewissens auf ihrem Gesicht.

»Du bist vorhin noch mal aufgestanden«, sagte da auch schon Marie, die sich sittsam in einen Morgenmantel gekleidet hatte.

»Oh.« Margherita war kurz abgelenkt. »Sie kann sprechen?«

»Natürlich«, gab ich geistesabwesend zurück.

»Und ich dachte, sie ist stumm wie Tante Graziella.« Sie deutete auf Maries Wahlschwester.

Deshalb also verstanden sich die beiden so gut.

Grete verschränkte die Arme vor der Brust. »Ich habe mir ein Glas Wasser geholt, aber die Küchentür habe ich wieder geschlossen.« Sie klang jedoch nicht so überzeugt, wie sie sich zu geben versuchte.

»Das ist doch jetzt nicht wichtig«, sagte ich schnell. »Margherita. Kennst du einen Tierarzt?«

Bevor sie antworten konnte, betrat der Padrone den Hof. Er war als Einziger korrekt gekleidet. »Ich habe bereits Dottore Gandolfi angerufen. Er wird in fünf Minuten hier sein.«

Wir Lüttjens' und Irene atmeten auf, die Occhipintis warfen einander Blicke zu, die ich nicht zu deuten wusste.

Rüdiger pupste. Es klang wie Kanonenschüsse. Einige der Umstehenden hielten sich die Nase zu.

Jemand wagte es, über die Verschwendung der leckeren Nachspeise zu klagen, wurde aber mit zischenden Zungen zum Schweigen gebracht.

Mein großer Freund hatte die Herzen der Italiener im Sturm erobert. Niemand wollte ihn leiden sehen.

Das Pups-Konzert dauerte an, und selbst ich hätte mich jetzt über einen frischen Windstoß gefreut.

Im nächsten Augenblick hielt ein Auto mit quietschenden Reifen an der Straße.

Ein älterer Herr kam herbeigelaufen. In der Hand trug er eine altmodische schwarze Arzttasche.

»Don Antonio! Warum stehen Sie hier herum? Sofort ins Bett mit Ihnen!«

Margherita übersetzte simultan. Dabei starrte sie den Neuankömmling mit einer Mischung aus Hoffnung und Ungläubigkeit an. Wir anderen tauschten ahnungsvolle Blicke.

»Ich bin nicht der Patient«, gab der Padrone ungerührt zurück.

»Was? Aber Sie haben mir am Telefon von schlimmen

Bauchschmerzen erzählt. Von einer möglichen Vergiftung!«

»Ganz genau. Aber es geht um Rüdiger.«

Den Namen konnte Dottore Gandolfi offenbar nicht aussprechen, also hob er nur ein Paar graue Augenbrauen. Der Kreis der Menschen öffnete sich und ließ den Doktor durch eine schmale Gasse treten, bis er Rüdiger entdeckte.

Dottore Gandolfi fasste sich ans Herz. »*Gesù Cristo!*«

Langsam wandte er sich zu Don Antonio um. »Das ist ein schlechter Scherz.«

»Keineswegs. Dem armen Kerl geht es sehr schlecht, und ich wusste, Sie würden am schnellsten hier sein.«

»Ich bin Humanmediziner. Ich behandle keine gefleckten Mammuts.«

Mannomann!

Rüdiger wurde ja immer größer. Aber so lang ausgestreckt mit dem aufgeblähten Bauch war er dem Färsenalter jetzt tatsächlich entwachsen.

»Ich fahre nach Hause. Rufen Sie einen Tierarzt an.«

Hinter dem Doktor entstand Unruhe.

Leute wichen zurück, einige schrien entsetzt auf.

Plötzlich stand da Oma Grete. Sie sah immer noch aus wie ein Gespenst, jedoch um einiges furchterregender als vor fünf Minuten. In der rechten Hand trug sie ein Schlachtermesser mit einer Klinge von gut dreißig Zentimetern Länge.

»Sie gehen nirgendwohin, wenn Sie nicht aufgeschlitzt werden möchten«, sagte sie ruhig und wartete, dass Margherita übersetzte. Weil sie dem Mädchen nicht ganz traute, machte sie mit der freien Hand noch eine typische Bewegung über ihre Kehle. »Und dann spritzt Ihr

Blut in einer Fontäne über den Hof und macht ein hübsches Muster.«

Der Doktor wurde bleich wie das Mondlicht. Regelrecht blutleer sah der schon aus.

Rüdiger, dachte ich, wenn du wüsstest! Deine ärgste Feindin kämpft für dich.

Ich liebte meine Oma jetzt sehr. Mal abgesehen von ihrer mafiösen Art.

Hier und da ertönte Applaus.

Grete ließ sich nicht ablenken. Das Messer näherte sich blitzend der faltigen Kehle des Arztes. »Hasta la vista, Baby«, murmelte sie.

»*Va bene, va bene*«, sagte der Doktor, der Gretes Befehle vermutlich auch ohne eine Waffe in ihrer Hand befolgt hätte. Er war höchstens halb so breit wie sie.

Dann wandte er sich seinem Patienten zu.

Rüdiger pupste.

23. Rüdiger darf nicht sterben

Dottore Gandolfi hielt sich ein Taschentuch vor die Nase. Vorsichtig beugte er sich zu Rüdiger hinunter.

Irene gesellte sich zu ihm und outete sich als dessen Besitzerin. Marc Aurel alias Giovanni blieb dicht an ihrer Seite. Alle anderen hielten gespannt die Luft an. Einzig der Padrone wirkte entspannt. Offenbar setzte er große Hoffnungen in seinen Leibarzt.

Ich sah, wie der Doktor auf seinem Handy jemanden anrief.

»Er spricht mit einem Tierarzt, den er wohl vom Boccia-Spielen kennt«, erklärte mir Margherita. »Es geht darum, ob Rüdiger eine Magendrehung erlitten hat. Die ist lebensgefährlich.«

Dio mio!

»So etwas passiert, wenn ein Hund, der sich überfressen hat, zu viel herumläuft.« Margherita bemerkte meinen Gesichtsausdruck und fügte schnell hinzu. »Aber ich glaube das nicht. Rüdiger war bestimmt noch müde von der Suche nach dir. Der hat sich nach dem Fressen da hingelegt und rührt sich seitdem nicht mehr.«

Ich betete, Margherita möge recht haben.

Niemand außer mir achtete auf Oma Grete, die plötzlich allein mit dem Messer in der Hand dastand. Für einen

Moment sah sie aus, als bedauerte sie, dass Dottore Gandolfi so schnell nachgegeben hatte. Das ganze Gerede von Mafia und Vendetta färbte offenbar ab.

Schließlich gab sie sich einen Ruck und ging zu dem Trullo, aus dessen Küche sie das Messer geholt hatte. Dann trat sie mit leeren Händen heraus und verschwand in ihrem und Maries Trullo. Als sie wieder im Hof erschien, trug sie ebenfalls einen Morgenmantel. In ihrem Einkaufsnetz klimperten zwei Flaschen Doppelkorn und drei Dutzend Schnapsgläser.

Wow! Was die alles aus Nordergellersen mitgenommen hatte! Aber die Idee war gut. Auf den Schreck konnten wir alle einen guten Köm vertragen.

Die eine Flasche war aber nicht für uns gedacht. Grete trat zum Doktor und drückte sie ihm in die Hand. »Die soll der Hund austrinken. Damit hat mein Hermann schon Koliken bei unseren Pferden kuriert.«

»Wie genau?«, fragte der Arzt über Margherita zurück.

Grete schüttelte den Kopf über so viel Unwissen und steckte sich zum besseren Verständnis einen Finger in den Mund.

Hektisch sprach Dottore Gandolfi in sein Handy. Der Bocciafreund hatte so seine Einwände gegen diese norddeutsche Rosskur.

Rüdiger rollte mit den Augen.

»Schade, dass nicht wenigstens eine der Schüsseln in Plastikfolie verpackt war«, sagte Jan, was keiner außer den Eingeweihten verstand.

Irene versuchte derweil, ihren Dicken zum Brechen zu überreden. Sicherheitshalber machten die Umstehenden ein paar Schritte zurück.

»Was ist hier los?«, fragte plötzlich eine herrische Stimme.

Anna! Die hatte uns gerade noch gefehlt.

Ich staunte.

Anna war nicht nur korrekt gekleidet, sondern auch perfekt frisiert und geschminkt. Von Jan erntete sie dafür einen anerkennenden Blick. In Marcellos Augen lag ein anderer Ausdruck. Gesteigertes erotisches Interesse.

Oder so ähnlich.

Ganz klar, die Versöhnung dauerte noch heftig an. Hoffentlich war ich am Ende nicht für eine weitere Vermehrung der Occhipintis verantwortlich. Anna schien zwar über das Alter hinaus zu sein, aber, wie Opa Hermann zu sagen pflegte, man hatte schon Pferde kotzen sehen.

Der Gedanke ließ mich wieder zu Rüdiger schauen. Da sich der Doktor vor Ort und der Viehdoktor am Handy standhaft weigerten, den Patienten mit Schnaps abzufüllen, machte Grete jetzt kurzen Prozess. Sie wies Irene an, Rüdigers Kopf hochzuhalten, und schüttete ihm den Inhalt der Pulle in den Rachen.

Dottore Gandolfi wagte nicht einzugreifen. Seine freie Hand lag wie zufällig an seiner Kehle.

Hektisch sprach er ins Handy, Margherita vergaß zu übersetzen.

War jetzt auch egal.

Alle starrten auf Rüdiger, der nun wie auf Kommando würgte.

Er würgte und würgte und würgte.

Hier und da wurden Anfeuerungsrufe laut.

Als sich ein Schwall gelben Breis auf den altehrwürdigen Steinquadern ergoss, brandete Applaus auf.

Die Kinder juchzten entzückt, die Krähenfrauen nickten im Takt mit den Köpfen.

Irene sprang zurück, Grete war nicht schnell genug. Mit der leeren Kömflasche in der Hand sah sie jetzt aus wie ein gelb bespritztes besoffenes Gespenst. Und ihr Lachen klang ein wenig irr.

Wenn das Opa Hermann hätte sehen können!

Rüdiger lag auf einmal ganz still. Sein Bauch hatte an Umfang verloren, aber sein Brustkorb...

Hob und senkte sich der noch?

Ja! Dem Himmel sei Dank!

Mit weiteren Pupsern teilte er uns mit, dass er noch am Leben war.

Dottore Gandolfi packte sein Handy weg. Der Tierarzt werde in einer halben Stunde persönlich vorbeischauen, teilte er uns mit. Für ihn selbst gab es hier nichts mehr zu tun.

Er trat den Rückzug an, die Hand immer an der Kehle.

Anna übernahm das Kommando. Alle Kinder wurden von ihr rigoros ins Bett geschickt. Proteste blieben ungehört. Dann bellte sie kurze Befehle. Schon zwei Minuten später eilten ein paar Frauen mit Wassereimern und Wischmopps herbei. Sie säuberten den Hof, während die Männer Tische und Stühle aufstellten. Ich bemerkte, dass sich der Hof gefüllt hatte. Das waren nicht mehr nur Occhipintis. Die Schreie und der Applaus hatten die Nachbarn angelockt, und die brauchten alle eine Stärkung.

Riesige knusprige Brotlaibe, lange gereifter Schinken, würziger Schafskäse und diverse eingelegte Gemüsesorten wurden aufgetragen. Grete holte zwei weitere Flaschen Köm und machte damit die Runde. Ruckzuck wurden die ausgetrunken. Grappa wurde gebracht, Limoncello und ein spezieller Lorbeerlikör, dessen Namen ich nicht verstand. Schmeckte aber gut.

Ich hätte besser vor dem Trinken was essen sollen. Merkte ich bloß zu spät.

Es wurde ein rauschendes Fest, das bis zum Morgengrauen andauerte. Ein oder zwei Leute wachten bei Rüdiger, der fest schlief und nur hin und wieder leise Stinketöne von sich gab.

Der Tierarzt kam, spritzte ihm noch ein Magenmittel und musste dann bleiben.

Die Mischung aus deutschem und italienischem Hochprozentigem ließ mich anhänglich werden.

»Nele«, sagte Jan irgendwann in mein Ohr. »So geht das nicht weiter.«

»Was denn?«

»Du sitzt auf Federicos Schoß und singst.«

»Darf ich nicht auch mal kuscheln?«

»Doch, aber bitte ohne Die Schwarze Barbara.«

Upps!

Wie hatte es denn der gute Heino bis hierher geschafft?

Federico störte mein Gesangsvortrag nicht weiter. Der war sowieso damit beschäftigt, meinen Bauchnabel zu erkunden.

»Das kitzelt«, murmelte ich.

»Angenehm oder unangenehm?«

Tja, was antwortete ich am besten darauf?

Nichts. Mein Mund wurde von seinen Lippen umschlossen.

Mamma mia! Was für ein Kuss!

Ich machte die Augen zu.

Blöde Idee.

Prompt erschien mir Opa Hermann.

»Benimm dich!«

Hm. Der Kuss schmeckte jetzt nicht mehr so gut.

»Du bist eine Schande für die Familie!«

Irgendwie fade.

»Ich enterbe dich!«

Hä? Wie sollte das denn gehen? Posthum? Musste ich unbedingt bei Gelegenheit mal Paul fragen.

Paul. Mein Liebling.

Ich machte eine heftige Bewegung. Unsere Zähne klackerten zusammen.

»Aua«, sagte Federico.

Schnell sprang ich von seinem Schoß, schwankte ein bisschen hin und her und knallte dann mit der Nase gegen einen Steinquader.

Komisch. Ich musste vorher hingefallen sein. Da lag ich nun ausgestreckt und hörte, wie jemand nach dem Tierarzt rief.

Tja, warum sollte es mir besser gehen als Rüdiger? Hauptsache, mich wollte jetzt keiner mit Köm abfüllen.

Der Tierarzt ruckelte fachmännisch an meiner Nase herum.

Hey, konnte dem mal jemand erklären, dass ich kein Ochse war?

»Die ist gebrochen«, übersetzte Margherita.

Ach, Quatsch.

Echt?

»Die Nase lässt sich leicht verschieben.«

Ja, danke, das merkte ich jetzt auch. Wo war Grete mit dem Schlachtermesser, wenn man sie brauchte?

»Finger weg von meiner Tochter!«

Papa, groß, stark, massiv. Der Tierarzt sprang zurück. Ein engerer Kreis hatte sich um mich gebildet. Er bestand nur aus Lüttjens'. Opa Hermann fehlte. Dem wurde das jetzt endgültig zu bunt mit mir. Vielleicht hatte mich auch der Sturz wieder klar im Kopf gemacht. Die Occhipintis mussten außen vor bleiben. Rabiate Tierärzte auch.

Etwas Warmes lief in meine Mundwinkel und schmeckte nach Blut.

Mann, tat mir die Nase weh. So richtig fies weh.

Also Leute, ich werde jetzt mal eine Runde ohnmächtig. Wird mir gerade alles zu viel. Weg war ich.

Irgendwann kam ich wieder zu mir und versuchte, mich zu orientieren. Dauerte ein Weilchen. Mein Kopf lag in einem männlichen Schoß, die Beine konnte ich nicht ganz ausstrecken. Ich schaute hoch und erkannte zu meiner Erleichterung Jan.

»Wo bin ich?«

»Dass ich diese Frage mal im wahren Leben hören würde!«, erwiderte mein Bruder statt einer Antwort. Er liebte Ärzteserien im Fernsehen.

»Jan, bitte.«

»Wir bringen dich ins Krankenhaus.«

Ich stellte fest, dass ich auf der mittleren Rückbank im Kleinbus lag. Hinter mir saß Mama, und Margherita auf dem Beifahrersitz gab Papa Anweisungen, wie er zu fahren hatte.

»Grete und Marie sind von Anna ins Bett geschickt worden«, erklärte Mama. »Grete hat zwar ein bisschen rumgezetert, aber ich konnte ihr ansehen, wie froh sie war. Ist ja auch nicht mehr die Jüngste.«

Als Papa durch ein Straßenloch fuhr, unterdrückte ich einen Schmerzenslaut. Dann versuchte ich, mich zu entspannen. Bei Papas Tempo würde meine Nase vor der Ankunft im Krankenhaus vermutlich von selbst geheilt sein.

»Sehe ich schlimm aus?«, fragte ich Jan.

Der grinste. »Wie der Räuber Hotzenplotz.«

Mama verpasste ihm eine Kopfnuss. Mir fiel aber auf, dass sie ihm nicht widersprach.

Ich musste wieder weggenickt sein, denn als ich das nächste Mal zu mir kam, schaute ich direkt auf die leuchtende Schrift »Pronto soccorso«.

»Die Notaufnahme«, erklärte Margherita überflüssigerweise. Zu dieser frühen Morgenstunde war zum Glück wenig los. Von Margherita erfuhren wir, dass schon einige Leute hier im Warteraum gestorben waren, bevor sie endlich an die Reihe kamen.

Soll sich noch jemand über das deutsche Gesundheitssystem beschweren!

Ich kam in einen Behandlungsraum, wo ein junger Notarzt an meiner Nase ruckelte.

Mann! Schon wieder!

»Die ist gebrochen«, übersetzte Margherita.

Ach was.

»Aber er richtet sie dir ruckzuck, und dann bekommst du einen hübschen Schutzgips.«

Nase richten?

Hilfe!

Aiuto!

Immerhin, der junge Doktor war gnädig und ließ mir von der Krankenschwester eine lokale Betäubung spritzen. Ein Beruhigungsmittel bekam ich zusätzlich, vermutlich, weil ich bei der Untersuchung eben so gellend geschrien hatte, dass aus dem Nebenraum ein paar Leute angerannt gekommen waren.

Die beiden Medikamente vermischten sich fleißig mit dem beachtlichen Restalkohol in meinem Blut.

Hätte ich vielleicht vorher angeben sollen, dass ich ein bisschen was getrunken hatte? Zu spät. Ich tauchte wieder ab. Von der Korrektur merkte ich jedenfalls nichts mehr.

Als ich das nächste Mal zu mir kam, lag ich im Doppelbett unseres Gästetrullos. Ein kurzer Blick auf einen alten Wecker verriet mir, dass ich den Rest der Nacht und einen kompletten Tag verschlafen hatte. Und zwar nicht allein. Neben mir stinkerte Rüdiger leise vor sich hin. Ob das mit der Pupserei wohl auch mal wieder nachließ?

Ich wurde erst langsam klarer im Kopf.

Was hatte Rüdiger auf Jans Seite zu suchen?

Hm. Vielleicht hatte man uns ein gemeinsames Krankenlager bereitet. Keine schlechte Idee.

Ich streckte mich vorsichtig. Bis auf die Nase tat mir im Moment nichts weh. Rüdiger kam zu sich, öffnete die Augen, sah mich und sprang mit einem riesigen Satz aus dem Bett.

Hey, so schlimm kann ich doch nicht aussehen.

Von draußen erklang die Stimme meines Bruders. »Ja, sie ist da drin, aber ich schaue erst mal nach, ob sie schon wach ist.«

»In Ordnung«, erwiderte Paul.

24. Besuch ist da!

Panik, Fluchtinstinkt, Heulkrampf. Ach nee, den lieber nicht. Der tat weh. Und wer wusste schon, ob mein Schutzgips wasserdicht war?

Aus dem Fenster springen? Gefährlich. Bei einer Fallhöhe von anderthalb Meter riskierte ich, mir den Hals zu brechen.

Ein Leben als gelähmter Räuber Hotzenplotz – nicht so verlockend.

Also starr im Bett bleiben, die Decke über den Kopf ziehen und tot stellen, als nun die Tür aufging.

»Hey, Dicker!«, rief Jan. »Immer langsam mit den jungen Pferden!«

Aha. Rüdiger war abgehauen. Offensichtlich im Schweinsgalopp.

Jan nahm seinen Platz ein. »Draußen ist Besuch für dich.«

Sag bloß.

»Ich will niemanden sehen. Ich bin eine Schande für die Familie. Das sagt Opa auch.«

»Wann hast du denn mit dem Padrone gesprochen?«

»Der doch nicht. Ich rede von Opa Hermann.«

»Du hast wohl geträumt, Kröte.«

Ja, das hoffte ich auch ständig, aber Opas Erscheinungen ließen mich doch um meine geistige Verfassung bangen.

Jan zog mir die Decke weg und schaute mich an. Zwei Sekunden lang dachte ich, er würde genauso vom Bett springen wie eben Rüdiger.

Tat er aber nicht. Jan war tapfer. Mal abgesehen von seinem Gesichtsausdruck. Aufgerissene Augen und sperrangelweit offen stehender Mund verhießen wenig Gutes.

»Sehe ich schlimm aus?«, piepste ich.

»Äh … na ja … also … du …«

Mein wortgewandter Bruder hatte sein Sprachvermögen eingebüßt.

Ich schaute zum Fenster. Vielleicht würde ich mir ja nur einen Arm brechen. Oder so.

»Kann ich mal einen Spiegel haben?«

»*Nein!*«

»Spinnst du? Ich habe mir bloß die Nase gebrochen.«

»Äh …«

Die Tür wurde wieder geöffnet, Jan warf mir mit einer einzigen fließenden Bewegung die Decke über den Kopf.

Autsch.

Ganz schön empfindlich heute, mein Gesicht.

Meine Seele auch. Wie sollte ich Paul das alles erklären? Vielleicht ganz locker? Hey, Schatz, ich bin einem Imperator vom Schoß gesprungen und dabei gestolpert?

Klang nicht gut.

Und wie kam Paul überhaupt hierher?

»Nele«, sagte Sissi. »Das ist ja ein Ding.«

Ich lugte unter der Decke hervor. »Was machst du denn hier?«

Sissi grinste. »Jan hat mich heute ganz früh angerufen, dann hab ich Paul benachrichtigt, und wir haben den ersten Flieger nach Bari genommen.«

Ich staunte.

Schnelle Entscheidungen passten nicht zu Paul.

»Er war sowieso gerade im Hotel«, fuhr Sissi fort, »weil er sich überlegt hatte, dich zu besuchen. Er hat mich um die genaue Adresse gebeten.«

Ach so.

»Er wollte mit dir über was Wichtiges reden.«

Sie sagte nicht, was.

»Zeig mal, ist es schlimm?«

Sie zupfte an der Decke, ich hielt sie fest.

»Stell dich nicht so an. Du bist bloß hingefallen und nicht unter einem Hackebeilchen gelandet.«

»So sieht sie aber aus«, murmelte Jan.

Was?

Meine beste Freundin überzeugte sich selbst.

»Oh Gott!«

So langsam gaben mir diese Reaktionen zu denken. Erst Rüdiger, dann mein Bruder und nun Sissi. Bevor die beiden es verhindern konnten, griff ich in meine Handtasche und holte einen kleinen Spiegel hervor.

Herr im Himmel!

Ungläubig starrte ich auf das Monster darin. Blutunterlaufene Augen, ein dicker weißer Gips, rote Schrammen an den Wangen und ein angeschwollenes blaues Kinn. Mein Verstand kombinierte, dass Steinquader und Erdanziehungskraft mehr Schaden als gedacht angerichtet hatten.

Mein Instinkt riet flugs zum Selbstmord.

Jan schaute mich an. »So übel ist es gar nicht.« Einen größeren brüderlichen Liebesbeweis hatte ich von ihm noch nie bekommen. Nicht einmal die fette Umarmung, als er von meiner Adoption erfahren hatte, kam dagegen an.

»Genau«, sagte Sissi. »Mit ein bisschen Schminke verwandeln wir dich schnell wieder in ein menschliches Wesen.«

»An die Wunden darf aber kein Make-up«, gab Jan zu bedenken. Bevor er den Blick abwandte, erzählten mir seine Augen außerdem, dass es sowieso sinnlos wäre.

Ich beschloss, die nächsten zwei Wochen unter der Decke zu bleiben.

War eigentlich ganz gemütlich hier.

Es klopfte. »Darf ich hereinkommen?«, fragte Paul.

»*Nein!*«, schrien wir im Chor.

Ich konnte förmlich durch die Tür sehen, wie er zurückprallte.

»Kriege ich jetzt endlich was zu essen?«, fragte eine mürrische Mädchenstimme.

Margherita war das nicht.

Wer dann?

»Komm mit in die Küche«, antwortete Margherita. »Mal sehen, was wir für dich finden. Tiramisù ist aber alle.«

Sie schienen ein paar Schritte weggegangen zu sein, denn Margheritas Stimme klang leiser, als sie erneut sprach. »Gianpaolo, Gianpietro, wo kommt ihr denn her?«

»Aus München natürlich, liebste Tante Margherita«, erwiderte eine tiefe Männerstimme.

»Mutter hat uns informiert, was hier los ist«, fügte eine zweite ganz ähnliche Stimme hinzu. »Da wollten wir selbst nachschauen.«

Dunnerlittchen!

Da fiel ich mal auf die Nase und löste gleich die nächste Völkerwanderung aus.

»Die Tante könnt ihr ruhig weglassen«, erwiderte Margherita lachend. »Komm jetzt, Klara.«

Klara, aha.

»Wieso bist du die Tante von denen?«, erkundigte sich das mürrische Mädchen. »Die sind doch viel älter als du.«

»Das erkläre ich dir später. *Ciao*, Herr Liebling.«

Ach ja, der war auch noch da.

Sagte aber nichts.

Konnte ich verstehen. Mein Sprachzentrum war jetzt auch gestört. Mein Bewusstsein sowieso.

Ciao, bis später.

Während ich wegdämmerte, hockte sich Opa auf seine durchsichtige Art ans Fußende des Bettes.

Ich kicherte. Jan merkte gar nicht, wie er sich ihm auf den Schoß setzte, als er ein Stück zurückrutschte. Opa ließ sich davon auch nicht stören. Der stierte mich voller Entsetzen an.

»Essigsaure Tonerde hilft da auch nix mehr.«

Nee, schon klar.

Lange ließ man mich nicht schlafen.

Sissi weckte mich. »Tut mir leid, aber wir müssen los.«

»Wohin denn?«, fragte ich schlaftrunken.

»Ins Krankenhaus, zur Nachuntersuchung.«

»Ich gehe nicht vor die Tür. Lass doch einen Doktor herkommen. Meinetwegen Opas Leibarzt.« Volles Vertrauen hatte ich in Dottore Gandolfi zwar nicht, aber in meiner Lage war er das kleinere Übel.

»Du sollst aber noch einmal geröntgt werden«, erklärte mir mein Bruder. »Um sicherzugehen, dass sich nichts verschoben hat.«

237

»Nee, nicht mit mir. Am Ende wollen die wieder an meiner Nase ruckeln.«

»Quatsch«, sagten Sissi und Jan im Chor.

Sissi griff hinter sich und zauberte einen breiten sonnengelben Seidenschal hervor. »Den drapiere ich dir jetzt ums Gesicht. Das wird hübsch aussehen.«

Mir kam der Gedanke, zum Islam zu konvertieren. Dann hätte ich Burka tragen können. Fragte sich bloß, was Pastor Gräve dazu sagte. Meine neue katholische Familie wäre bestimmt auch nicht begeistert gewesen.

Bevor meine Gedanken gänzlich aus dem Ruder liefen, halfen mir Sissi und Jan mit vereinten Kräften auf. Mir war ein bisschen schwindelig, und ich stützte mich schwer auf den Bettpfosten, während sie mich anzogen. Zuletzt kam der Schal.

»Sehr hübsch«, meinte Sissi.

»Die Mumie kehrt zurück«, sagte Jan.

»Wie spät ist es?«, fragte ich zaghaft.

Sissi sah auf ihre Armbanduhr. »Halb acht.«

»Dann können wir jetzt nicht raus.«

»Dein Termin im Krankenhaus ist aber um acht«, erklärte Jan. »Margherita hat ihn dreimal verschieben lassen, weil du Ruhe gebraucht hast, aber länger wird nicht auf dich gewartet.«

Ich wollte den Kopf schütteln, überlegte es mir jedoch zum Glück im letzten Moment anders. »Unmöglich«, erklärte ich. »Im Hof sitzt jetzt die ganze Familie zusammen. Da kann ich nicht vorbeigehen.«

Sissi nahm mich an der Hand. Vielleicht glaubte sie ja, ich sei jetzt auch blind. »Keine Sorge. Heute Abend ist es ziemlich kühl. Die sind alle in einer der Küchen versammelt.«

»Aber Paul steht bestimmt irgendwo und wartet auf mich.«

»Der schläft fest«, erklärte Jan. »War total kaputt, der arme Mann. Als wäre er nicht mit dem Flieger, sondern auf dem Pferderücken zu deiner Rettung herbeigeeilt.«

»Zuzutrauen wär's ihm«, sagte Sissi mit einem Anflug von Neid. »Mich hat noch nie einer retten wollen.«

»Wer ist eigentlich Klara?«, fragte ich.

»Aber dein Paul, der ist schon was Besonderes.«

Hatte sie mich nicht gehört? War ich jetzt auch stumm geworden? So langsam machte ich mir richtig Sorgen um meine Gesundheit.

Ich versuchte es anders. »Warum bist du eigentlich mitgekommen, Sissi?«

»Na, sag mal, was ist das denn für eine Frage?«

Okay, die hatte sie gehört.

»Meine beste Freundin hatte einen Unfall. Da muss ich doch nach ihr sehen.«

Hm. Ich fand, das klang nur zu höchstens achtzig Prozent nach der Wahrheit.

»Und?«

»Was und?«

»Und warum noch?«

Sissi grinste breit. »Jan hat mir von den schicken Imperatoren erzählt. Ich dachte, vielleicht ist ja noch einer übrig.«

Damit waren die hundert Prozent voll.

»Kannst meinen haben«, erwiderte ich. »Aber pass ein bisschen auf, wenn du auf seinem Schoß sitzt.«

Das klang jetzt zweideutiger als beabsichtigt, und Sissi brach in lautes Gelächter aus.

Wir konnten erst los, nachdem sie sich wieder einge-
kriegt hatte, und das dauerte ein Weilchen.

Draußen vor der Tür standen Leute.

Mist! Ich hatte es ja geahnt.

Es waren aber nur Mama, Papa und Irene.

»Wie geht es dir, Spatz?«, fragte Papa.

»Willst du was zur Beruhigung?«, erkundigte sich Mama.

Ja, super. Jetzt ein Haschpfeifchen, und die nächste lokale
Betäubung würde mich ins Jenseits schicken. Und eigentlich hing ich doch an meinem Leben, wie ich gerade feststellte. Ob als Mumie, Monster oder sonst was.

Hm, sonst was? Wie wär's mit Single?

Vielleicht sollte ich Mamas Angebot doch annehmen.
Jan hatte schon an meiner Stelle abgelehnt. Schade.

Irene blieb sachlich. »Ich kenne den besten plastischen
Chirurgen von Hamburg. Professor Brinkmer wird deine
Nase in Ordnung bringen, falls da was schief bleiben
sollte.«

An die Möglichkeit hatte ich noch gar nicht gedacht.

»Nichts gegen italienische Ärzte. Aber vielleicht sind
die nicht so auf dem neuesten Stand.«

Margherita kam vom Hof herein und runzelte bei Irenes Worten die Stirn. »Nee, unsere Ärzte hüpfen im Bast-
röckchen um ihre Patienten herum und schütteln dazu
ihre Kürbisrasseln.«

»So war das nicht gemeint«, gab Irene zurück.

Papa fasste mich am Arm. »Jetzt lasst man gut sein.«

Der Hof war tatsächlich leer. Bis auf Rüdiger, der mit
eingeklemmtem Schwanz am Feigenbaum hockte und zu
mir herüberschielte. Der hatte immer noch Angst vor mir.

»Geht's ihm wieder gut?«, fragte ich Irene.

Sie nickte. »Er darf drei Tage lang nur Wasser trinken.«

»Der Ärmste.«

»Und Pupsen tut er auch noch«, sagte Margherita seufzend. Dann erklärte sie Sissi ausführlich, was mit Rüdiger geschehen war. Währenddessen stiegen wir alle in den Kleinbus. Diesmal fuhr Jan. Wenigstens würden wir rechtzeitig zum Röntgentermin ankommen.

Als sie mit der Rüdigergeschichte durch war, kam Margherita auf Gianpaolo und Gianpietro zu sprechen.

»Die beiden sind Zwillinge und nur zehn Jahre jünger als Nele. Sie studieren in München und fehlen mir sehr. Sie sind nämlich meine absoluten Lieblingsneffen.«

Langsam wurde ich neugierig auf meine Brüder.

»Heißt das, du bist auch Neles Tante?«, fragte Sissi zurück.

Margheritas Erklärung vertrieb uns allen die Fahrt zum Krankenhaus.

»Sie haben mit uns im Flugzeug gesessen«, sagte Sissi. »Und ich fand schon, dass sie Nele ähnlich sehen.«

»Jetzt nicht mehr«, murmelte Jan.

Ich verpasste ihm von hinten einen Schlag in den Nacken.

»Autsch! Seit wann bist du so humorlos, Kröte?«

Hm, vielleicht seit mein Leben den Bach runtergeht?

Erst als ich unter dem Röntgenapparat lag, fiel mir wieder ein, dass Sissi meine Frage nach dem Mädchen namens Klara nicht beantwortet hatte.

25. Alle lieben Klara – oder?

Ich lag wieder im Bett und döste vor mich hin, als es leise an die Tür klopfte.

»Komm rein, Jan«, sagte ich, griff aber sicherheitshalber nach dem Seidenschal.

Die Untersuchung im Krankenhaus hatte ergeben, dass mein Nasenbein korrekt abheilte. Mit etwas Glück würde ich mir Irenes Schönheitschirurgen sparen können.

Nach der Rückkehr begaben sich alle zum Abendessen. Ich natürlich nicht. Jan versprach mir, etwas Suppe für mich zu organisieren. Kauen war heute nicht mehr drin. Überhaupt war ich froh, dass meine schmerzenden Gesichtsmuskeln endlich zur Ruhe kamen. Auch das Reden war mir im Laufe des Abends zunehmend schwergefallen.

Jetzt ein Süppchen und dann schlafen. Morgen früh hatten sich dann alle Probleme von selbst gelöst.

»Hm, riecht gut«, nuschelte ich, als mir der Duft nach kräftiger Fleischbrühe in die Nase stieg.

»Nele.«

Vor mir stand Paul. Den Schal kriegte ich nicht mehr rechtzeitig vor mein entstelltes Gesicht.

Halb so schlimm. Paul sah mich sowieso nicht an. Er blickte fest zu Boden, als er nun den Suppenteller auf meinem Nachttisch abstellte.

Tiefe Enttäuschung machte sich in mir breit. Alle anderen hatten mich wenigstens angeschaut und dann ihre entsetzten Kommentare abgegeben. Paul brachte nicht einmal das fertig.

Hm. Oder hatte seine abgewandte Miene gar nichts mit mir zu tun?

Ich musterte ihn aufmerksam. Tief gerunzelte Stirn, mahlende Kiefermuskeln, zusammengepresste Lippen. Dem lag aber ein zentnerschwerer Brocken auf der Seele. Definitiv schwerer als meiner. Davon abgesehen strömte die Liebe in mein Herz, als ich ihn betrachtete.

Und wie!

Wäre ich nicht so behindert gewesen, ich hätte ihn auf der Stelle zu mir ins Bett gezogen. Jetzt erreichte mich auch sein ganz spezieller Duft, der eben noch von der Brühe überdeckt worden war.

Kanada war nach Apulien gekommen.

Ich schloss kurz die Augen. Alles würde gut werden. Solange meine Gefühle für Paul so stark waren, konnte uns nichts trennen.

Hauptsache, seine waren es auch. Im Augenblick hatte ich da leise Zweifel.

»Liebling«, flüsterte ich. »Was ist denn los?«

Paul setzte sich vorsichtig auf die Bettkante und schwieg. Nahm nur den Suppenteller und fing an, mich zu füttern. Folgsam öffnete ich den Mund einen Spalt breit.

Neue Energie durchströmte mich, und ich war fest entschlossen, alles aus dem Weg zu räumen, was zwischen uns stand.

Ich konnte ja den Anfang machen. Sorgsam suchte ich nach Worten.

»Federico hat mich abgeknutscht, und dann bin ich hingefallen.«

Na ja.

Pauls Hand mit dem Löffel zitterte. Etwas Brühe tropfte auf die Bettdecke.

»Ist das ein Verwandter von dir?«

»Ja, aber um ganz viele Ecken.«

Die Antwort trug nicht unbedingt zu seiner Beruhigung bei. Der Löffel war jetzt leer, die Brühe breitete sich auf der Decke aus.

»Er ist wohl ein interessanter und gut aussehender Mann?«

»Ja.«

Auch nicht gut. Aber sollte ich hier rumlügen und erklären, ich wäre einem Grottenmolch verfallen?

Nein, Nele, aber vielleicht mal etwas Diplomatie an den Tag legen.

»Er sieht aus wie Marcus Antonius.«

So nicht!

»Verstehe.«

»Aber ich will überhaupt nichts von ihm. Ehrlich nicht.«

Ich hatte in meinem Leben schon überzeugender geklungen.

Endlich hob Paul den Blick und sah mir fest in die Augen. Das geschwollene kunterbunte Drumherum ignorierte er einfach.

Ich schaute zurück.

Das dauerte jetzt eine Weile. Immerhin waren keine Worte mehr nötig.

So funktioniert das unter Liebenden. Manchmal unterhalten sich nur die Herzen miteinander.

Die Brühe wurde darüber kalt, aber das war mir egal.

Endlich lächelte Paul. Er nahm meine Hand und küsste sie zärtlich.

»Mehr ist derzeit wohl nicht möglich«, murmelte er.

Och, ich hätte da noch andere Körperteile gewusst, die bei meinem Unfall verschont geblieben waren. Andererseits konnten mir gewisse Erschütterungen Kopfschmerzen bereiten. Also gab ich mich mit der Liebkosung meiner Hand zufrieden.

Glücklich beschloss ich, diesen Augenblick voll auszukosten. Die Sache mit Federico war zwischen uns geklärt, Pauls Zurückgezogenheit der letzten Woche wollte ich großzügig verzeihen. Es galt, unser Glück zu schützen.

»Wer ist eigentlich Klara?«

Meine Hand plumpste unsanft mitten in den Suppenfleck.

Paul räusperte sich lange und umständlich, während sein Gesicht sich wieder verschloss.

Das hast du jetzt aber wieder prima hingekriegt, Nele!

»Ich wollte sie in München lassen, aber sie hat darauf bestanden mitzukommen.«

Das war nicht die Antwort auf meine Frage.

»Wie alt ist sie eigentlich?« Vielleicht erfuhr ich ja über Umwege, wer Klara war.

»Sechzehn.«

Bevor ich darüber nachdenken konnte, fuhr er fort:

»Keinen Tag länger werde sie bei diesen Leuten bleiben. Eher wollte sie sich in der Isar ertränken.«

Ganz schön dramatisch drauf, die Deern.

»Du weißt ja, wie Mädchen in dem Alter sind.«

245

Eigentlich nicht. Meine eigene Pubertät lag schon lange zurück, und außer Margherita kannte ich keine jungen Mädchen.

Mehr kam nicht. Offenbar hielt er seine Antwort für erschöpfend. Als ob sie sein merkwürdiges Betragen und die noch merkwürdigeren Gerüchte um ein Kind hätte erklären können.

Also wirklich!

Ach ja, das Kind. Selbst in meinem angeschlagenen Zustand kam ich ganz von allein auf die Lösung.

»Paul, wie kann das denn angehen?« Nicht gerade die klügste Frage, aber ich stand schließlich unter Schock.

»Ist mir auch schleierhaft.«

Auch nicht viel besser.

Ich fühlte mich plötzlich betrogen. »Du hast mir nie etwas davon gesagt.«

Paul nahm meine Hand aus dem Suppenfleck und drückte sie fest. »Ich habe nichts von Klaras Existenz gewusst. Das schwöre ich, Nele!«

Meine Hand tat ein bisschen weh, aber ich ließ sie im Schraubstock. Jetzt bloß keine falsche Geste machen. Angestrengt dachte ich über Pauls Liebesleben nach – so weit es mir bekannt war. Es hatte da ein paar massive Enttäuschungen gegeben, aber von einem unehelichen Kind war nie die Rede gewesen.

Sofern Klara überhaupt unehelich war. Vielleicht hatte Paul mir ja deshalb noch keinen Heiratsantrag gemacht, weil er schon verheiratet war.

Ich atmete tief durch und beschloss, nicht weiter nachzudenken, bevor er mir nicht alles erzählt hatte. Das machte mich nur wahnsinnig.

Paul knetete meine Hand. Wenigstens lenkte es mich von den Schmerzen in meinem Gesicht ab.

»Ich habe damals in München studiert und war gerade im zweiten Semester, als ich Rosi kennengelernt habe.«

Schon interessant, dachte ich, dass er auch in München gelebt hat. War mir neu, diese Info. Vielleicht hätten wir uns damals schon kennenlernen können, und ich hätte mir dreizehneinhalb Jahre Liebeskummer wegen Karl Küpper gespart.

Unsinn. Als Paul in München studierte, ging ich ja noch zur Schule.

»Rosi war die Tochter meiner Vermieterin, und wir haben uns ineinander verliebt.«

Von Liebe möchte ich bitte nicht so viel hören, auch wenn sie mindestens siebzehn Jahre zurückliegt.

Meine Hand fühlte sich langsam taub an.

»Ich habe damals an die große Liebe geglaubt.«

Was sollte das denn heißen? Heute etwa nicht mehr?

Keine Tränen auf den Gips, Nele.

»Du weißt schon, wie ich das meine.«

Nicht wirklich.

»Aber als ich aus den Semesterferien zurückkehrte, war Rosi weg. Mit einem amerikanischen Soldaten nach Alaska gezogen, erklärte mir ihre Mutter.«

Oh Mann! Paul sah richtig unglücklich aus. Nach all den Jahren! Her mit meiner Hand!

Er merkte es gar nicht, wie ich sie aus seiner Umklammerung zog.

»Na, das Leben ging dann weiter, aber ich habe ihr lange nachgeweint. Keine meiner späteren Freundinnen war wie sie. So fröhlich und voller Lebenslust.«

Herzlichen Dank. Ich bin auch eine spätere Freundin, schon vergessen?

Eigentlich hatte ich jetzt genug. Paul sollte verschwinden, seinen blöden alten Liebeskummer mitnehmen und seine Tochter auch.

Arrivederci.

Für meinen Stimmungsumschwung war er aber nicht empfänglich.

»Ich habe erst letzte Woche wieder etwas von ihr gehört, das heißt, von ihrer Mutter. Also eigentlich über ihre Mutter.«

Ich gähnte.

Paul war jetzt im Erzählfieber. »Als Rosi damals merkte, dass sie von mir schwanger war, hat sie ihrem Mann nichts davon gesagt. Der wollte wahrscheinlich vom Kind eines anderen nichts wissen, schon gar nicht, wenn es von einem Kraut war. Sie kehrte für ein paar Monate nach München zurück, brachte ihr Kind zur Welt und ließ es bei ihrer Mutter. Ich bekam davon nichts mit, weil ich inzwischen woanders wohnte. Dort hatte ich es nicht mehr ausgehalten. Die ständige Erinnerung an unsere glückliche Zeit war zu schmerzhaft.«

Mein Mitleid hielt sich in Grenzen.

»So ist Klara bei ihren Großeltern aufgewachsen. Vor zwei Jahren sind Rosi und ihr Mann bei einem Unfall ums Leben gekommen.«

Jetzt empfand ich doch Mitleid, aber nicht mit Paul.

»Nun sind auch die Großeltern kurz nacheinander gestorben, und Klara ist bei einer Pflegefamilie untergekommen. Ihr gefällt es dort aber nicht, und so hat sie nach mir gesucht.«

»Das kann nicht einfach gewesen sein. Du hast ja nur eine untergeordnete Rolle im Leben von Rosi gespielt.« Ich wollte mal ein bisschen fies sein.

Paul zuckte zusammen. »Das stimmt wohl. Aber ihre Großmutter hat sauber Buch über ihre Mieter geführt, und Klara ist sorgfältig ihr Geburtsjahr durchgegangen.«

Ziemlich plietsch, die Deern.

»Sie hat dann die vier in Frage kommenden Studenten gegoogelt und ist ziemlich schnell auf mich gekommen.«

»Wieso?«, fragte ich ahnungsvoll.

Paul räusperte sich umständlich. »Abgesehen von Rosis süßer Stupsnase sieht Klara mir sehr ähnlich.«

Ich kaute noch auf der süßen Stupsnase herum, als Paul schon fortfuhr. »So bin ich also auf ihre Bitte hin nach München gefahren, um sie kennenzulernen. Und da hat sie mich angefleht, sie zu adoptieren. Ihre Pflegeeltern seien ganz schreckliche Leute, und sie hielte es keinen Tag länger dort aus.«

Ach ja, die Isar. Paul war aber wirklich leicht zu erpressen.

»Ich fand die Leute eigentlich ganz nett«, fuhr er fort, »aber es geht sicherlich ein wenig chaotisch bei ihnen zu. Außer Klara haben sie fünf eigene Kinder.«

Okay, nach Zuckerschlecken klang das nicht. Ich konnte Klara verstehen. Oma und Opa verlieren und sich dann in einer fremden Großfamilie zurechtfinden müssen, war bestimmt nicht einfach.

Ich dachte eine Weile nach und wunderte mich, wie gut mein Gehirn noch funktionierte.

»Und beim Jugendamt hast du dich als ihr leiblicher Vater vorgestellt. Damit du sie zu dir nehmen kannst.«

»Ganz genau«, erwiderte Paul. »Den Vaterschafts-
test hab ich bereits in die Wege geleitet. Hast du starke
Schmerzen?«

Hatte ich. Und es gab eine Menge, worüber ich nachdenken musste.

»Ich glaube, ich sollte jetzt schlafen.«

Paul strich mir sanft übers Haar.

»Aber …«, begann ich zögernd. »Was wird denn nun
aus uns? Jetzt, da du plötzlich Vater bist.«

»Es wird sich alles finden, Nele. Mach dir keine Sorgen. Und du und Klara, ihr werdet bestimmt gute Freundinnen.«

Da hatte ich so meine leisen Zweifel. War ja möglich,
dass wir uns nicht ausstehen konnten.

Aber ach, Hauptsache, Paul und ich liebten uns.

Mit diesem tröstlichen Gedanken schlief ich ein und
träumte davon, wie ich lachend mit Klara durch den Baggersee schwamm. Leider verwandelte sich der Traum in
einen Albtraum, als Klara mich mit einem boshaften Grinsen unter Wasser drückte.

Das hätte mir vielleicht eine Warnung sein sollen. Und
Paul stand splitterfasernackt am Rand und lachte dazu.

»Aufwachen, Kröte! Hast du Schnappatmung, oder
was?«

Ich tauchte auf und holte Luft.

»Jan, danke. Ich habe gerade von Klara geträumt.«

»Das ist vielleicht ein Früchtchen«, sagte mein Bruder.
»Mit der können wir noch was erleben.«

»Wieso?«, fragte ich schläfrig.

»Sie hat Anna beleidigt, weil ihre Pasta angeblich zu
weich gekocht war, mit Paul geschimpft, weil er so lange

bei dir geblieben ist, Margherita eine Landpomeranze genannt und Grete und Marie gefragt, warum sie eigentlich nicht längst im Altersheim sind.«

Nett.

Ich zog es vor, wieder einzuschlafen.

Jan musste mich noch zweimal aus dem Baggersee fischen, aber die letzte halbe Stunde der Nacht schlief ich dann ruhig.

26. Von Haien und Wölfen

Das Zimmer war leer, als ich aufwachte, und ich hoffte, Jan würde gleich mit einem Frühstückstablett hereinkommen. Immerhin war ich krank und durfte eine Sonderbehandlung erwarten. Es kam bloß nichts. Kein Kaffee, keine Brioche, kein Jan.

Dabei hatte ich richtig großen Appetit, und die Schmerzen waren nur noch halb so wild. Kauen konnte ich, oder wenigstens die Brioche in den Cappuccino tunken und auf der Zunge zergehen lassen. Ich ging ins Bad, duschte halsabwärts und vermied einen Blick in den Spiegel.

Pauls Geständnis, Klaras Existenz und mein Albtraum vermischten sich zu einer ausgeprägten schlechten Laune, versetzt mit einem großen Schuss Zukunftsangst.

Dagegen halfen nur Koffein, Fett und Zucker.

Umständlich drapierte ich den Seidenschal um mein Gesicht und betrat hoffnungsvoll die kleine Küche unseres Gästetrullos. Leer. Alles war blitzblank und unbenutzt. Es half nichts. Ich musste hinaus, über den Hof huschen und die nächstbeste größere Küche anlaufen.

Zunächst lugte ich durch einen Türspalt. Draußen war alles friedlich.

Großtante Marie und ihre Wahlschwester Graziella saßen in bequemen Korbsesseln und genossen die Novembersonne. Marie sah entspannt aus. Die Sonne tat ihrem Rheuma gut, das war nicht schwer zu erraten. Zudem genoss sie offensichtlich die stille Gesellschaft von Graziella. Nach dem ewigen Kleinkrieg mit Grete musste dieses Zusammensein die reinste Erholung für sie sein.

Ach ja, Grete. Was machte eigentlich Oma? Ob die sich nicht ein wenig allein fühlte? Ich schaute mich um. Da saß sie, auf einem Stuhl unter dem Feigenbaum, und Rüdiger hatte ihr seinen Kopf in den Schoß gelegt. Der wusste genau, wer ihm das Leben gerettet hatte. Auf Gretes Knien lag ein dickes Handtuch. So weit ging ihre neu entdeckte Hundeliebe dann doch nicht, dass sie sich von Rüdiger ihr schwarzes Kleid vollsabbern ließ. Ausgiebig kraulte sie ihn hinter den Ohren und erzählte ihm, welche Kuchen sie gleich nach der Heimkehr für ihn backen würde. Butterkuchen, Mandeltorte, Nusskuchen …

Ich sabberte jetzt auch.

Entschlossen betrat ich den Hof und rief ein freundliches »Guten Morgen« in Richtung Marie, Graziella, Grete und Rüdiger.

Oma und Großtante erkundigten sich nach meinem Befinden, Graziella lächelte höflich, Rüdiger versuchte, sich hinter dem Feigenbaum zu verstecken.

Der war ja regelrecht traumatisiert von mir. Vier Fünftel von ihm waren gut zu sehen, aber das kümmerte ihn nicht. Er blieb, wo er war.

»Geh frühstücken, Nele«, befahl Grete. »Du erschreckst den Hund.«

Bin ja schon weg.

Hinter mir wurde gepupst. Ich ging mal davon aus, dass das Rüdiger war.

In der Küche empfing mich Klara. Wunderbar. Eine Begegnung mit meiner eventuell zukünftigen Stieftochter, noch bevor ich mir Koffein, Fett und Zucker einverleibt hatte. War das nötig?

Ich stellte fest, dass sie tatsächlich nur Pauls Tochter sein konnte. Das braune Haar und die dunklen Augen waren von ihm. Auch wenn die Augen eher kratzbürstig denn kuschelig schauten. Über die süße Stupsnase sah ich lieber hinweg. Besonders im Hinblick auf meine eigene gebrochene Nase.

Klara hob nur kurz den Blick von ihrem Smartphone. Blöderweise war mir der Schal runtergerutscht.

»Du siehst ja scheiße aus.«

Yeah! Der Grundstein für eine lebenslange Freundschaft war gelegt.

»Guten Morgen«, erwiderte ich. Was Besseres fiel mir nicht ein. Außerdem war ich gut erzogen.

Klara offenbar weniger. »Tut das weh? Kannst du mal den Gips abnehmen, damit ich die Nase sehen kann? Kriegst du jetzt so 'n Kinn wie Kronprinzessin Victoria? Und bleiben die Glupschaugen so?«

Glupschaugen? Nun war aber mal gut!

»Halt einfach die Klappe.«

Hm, diese Sprache verstand Klara. Sie widmete sich wieder ihrem Smartphone und blendete mich aus.

Nach längerem Hin und Her gelang es mir, die hypermoderne Kaffeemaschine in Gang zu setzen, und in einer Brötchentüte fand ich fünf ofenwarme Brioches.

Das Leben war wieder lebenswert.

»Hallo«, sagte Paul, als ich gerade fertig gefrühstückt hatte. Sein Blick streifte mich nur kurz, und seine Stirn war fest gerunzelt. Eine liebevolle Begrüßung ging anders.

Komisch. Irgendwo in meinem Unterbewusstsein war ich der Meinung, wir hätten uns gestern versöhnt.

War wohl nichts.

»Der Punchingball hat dein Frühstück aufgegessen«, erklärte Klara.

Ihre Anwesenheit hatte ich glatt vergessen.

»Klara, wie redest du über meine Freundin?«

Das Mädchen riss in gespielter Überraschung die Augen auf. »Das ist deine Freundin? Oh, tut mir leid, Papilein. Ich wollte nicht unhöflich sein.«

Mir fielen spontan ein paar deftige Flüche ein, die ich ziemlich mühsam hinunterschluckte. Man soll sich bekanntlich nie auf das niedrige Niveau seines Feindes begeben. So wischte ich mir nur ein paar Krümel aus den Mundwinkeln und schenkte Paul ein zärtliches Lächeln. »Ich werde jemanden bitten, dir noch ein paar Brioches zu besorgen.«

»Nicht nötig, mir reicht ein Toast.« Kein Lächeln. Schon gar nicht zärtlich.

Ich hatte genug. Grußlos verließ ich die Küche, stapfte über den Hof, legte mich wieder aufs Bett und heulte vor mich hin. Ein nasser Gips war mir jetzt mal egal.

»Du musst das verstehen«, sagte Jan, als er gegen Mittag ins Zimmer kam. »Paul sitzt zwischen zwei Stühlen und fühlt sich dabei ziemlich eingeklemmt.«

Hübsches Bild, dachte ich untröstlich.

»Heterosexuelle Männer können sich nicht so schnell auf eine neue Situation einstellen. Denen fehlt es an Flexibilität.«

Aha.

»Und Klara macht es ihm nicht gerade leicht.«

»Mir auch nicht.«

»Weiß ich, Kröte. Aber denk daran. Sie ist noch ein Mädchen, wir sind die Erwachsenen. Deshalb müssen wir dafür sorgen, dass es ihr bald besser geht.«

»Einen besonders unglücklichen Eindruck hat sie auf mich eigentlich nicht gemacht.«

»Dann musst du besser hinschauen.«

Das gab mir zu denken, und ich schämte mich ein bisschen. Jan besaß feine Antennen für die Gefühle anderer Leute. Ich normalerweise auch. Falls ich nicht gerade aus persönlichen Gründen ein Brett vorm Kopf hatte.

Arme Klara. Von der Mutter abgegeben, die Großeltern verloren und bei fremden Leuten untergekommen. So ein Leben hätte mich auch kein Engel werden lassen. Gestern hatte ich noch mehr Mitgefühl mit Klara gehabt. Aber da war ich ihr noch nicht persönlich begegnet.

»Wo warst du eigentlich?«, fragte ich, bevor er mir einen Vortrag über die Gefühllosigkeit heterosexueller Frauen halten konnte.

»Einkaufen. Mit Sissi und Irene.«

»Wir waren in Bari!«, rief Sissi, die gerade mit Irene im Schlepptau in mein Zimmer stürmte.

In den nächsten zwanzig Minuten wurden unzählige Souvenirs auf meinem Bett ausgebreitet. Bunt bemalte Keramikschüsseln, Knoblauchzöpfe, eingelegte Tomaten, handgefertigte Schuhe, Gürtel und echte Luxus-Handtaschen.

Ich staunte pflichtschuldigst, war aber nicht bei der Sache.

»Und das hier auch«, erklärte schließlich Jan und zog sechs Flaschen Berlucchi aus einer großen Einkaufstasche.

Der interessierte mich schon mehr. Ich stellte fest, dass ich seit gut sechsunddreißig Stunden keinen Alkohol mehr zu mir genommen hatte. Eine ziemlich lange Zeit angesichts der Umstände.

»Jan, du bist der einzige Mann in meinem Leben, den ich wirklich liebe.«

»Pass bloß auf«, unkte Sissi. »Ihr seid, wie neuerdings bekannt ist, nicht blutsverwandt.«

Jan feixte. »Ich bleibe aber schwul. Das wäre ja noch schöner.«

Irene sagte nicht viel. Sie hatte so einen Blick drauf, den ich nur zu gut kannte. Es war der Blick der frisch Verliebten.

Wir machten es uns zu viert auf dem großen Doppelbett gemütlich und genossen den kühlen prickelnden Prosecco.

Meine Stimmung hob sich schon beim zweiten Glas.

»Bin ich Alkoholikerin, wenn ich nur noch mit Sekt oder Schnaps fröhlich sein kann?«, sinnierte ich.

»Ach, was«, meinte Sissi kichernd. »Jan, schenk uns mal nach.«

Ich stellte fest, dass Irene sich problemlos in unsere vertraute Runde einfügte. Als Mutter kam sie gut drei Jahrzehnte zu spät, aber als ältere Freundin fand ich sie prima.

Nach einer Weile schickten wir sie zur Nahrungsbeschaffung hinaus, und sie kehrte wenig später mit einer großen Schüssel Reissalat, frisch gebackener weißer Pizza und köstlich duftender Salami wieder.

Sissi und ich erzählten Anekdoten aus unserer Münchener Zeit, Jan lästerte über seine Kunden im Friseursalon, und Irene wartete mit lustigen Geschichten über Promis in ihren Hamburger Hotels auf.

Zwischendurch schaffte Sissi die Reste unseres Mahls weg und brachte eine große Schale voller *profiteroles* mit, jener unverschämt kalorienreichen mit dicker Creme gefüllten und noch dicker mit dunkler Schokolade überzogenen Gebäckstücke.

»Die hat mir Margherita mitgegeben und dabei geschworen, dass Rüdiger keinen noch so kleinen Klecks davon bekommt.«

»Mein armer Dicker«, murmelte Irene.

Das viele Essen neutralisierte den Alkohol, also mussten wir nachziehen.

Entspannt lehnte ich mich zurück. Zum ersten Mal seit meiner Ankunft in Alberobello fühlte ich mich wie im Urlaub. Jegliche unangenehme Gedanken an Paul verdrängte ich einfach. Klappte ganz gut, zumal wir nicht mehr lange zu viert blieben.

Nach und nach klopften die einzelnen Familienmitglieder an die Tür, um sich nach meinem Wohlergehen zu erkundigen. Den Anfang machten der Padrone höchstpersönlich und die schöne Elena. Flaschen und Gläser verschwanden rasch hinter einer Kommode, die Jan vorsorglich ein Stück von der Wand abgerückt hatte.

Als einer der wenigen Occhipintis sprach Don Antonio kein Deutsch, also übersetzte Irene. »Nun, das sieht nicht gut aus, aber du wirst dich erholen. Als junger Mann neigte ich selbst zu Unfällen.«

Er krempelte sein linkes Hosenbein auf und zeigte mir die Wade, von der ein ganzes Stück fehlte. »Hat mir ein Hai abgebissen, als ich mit Freunden im Meer schwimmen war.«

Haie in der Adria?

Echt jetzt?

Ich nickte beeindruckt, Elena wirkte dagegen indigniert.

»Bitte zeige ihr nicht auch noch deine Pobacke«, sagte sie. Irene übersetzte im Flüsterton, weil wir das wohl nicht verstehen sollten.

»*Ah, il lupo*«, erwiderte der Padrone grinsend.

Lupo? Wolf?

Auch Jan erinnerte sich an sein bisschen Latein und riss die Augen auf.

Wir warteten gespannt auf das nächste Raubtier, aber da waren die beiden schon wieder weg.

Unseren Kicheranfall erstickten wir mit einer Runde Prosecco.

Als Nächste kamen Federico, Gianpaolo und Gianpietro.

Sissi bekam den Mund nicht mehr zu.

»Jetzt weiß ich endlich, wie sich Alice im Wunderland fühlte«, nuschelte sie.

Jan puffte sie in die Seite, während meine beiden nagelneuen identischen Brüder rechts und links von mir auf dem Bett Platz nahmen und mein lädiertes Gesicht begutachteten.

»Nicht schön«, sagte Gianpaolo.

»Geht aber alles wieder weg«, ergänzte Gianpietro.

»Und jetzt rückt mal den Prosecco raus, damit wir mit unserer Schwester anstoßen können«, sagten beide im Chor und deuteten auf einen Korken, der vergessen auf der Bettdecke ruhte.

Federico stand derweil unbehaglich im Hintergrund. Endlich erbarmte ich mich seiner und schenkte ihm ein schiefes Lächeln. Beide Mundwinkel auf eine Höhe zu bringen schaffte ich noch nicht.

Federico lächelte erleichtert zurück, was Sissi als Startschuss für ihre Flirtattacke auffasste.

So ein Imperator war ein Klacks für sie. Die hatte schon ganz andere Männer erobert. Federico war augenblicklich in seinem Element, und die Funken flogen nur so hin und her zwischen den beiden.

Hm. Meine schlechte Laune meldete sich zurück. Ich wollte ja nun definitiv nichts von ihm, aber welche Frau wird schon gern so schnell vergessen? Ich nicht.

Her mit dem Berlucchi!

Auch Marcello und Anna schauten vorbei. Anna war für ihre Verhältnisse sogar freundlich. Unter Jans strengem Blick spuckte sie nicht mal auf den Boden. Trotzdem fühlte ich mich in ihrer Anwesenheit unwohl und war ganz froh, als sie beide wieder gingen.

Mama und Papa blieben länger. Zwischenzeitlich wurde es richtig voll bei uns im Zimmer. Margherita schaute herein und ein paar Verwandte, deren Namen mir zwar genannt wurden, die ich aber gleich wieder vergaß. Grete und Marie überzeugten sich davon, dass es mir gut ging. Rüdiger blieb auf dem Flur.

Paul kam nicht. Klara schon gar nicht.

Das Abendessen wurde uns auch gebracht. Knusprige Lammkoteletts, gebackene Auberginen und Kartoffeln, in kleine Würfel geschnitten, mit Olivenöl beträufelt und im Ofen gebacken.

Zwischendurch schlief ich mal eine Runde, ein paar andere Leute auch. Das Bett war gut besetzt. Irgendwann am späteren Abend meldeten sich meine Schmerzen zurück.

»Nele braucht jetzt Ruhe«, entschied Irene und scheuchte alle aus dem Zimmer.

Sie selbst blieb noch. »Wie kommst du mit alldem zurecht?«, fragte sie mich, als wir allein waren.

Ich hob ratlos die Schultern. »Es wäre einfacher, wenn Paul mich lieben würde.«

»Tut er das nicht?«

Meine Schultern antworteten erneut.

Irene lächelte das Lächeln einer erfahrenen Frau. »Ich glaube, du irrst dich. Er wäre dir wohl kaum hierher nachgereist, wenn er nichts für dich empfinden würde. Noch dazu mit diesem pubertierenden Charmebolzen im Schlepptau.«

»Vielleicht hat er mich ja noch geliebt, als er in München war, aber jetzt ist ihm alles vergangen.«

»Nun, ich kenne ihn nicht, aber ich vermute mal, dass er sich mit der Situation überfordert fühlt. Lass ihm etwas Zeit, Nele. Es ist sicher nicht leicht, von einem Tag auf den anderen Vater zu werden.«

»Das ganze Leben ist nicht leicht«, gab ich zurück. »Aber das ist noch lange kein Grund …« Ich brach ab.

Mir wurde gerade mal wieder alles zu viel.

Gibt's noch was zu trinken?

27. Sagt ihnen, dass ich sie liebe

Irene drückte meine Hand. »Nur Mut, Nele. Wenn ihr zusammenhaltet, könnt ihr alles schaffen.«

Ich nickte, dachte aber bei mir: Ja, wenn wir zusammenhalten. Danach sah es bloß nicht aus. Seit wir uns kannten, waren Paul und ich fleißig damit beschäftigt, Geheimnisse vor dem jeweils anderen zu hüten, uns voneinander zu entfernen und ständig was falsch zu verstehen. Und so ein durchgeknalltes Paar sollte ein Kind großziehen, das die eventuell zukünftige Stiefmutter als Punchingball bezeichnete?

Mal davon abgesehen, dass ich überhaupt erst seit Kurzem über Kinder nachdachte. Über eigene Kinder. Und zwar mit einer Mischung aus Freude und panischer Angst.

Irgendwie konnte ich Irenes Optimismus nicht teilen.

Als sie das Zimmer verließ, sank ich erschöpft in die Kissen zurück. Der Berlucchi war alle. Schade.

Opa ließ sich nicht mehr blicken. Dem fiel zum ersten Mal in seinem Geisterdasein nichts mehr ein.

Am nächsten Morgen wurde ich von sonntäglichem Glockengeläut geweckt. Jan neben mir schnarchte leise weiter. Ich blieb noch ein Weilchen liegen und redete mir ein, dass ich all die schrecklichen Neuigkeiten bloß geträumt hatte.

Na ja. Klappte nicht.

Diesmal wagte ich nach dem Duschen einen Blick in den Spiegel und stellte fest, dass ich noch schlimmer aussah als tags zuvor. Die Partien rund um die Augen und das Kinn hatten eine grünlich-gelbe Färbung angenommen. Shrek würde sich auf den ersten Blick in mich verlieben. Auf den Gips hatte mir jemand ein dickes rotes Herz gemalt, das an den Seiten schief wurde. Welcher Idiot war das denn gewesen?

Draußen war alles ruhig. Offenbar waren die Occhipintis und die Lüttjens' gesammelt zur Kirche gegangen. Vielleicht hielt der Pfarrer zu Ehren des deutschen Besuchs ja einen ökumenischen Gottesdienst ab. So oder so konnte ich mir vorstellen, dass meine Leute eine katholische Messe unter erlebenswertem Lokalkolorit verbuchten.

Die große Küche mit dem tollen Kaffeeautomaten war mein Ziel. Zur Sicherheit schlich ich mich aber erst an ein offen stehendes Fenster und lugte hinein. Noch einmal Klara am frühen Morgen musste ich nicht haben.

Mist!

Ich zuckte zurück. Am Küchentisch saßen Vater und Tochter.

Rasch wollte ich mich zurückziehen. Lauschen gehörte sich nicht, obwohl mir das schon das eine oder andere Mal unabsichtlich passiert war. So wie jetzt. Mein Pulli blieb am Haken für den Fensterladen hängen, und während ich mich noch befreite, hörte ich Klara sagen: »Das ist mir so was von egal! Ich will da nicht länger bleiben! Keinen einzigen Tag! Und ohne Sam und Polly gehe ich sowieso nirgendwohin!«

Hm. Ich war wieder frei, aber das hier war zu interessant, um wegzuschleichen.

Sam und Polly? Wer waren die denn? Ihre Haustiere?

Paul schwieg.

»Hast du das kapiert?«, rief Klara.

Nachdenklich zupfte ich an meinem Schal herum. Warum sagte Paul ihr nicht einfach, dass er schon alle Hebel in Bewegung gesetzt hatte, um sie zu sich zu nehmen? So konnte er sich den Stress mit ihr sparen.

Stattdessen hörte er schweigend zu, wie Klara sich immer mehr in eine ausgewachsene Hysterie hineinsteigerte.

Ich auch.

Sie schrie und fluchte, beschimpfte ihren Vater als hinterhältigen Feigling und wünschte ihm unter anderem die Krätze an den Hals.

Nett.

Paul ließ zwischendurch mal einen tiefen Seufzer los. Tja, leicht hatte er es wirklich nicht. Aber bevor ich Mitleid mit ihm haben konnte, erinnerte ich mich schnell an seine abweisende Art. Wie ich das hasste! Konnte er nicht einfach sagen: »Liebste Nele, ich habe eine Menge Probleme am Hals und demnächst wahrscheinlich auch noch die Krätze, aber ich liebe dich über alles«?

Nein, das war offensichtlich zu viel verlangt.

Shit.

Klara hatte sich irgendwann heiser geschrien und flüsterte bald nur noch. Ich verstand kein Wort mehr und war ganz froh darüber. Leise schlich ich zur Seite und war schon fast an der Tür, als ich mit Rüdiger zusammenstieß.

Der hatte wohl nicht mit in die Kirche gedurft und war nun vorsichtig zu mir herübergekommen, um zu sehen, ob das Monster aus mir gefahren und seine Freundin Nele zurückgekehrt war.

Rüdiger jaulte auf. Entweder weil ich ihm auf die Zehen gestapft war oder weil das Monster noch hässlicher war als am Vortag. Wahrscheinlich beides.

Ruckzuck verkroch er sich wieder hinter dem Feigenbaum.

Paul stand plötzlich in der Tür.

»Was ist hier los?«

Hey, in dem Ton kannst du vielleicht mit deiner renitenten Tochter reden, aber nicht mit mir!

Ich würdigte ihn keiner Antwort, sondern betrat die Küche und kochte Kaffee.

»Heute siehst du aus wie ausgekotzt«, begrüßte mich Klara.

Ich hatte schlagartig die Nase voll von ihr und antwortete auf Grete-Deutsch. »Schäm dich! Du bist das ungezogenste Gör, das mir je untergekommen ist!«

Klappte super.

Klara heulte auf und stürmte durch die Tür nach draußen. Ich fühlte mich allerdings ziemlich mies. Besonders als Paul leise sagte: »So kannst du doch nicht mit einem Kind reden.«

Kind? Na ja. Ich war mit sechzehn kein Kind mehr gewesen.

Ach, Mist.

Paul ging auch hinaus, und mein Kaffee schmeckte bitter. Auch mit fünf Löffeln Zucker. Wenn ich so weitermachte, würde ich noch die böse Stiefmutter werden, wie sie im Märchen steht.

Eine gute Stunde brütete ich so vor mich hin, bis ich endlich beschloss, zweierlei zu tun. Erstens: mich mit Klara aussöhnen. Zweitens: Paul eine reinhauen.

Äh – nein.

Zweitens: mit Paul ein ernsthaftes Gespräch über seine Pläne und unsere Zukunft führen. Und ihn anschließend küssen, bis uns beiden die Sinne vergehen. Nein, das auch nicht. War ja rein schmerztechnisch unmöglich.

Okay, also erst Klara.

Wo waren sie und Paul eigentlich untergebracht?

In einer anderen Küche fand ich ein paar Frauen vor, die vermutlich schon zur Frühmesse gegangen waren und sich nun um das leibliche Wohl der Verwandtschaft kümmerten. Sie füllten mit flinken Fingern kleine Teigtaschen mit einer Fleischfarce und rollten sie zu Tortellini. Auf dem Herd köchelte schon die Brühe.

Gestenreich erkundigte ich mich nach Klara. Wer von den Frauen gerade die Hände frei hatte, rang diese in Richtung Himmel. Ich war versucht mitzumachen. Spucken war in der Küche vermutlich verboten, sonst hätte ich das auch noch erlebt.

Zwei jüngere Frauen allerdings hatten Mitleid im Blick und sagten Worte wie »*povera Bambina*«. Ich ahnte, das sollte armes Kind heißen.

Nun bekam ich eine Wegbeschreibung zum hintersten Trullo des Anwesens.

Ich bedankte mich und lief los, bevor ich es mir anders überlegen konnte.

Die Orientierung war leicht. Vor dem Feigenbaum und Rüdigers hervorragendem Hinterteil links und dann dreißig Meter geradeaus.

Diesmal wollte ich mich nicht anschleichen und machte besonders viel Krach. Ich pfiff ein Lied, wobei ich noch schnell von Heino auf Antonello Venditti umschwenkte, kickte gegen eine leere Coladose und rief einem vorbeiziehenden Vogelschwarm einen lauten Gruß zu.

»Hoffentlich werdet ihr nicht gefangen und gegrillt!« Die Vogeljagd war in Italien ja seit Längerem verboten, aber ob sich jeder daran hielt?

Komisch, dass Klara sich nicht blicken ließ.

Ich klopfte laut gegen die Eingangstür. Keine Reaktion. Offenbar war niemand zu Hause. Weder Tochter noch Vater.

Unschlüssig stand ich eine Weile draußen herum. Vielleicht sollte ich einmal nachschauen? Mein schlechtes Gewissen, weil ich sie so angefahren hatte, plagte mich schwer. Genau, nur einmal davon überzeugen, dass alles in Ordnung war. Vielleicht schlief sie ja. Teenager haben bekanntlich ein gesteigertes Ruhebedürfnis. Im Schlaf würde sie niedlich aussehen, ich würde ihr sacht übers Haar fahren und plötzlich Mutterinstinkte entwickeln. Dann durfte Klara die Augen aufschlagen und sich schluchzend in meine Arme werfen. Paul konnte an diesem Punkt hinzukommen, uns beide an sich drücken und sagen: »Ich danke dir, Nele. Du bist die Liebe meines Lebens.«

Okay, so weit die Theorie.

In der Praxis war Klaras Bett leer, und auf dem Kopfkissen lag ein Zettel.

»Sucht nicht nach mir! Ihr werdet mich nicht finden. Sagt Sam und Polly, dass ich sie liebe. Wir werden uns in einer besseren Welt wiedersehen. Klara. PS: Sagt Rüdiger, er soll nicht traurig sein.«

Mannomann!

Ganz schön dramatisch drauf, die Deern. Das war jetzt nicht ernst zu nehmen, oder?

Und Rüdiger hatte schon wieder ein Herz erobert. Wie der das wohl machte? Vielleicht konnte ich von ihm noch was lernen.

Ratlos ließ ich mich mit dem Zettel in der Hand auf Klaras Bett sinken. Nach einer Weile wurde mir bewusst, dass dies keine besonders sinnvolle Reaktion darauf sein konnte, dass ein Teenager abgehauen war.

Also durchsuchte ich methodisch ihr Zimmer. Mit ihren Klamotten kannte ich mich nicht aus, aber ich vermutete mal, dass ein paar Sachen fehlten. Einen Rucksack konnte ich nirgends entdecken, was mich ein wenig erleichterte. Niemand braucht seinen Rucksack, um sich umzubringen. Auch Klaras Smartphone war verschwunden. Interessant. Dann machte ich eine wichtige Entdeckung, aber noch bevor ich darüber nachdenken konnte, kehrten die Kirchgänger zurück.

Ich hörte zweisprachiges fröhliches Geplauder auf dem Hof und nahm an, dass bereits die Tische für das opulente Mittagessen hinausgetragen wurden.

Ich blieb weiter auf dem Bett sitzen. Hatte echt keine Lust, allen die Stimmung zu verderben.

Plötzlich hörte ich Paul. Ganz nah. »Klara, kommst du zum Essen? Lass uns den dummen Streit vergessen. Vielleicht hab ich bald eine schöne Überraschung für dich.«

Der bittere Kaffee verursachte mir Sodbrennen. In meinen Händen hielt ich Klaras Überraschung für ihren Vater.

Er klopfte und trat ein. Als er mich auf ihrem Bett entdeckte, musste er blinzeln.

Er wirkte nicht erfreut. »Nele, was machst du hier?«

Plötzlich musste ich gegen aufsteigende Tränen ankämpfen. Wenn der noch einmal so unterkühlt mit mir sprach, würde ich mich in den nächsten Fluss stürzen. Sofern es hier einen gab. Oder er konnte demnächst seine Knochen einzeln aufsammeln, um es mal mit Grete zu sagen.

Fluss – Klara – Isar.

Die Gedankenkette löste in mir eine heftige Reaktion aus. Ich sprang auf, ignorierte den aufflammenden Schmerz in meiner Nase und schrie: »Klara ist weg! Sie will sich was antun! Und ich bin schuld! Und du auch!«

Paul wurde weiß wie die getünchte Wand des Zimmers und sackte dann lautlos in sich zusammen.

Ich schrie noch ein bisschen lauter, und im nächsten Moment stürmten Leute herein. Occhipintis und Lüttjens' wild durcheinander.

Jan war der schnellste. »Das ist ja hier schlimmer als bei Grey's Anatomy!«

Irene, Marcello und meine Brüderzwillinge folgten. Dann Mama, Papa, Margherita, Anna und Grete.

Paul kam schon wieder zu sich und stand auf.

Gott sei Dank. Er hätte locker totgetrampelt werden können. An der Tür ging es gerade weder vor noch zurück. Ein paar Leute waren eingekeilt, und ich fürchtete um die zarte Marie. Dann löste sich das Knäuel, und die Imperatoren kamen herein, mit Sissi in ihrer Mitte.

Die Luft wurde knapp, fand ich, und ich sah ein paar Sterne vor meinen Augen tanzen.

Papa reckte sich zur vollen Größe. Er überragte sämtliche Anwesende um Kopfeslänge.

»Schluss jetzt!«, rief er. »Alle gehen wieder hinaus, bis auf Heidi. Und zwar geordnet!«

Margherita übersetzte, und der Rückzug begann zögerlich, aber willig.

Als ich mit Paul und meinen Eltern allein war, fragte Papa, was geschehen sei. Ich zeigte ihm Klaras Zettel und wollte gerade von meiner wichtigen Entdeckung erzählen, als Papa die Hand hob.

»Moment.«

Ich schwieg. Paul saß nun auf dem Bett und wirkte noch immer ziemlich blass um die Nase. Ich hatte null Mitleid.

Endlich ließ Papa den Zettel sinken. »Jetzt man immer langsam mit den jungen Pferden. Junge Leute büxen alle naselang aus. Nele war in dem Alter dreimal weg, und Jan sogar öfter.«

Echt? Dreimal? Ich konnte mich nur noch daran erinnern, wie ich mit Karl zwei Tage in einer verlassenen Scheune verbracht hatte.

»Vielleicht ist sie verliebt«, sagte Marcello, der unbemerkt wieder hereingekommen war. Vermutlich hatte Anna ihm draußen erklärt, dass er sich auf seinem eigenen Grund und Boden gefälligst nicht von einem dahergelaufenen Barbaren herumkommandieren lassen durfte. »Eine *fuggitina* hat in unserer Gegend Tradition.«

»Eine was?«, fragten wir anderen im Chor.

»Eine *fuggitina*. So nennt man die Flucht eines Liebespärchens. Meistens sind die zwei minderjährig. Sie kommen dann irgendwann verheiratet zurück, und die Eltern, die vorher gegen die Verbindung waren, können nichts mehr dagegen machen.«

»Ausgeschlossen«, erwiderte Paul. »Wir sind erst seit knapp zwei Tagen hier. Klara hat mit niemandem Freundschaft geschlossen, außer mit dem Hund.«

Marcello hob die Brauen. »Nun, dann nicht. Wir werden eine Suchaktion starten. Die Frauen packen bereits Proviant ein. Wenn ihr euch bitte im Hof einfinden wollt, dann teile ich die Trupps ein.«

Wieder holte ich Luft, um von meiner Entdeckung zu berichten. Wieder kam ich nicht dazu.

Dann eben nicht.

Im Hof saß Marie stumm neben Graziella. Ich atmete auf. Ihr ging es also gut. Rüdiger hockte neben ihr, da sonst niemand Zeit für ihn hatte, und schaute traurig auf die noch ungedeckten Tische.

So eine Hunde-Hungerkur musste echt hart sein.

Es wurden insgesamt sechs Suchtrupps mit je vier Leuten aufgestellt, und Marcello achtete darauf, dass jeder von uns ein Handy dabeihatte. Paul gab allen Teilnehmern Klaras Nummer und fügte hinzu, dass er bisher vergeblich versucht hatte, sie zu erreichen.

»Apropos Handy«, sagte ich laut, aber niemand hörte mir zu.

Dann eben nicht!

28. Bitte melde dich!

Für alle Fälle wählte ich nun auch Klaras Nummer. Konnte ja sein, dass sie zufällig mal ranging.

Mailbox, war ja klar.

Was nützte eigentlich die ganze moderne Technik, wenn man die Leute im Notfall doch nicht erreichen konnte?

Margherita gesellte sich mit Gianpaolo und Gianpietro zu mir. »Wie vier sind ein Team.«

Ich atmete auf. Hatte ein bisschen Angst davor gehabt, zusammen mit Paul in eine Gruppe eingeteilt zu werden. Hätte das Ende unserer Liebe bedeuten können. Mein Herz befand sich in einer Art Schockstarre, und jedes weitere unfreundliche Wort von Paul wäre zu viel gewesen.

Er stand mit Jan, Irene und ihrem Imperator Giovanni beim Feigenbaum und besprach sich mit ihnen.

Unauffällig winkte ich Jan zu mir.

»Frag doch mal Paul, warum er Klara nicht erzählt hat, dass er beim Jugendamt schon alles in die Wege geleitet hat, um sie zu sich zu nehmen. Sie denkt, er kümmert sich überhaupt nicht darum. Deswegen ist sie doch überhaupt nur abgehauen.«

Meinen eigenen Beitrag unterschlug ich.

»Das hat er uns gerade erklärt«, sagte Jan. »Er will ihr

keine falschen Hoffnungen machen, bis das Verfahren abgeschlossen ist. Und es könnte Probleme geben. Immerhin ist er ein allein stehender Mann.«

Allein stehend.

Aha.

Mein Herz gefror zu Eis.

Draußen fuhren einige Autos vor, Sirenen ertönten, und über unseren Köpfen kreisten zwei Hubschrauber.

Alle starrten nach oben, bis der Padrone sich Gehör verschaffte. »Ich habe meinen Freund Umberto um Hilfe gebeten«, erklärte er.

»Der ist Kommandant der Carabinieri«, erklärte mir Margherita.

Hm. Ich an Klaras Stelle hätte mich jetzt im nächsten Erdloch verkrochen.

Wie nahe ich mit diesem Gedanken der Wahrheit kam, sollte ich erst viele Stunden später erfahren.

Margherita reichte jedem von uns einen Schlüssel. »Auf geht's. Wir vier nehmen die Mofas und suchen die Stadt ab.«

Mofas? Nee, danke.

»Ich kann nicht fahren.«

»Ist kinderleicht«, sagte Gianpaolo oder Gianpietro. »Ich bringe es dir schnell bei.«

Optimist.

»Wie kann man euch zwei eigentlich unterscheiden?«, fragte ich, als ich mit ihm vor meinem Gefährt stand. Es war silbergrau und trug die geschwungene Aufschrift *Scarabeo.*

»Ich bin Gianpaolo, und hier, siehst du den Leberfleck an meiner Schläfe? Den hat Gianpietro nicht.«

Prima. Wenn man so nah ranging, dass man ihm ins Ohrläppchen beißen konnte, wusste man, wen man vor sich hatte.

Zwei Minuten später bretterte ich mit Vollgas über die Straße, schlug mehrere Passanten in die Flucht und quetschte einer schwarz-weiß gefleckten Katze die Schwanzspitze ab. Was musste das Tier auch so plötzlich da langhüpfen!

Eine Sekunde vor dem Aufklatschen auf eine Hausmauer erinnerte ich mich an die Bremse.

»Geht doch«, sagte Gianpaolo grinsend.

Na ja.

So schwer war Mofafahren tatsächlich nicht, stellte ich dann fest, und die Katzen waren in Alberobello bestimmt eine Plage, oder?

Gianpaolo blieb an meiner Seite, während Gianpietro mit Margherita fuhr. Wir kurvten durch enge Gassen, vorbei an unzähligen Trulli und durch moderne breite Straßen mit hübschen Villen und Mehrfamilienhäusern. Alle hundert oder zweihundert Meter hielten wir an, um Passanten nach einem dunkelhaarigen Mädchen zu fragen. Anhand der zurückgelassenen Klamotten hatte Paul erklärt, Klara trage vermutlich Jeans, eine bestickte Jeansjacke, ein blau-weiß gestreiftes T-Shirt und schwarze Chucks. Da auch in Italien jeder zweite Teenager ähnlich gekleidet rumlief, war das jedoch keine große Hilfe. So ernteten wir nur bedauerndes Kopfschütteln.

Nach zwei Stunden legten wir in einer Espressobar eine Pause ein und sprachen uns mit Margherita und Gianpietro per Handy ab. Die hatten auch keine Neuigkeiten.

»Der Padrone koordiniert die Suche, und bisher gibt es keine Spur von Klara«, fügte sie hinzu.

Mir sank der Mut.

Ich war mir so hundertprozentig sicher gewesen, Klara würde sich nichts antun.

»Warum eigentlich?«, fragte Gianpaolo, als ich meinen Gedanken laut ausgesprochen hatte.

Ich erklärte es ihm.

Sein Gesicht hellte sich auf. »Da könnte was dran sein.«

Aber bevor er noch einmal Margheritas Nummer wählen konnte, um ihr meine Überlegungen mitzuteilen, klingelte mein Blackberry.

»Wir sollen sofort zurückkommen!«, rief Margherita. »Deine Oma hat eine Spur!«

Meine Oma?

Grete? Die saß doch zusammen mit der älteren Generation brav im Hof und tat gar nichts.

Verkehrte Welt!

Unser Suchtrupp erreichte als Erster das Anwesen der Occhipintis. Auf der Straße verbreiteten noch immer zwei Einsatzfahrzeuge der Carabinieri ihr blaues Blinklicht. Im Hof trafen wir auf den Padrone und Grete. Die schöne Elena hielt sich im Hintergrund, und auch Marie und die stumme Graziella saßen ein Stück entfernt, behielten jedoch die Szene, die sich vor ihnen abspielte, genau im Auge.

Vor Grete und dem Padrone stand ein etwa sechzigjähriger Mann in kariertem Hemd, Shorts, weißen Socken und Sandalen. Kurz: eine Beleidigung für jeden eleganten Italiener. Zudem hatte sich der Mann in der Jahreszeit vertan. Er schien jedenfalls zu frieren. Aber vielleicht zitterte er auch aus anderen Gründen.

Als wir näher kamen, stierte Grete dem Mann in die Augen und wies auf Rüdiger, der sich alle Mühe gab, bedrohlich auszusehen.

»Sag Hallo zu meinem kleinen Freund.«

Oha!

Der Tourist wirkte tatsächlich eingeschüchtert, aber wohl eher von Grete. Rüdiger versaute seinen Auftritt mit ein paar Pupsern und lautem Magenknurren.

Der Padrone rang um Fassung. Jemand wie meine Oma war ihm im Leben noch nicht untergekommen.

»Ich bin Grete Lüttjens.« Sie sprach mit tödlicher Stimme und hatte dem nichts hinzuzufügen.

Der Tourist, der offensichtlich nicht so viele Mafiafilme gesehen hatte, streckte die Hand aus. »Angenehm. Hans-Heinrich Krochmann aus Duisburg.«

Grete ignorierte die Hand, die ein Weilchen hilflos in der Luft hing, bevor Herr Krochmann verwirrt den Arm sinken ließ.

»Wiederholen Sie, was Sie eben gesagt haben!«

Ich hätte jetzt ein »Sing, Vögelchen!« erwartet.

Herr Krochmann entdeckte Margherita, die Zwillinge und mich und wandte sich von der komischen alten Frau ab.

Bei meinem Anblick zuckte er zurück, aber vor Grete hatte er mehr Angst. Ich fasste das mal als Kompliment auf.

»Sprechen Sie auch deutsch?«, fragte er mit einem Flehen in den Augen.

Wir nickten.

»Wie erfreulich. Nun, ich habe das große Polizeiaufgebot hier bemerkt, und da ist mir wieder eingefallen, was ich heute Vormittag beobachtet habe, unten, an der Straßenkreuzung.«

»Ja?«, fragte ich.

Aber er kam nicht gleich zur Sache. »Allerdings habe ich lange gezögert, mich vorzuwagen. Ich dachte mir, vielleicht wird hier gerade ein Mafianest ausgehoben. Man sieht ja so viele von diesen Sachen im Fernsehen. Schließlich aber habe ich Mut gefasst.«

Er sah aus, als hätte er seinen Entschluss längst bedauert.

»Bitte sprechen Sie«, sagte ich so geduldig, wie es mir gerade noch möglich war.

Herr Krochmann holte tief Luft. »Ich habe gesehen, wie ein junges Mädchen in einen Reisebus gestiegen ist. Es sah genauso aus, wie es mir von der Dame hier eben beschrieben wurde.«

Bei dem Wort Dame schnaubte Grete durch die Nase, aber ich achtete nicht weiter auf sie.

»Und warum ist Ihnen dieses Mädchen überhaupt aufgefallen?«

»Aus zwei Gründen«, erklärte Herr Krochmann und warf sich in die Brust. »Zum einen benahm sie sich wie eine blinde Passagierin. Sie huschte ins Innere, als gerade niemand hinschaute. Zum anderen war sie die einzige in der Touristengruppe, die unter siebzig war.«

Hm, klug kombiniert.

»Sie wissen nicht zufällig, wohin der Bus gefahren ist?«, mischte sich Margherita ein.

»Bedaure, nein. Ich bin ja kein Hellseher. Aber ich habe mir das Kennzeichen aufgeschrieben. Nur für alle Fälle.«

Hm, Mafiafilme nicht, aber Fernsehkrimis auf jeden Fall!

Ich nahm den Zettel, den er mir reichte. Ein Reisebus aus Stuttgart.

Margherita riss ihn mir aus der Hand. »Bin gleich zurück.«

Währenddessen plauderten die Zwillinge mit Herrn Krochmann über die Schönheiten Apuliens und luden ihn zu einem Gläschen Wein ein, das er nicht abschlug. Er fragte auch höflich, ob er ein paar Fotos machen dürfe, beschränkte sich jedoch auf Marie und Graziella. Gretes finsteres Gesicht hätte sich nicht so gut auf Fotos gemacht, und der Padrone und Elena wirkten zu unnahbar.

Rüdiger war bei meinem Anblick übrigens wieder hinter dem Feigenbaum verschwunden.

»Ich hab's!«, rief Margherita keine fünf Minuten später. »Ruckzuck gegoogelt.«

Ach ja, die Wunder der modernen Technik. Manchmal waren sie eben doch sinnvoll.

»Sonnenschein-Reisen, auf Apulien-Rundfahrt. Sie sind heute unterwegs nach Matera.«

Ich kramte mein Wissen über Süditalien hervor, das ich mir vor unserer Abfahrt angelesen hatte. »Ist das nicht die Stadt mit den Höhlenhäusern?«

Margherita nickte. »Genau. Die berühmten Sassi. Das Viertel ist eine der ältesten Siedlungen der Menschheit.«

»Und gigantisch groß«, erklärte Gianpaolo.

»Man kann sich da leicht verlaufen!«, fügte Gianpietro hinzu.

Mir wurde plötzlich kalt. Noch vor ein paar Stunden hatte ich an ein Erdloch gedacht.

»Ich habe die Handynummer des Reiseleiters«, teilte uns Margherita mit und tippte die Zahlenfolge bereits ein. Im nächsten Moment sprach sie mit dem Mann. »Ja, herzlichen Dank. Das Mädchen ist also mit Ihnen gefahren? Und wie lange sind Sie schon in Matera? Okay. Und Sie haben sie ganz sicher nicht mehr gesehen? Verstehe. Vielen Dank.«

Wir anderen schauten Margherita ohne große Hoffnung an.

»Klara ist erst auf halber Strecke entdeckt worden. Sie hatte sich in der kleinen Bar eingeschlossen. Und dann hat sie behauptet, sie wolle in Matera ihre italienischen Verwandten besuchen. Der Busfahrer und der Reiseleiter haben sie ziehen lassen. Sie behaupten, sie habe wie eine Achtzehnjährige gewirkt.«

»Achtzehn!«, rief ich und hätte um ein Haar auf den Boden gespuckt. Für Herrn Krochmann ein schönes Fotomotiv, falls er nach drei Gläsern Wein noch schnell genug gewesen wäre.

»Klara ist noch ein Kind!«

Margherita musterte mich aufmerksam. »Ja und nein. Ich habe sie ja ein bisschen kennengelernt. Einerseits gibt sie sich wirklich sehr erwachsen, und sie kann auch gut schauspielern. Andererseits wirkte sie auf mich in vielen Dingen sehr unreif.«

Ich nickte nur und schämte mich ein wenig für meinen Gefühlsausbruch.

Während die anderen mit dem Padrone über das weitere Vorgehen sprachen, horchte ich in mich hinein. Meine bisherigen Begegnungen mit Klara waren alles andere als erfreulich gewesen. Trotzdem wünschte ich mir brennend, sie gesund und munter wiederzufinden. Und das nicht nur aufgrund meines schlechten Gewissens. Auch nicht allein, weil sie Pauls Tochter war. Derzeit hätte das sowieso eher gegen sie gesprochen.

Nein, ich stellte fest, dass dieses Mädchen trotz seiner unmöglichen Art etwas in mir angesprochen hatte. Vielleicht, weil sie eine Außenseiterin war? Weil ich mich ganz ähnlich wie sie mein Leben lang gefühlt hatte, als würde ich nicht richtig dazugehören?

Ich seufzte tief und beschloss, uns beiden eine neue Chance zu geben, falls wir Klara gesund und munter wiederfinden sollten.

Als ich den anderen wieder zuhörte, ergriff gerade Gianpietro das Wort. »Ihr wisst, was man sich über die Sassi erzählt«, sagte er zu Margherita und seinem Bruder.

»Ich nicht«, erklärte ich. »Was erzählt man sich denn?« Die drei wechselten einen Blick, dann übernahm es Margherita, mich aufzuklären.

»In den Höhlenhäusern gibt es tiefe Brunnenschächte, und die sind bei – nun ja – Selbstmördern sehr beliebt. Sie wissen, dass sie niemals gefunden werden.«

Oh Gott!

»Davon hat sie aber doch bestimmt noch nie gehört!« Ich wollte fest daran glauben, dass ihr Reiseziel zufällig gewählt war. Andererseits – Smartphone – Google – mit wenigen Klicks ließ sich herausfinden, wo man in Süditalien am effektivsten diese Welt verlassen konnte.

»Ich glaube nicht, dass Klara sich umbringen will«, sagte Gianpaolo fest. »Und Nele glaubt es auch nicht.«

Nein?

»Klara hat das Ladegerät für ihr Smartphone mitgenommen. Das hätte sie wohl kaum getan, wenn sie sich was antun will.«

Ach ja, meine Entdeckung.

Bevor wir darüber näher beratschlagen konnten, kehrten die anderen Suchtrupps zurück und mussten erst mal über die neue Sachlage aufgeklärt werden.

Herr Krochmann fühlte sich in seiner Heldenrolle ausgesprochen wohl und war außerdem inzwischen sturzbetrunken.

»Sie müssen Ihre Tochter retten!«, beschwor er Paul, der aussah, als sei er komplett überfordert. »So ein hübsches junges Ding darf nicht sterben!«

Dem Krochmann hätte ich eine knallen können.

Grete auch. Die baute sich schon wieder drohend vor ihm auf.

29. Im Höhlenlabyrinth

Bevor meine Oma doch noch ein Blutbad anrichten konnte, griffen meine Väter ein.

Papa schnappte sich Grete und drückte sie auf einen Stuhl neben Marie und Graziella. Dort wurde sie von einem massiven Schweigen angefallen und sackte in sich zusammen.

Marcello geleitete Hans-Heinrich Krochmann vom Hof und gab ihm als Dankeschön je eine Flasche Olivenöl und Rotwein mit.

Hoffentlich würde er die nicht verwechseln.

Währenddessen plante der Padrone die nächsten Schritte.

»Ein Helikopter ist bereits auf dem Weg nach Matera, ein zweiter steht am Hubschrauberlandeplatz bereit, um Herrn Liebling zu seiner Tochter zu bringen.« Er wandte sich direkt an Paul, Margherita übersetzte wieder. »Es ist nur noch für eine weitere Person Platz. Wen möchten Sie mitnehmen?«

Paul riss sich zusammen. Ich vergaß, wie unfreundlich er zu mir gewesen war, und lächelte ihn aufmunternd an. Zusammen würden wir durch die Lüfte fliegen und Klara retten.

Sein Blick glitt über die Gesichter, auch über meines.

»Ich nehme Margherita mit. Sie kann dolmetschen.«

Okay, die Entscheidung war sinnvoll, aber für mich fühlte es sich an wie ein Schlag in die Magengrube. Jan stand plötzlich neben mir und drückte fest meine Hand. Das wird schon wieder, sollte die Geste heißen.

Der Padrone sah nicht glücklich aus. Der hing an seiner jüngsten Tochter, und wer konnte schon wissen, was mit diesen durchgeknallten Deutschen noch alles passieren würde.

Margherita ging zu ihm und sprach schnell auf Italienisch mit ihm. Schließlich nickte er, und sie verließ mit Paul und einem Carabiniere den Hof. Im nächsten Augenblick heulten draußen die Sirenen auf.

Weg waren sie.

Weitere Mitglieder der Familie Occhipinti wurden auf fünf Autos verteilt, wir Lüttjens' und Irene sollten im Kleinbus fahren.

Offensichtlich spekulierte der Padrone darauf, dass wir auf diese Weise als Letzte ankommen und keinen Schaden mehr anrichten würden, weil seine Familie das verlorene Kind bereits aufgespürt hatte.

Wenn er sich da mal nicht täuschte.

Jan setzte sich hinter das Steuer, bevor Papa auch nur »Piep« sagen konnte. Sissi pflanzte sich auf den Beifahrersitz und hielt ihr iPhone hoch. »Integriertes Navi.«

Alles klar.

Auf die mittlere Bank kamen meine Eltern. Ich nahm hinten Platz, zusammen mit Irene und Rüdiger. Das war zumindest der Plan. Dumm nur, dass Rüdiger sich mit allen vieren dagegen stemmte.

Neben dem grüngesichtigen Monster sitzen? Niemals!

Irene zerrte, Grete schob von hinten. Zwecklos.

Irene wedelte mit einem Stück Kuchen vor seiner Schnauze herum. Keine Chance.

Ich sah dem Treiben fünf Minuten lang zu, während Jan schon fast die Räder durchdrehen ließ. Dann fing ich an zu reden. Irgendwas. Aus meiner Kindheit in der Lüneburger Heide, von der Schule, von meiner ersten großen Liebe Karl Küpper. Es kam nicht so sehr auf den Inhalt meiner Worte an, als vielmehr auf deren Klang.

Rüdiger stellte die Ohren auf und lauschte.

Ja, und endlich, endlich erkannte er seine neue Freundin Nele hinter dem grünen Mondgesicht. Ich streckte die Hand aus, damit er daran schnüffeln konnte, und plötzlich sprang er mit einem Satz in den Bus und schleckte mich ab.

Autsch! Igitt! Aber ich lachte.

»Gut gemacht«, sagte Irene und schloss die Tür. »Und dieses rote Herz, das dir Federico gestern mit Lippenstift auf den Gips gemalt hat, ist jetzt auch weg.«

Ach, der war das gewesen. Dann hatte es wohl doch nicht genügend gefunkt zwischen ihm und Sissi. Ein ziemlich großer Teil meines angeschlagenen Selbstwertgefühls freute sich darüber.

Jan fuhr los. Meiner Meinung nach nicht langsamer als die Carabinieri.

Rüdiger jaulte vor Schreck auf. Lauter als jede Sirene. So kamen wir flott aus der Stadt und bretterten über die Landstraße.

»Zweieinhalb Stunden ist die berechnete Fahrtzeit«, erklärte Sissi.

»Das schaffen wir schneller«, gab Jan zurück und holte aus dem alten Kleinbus alles raus, was rauszuholen war.

Die teils fruchtbare, teils öde Landschaft flog an uns vorbei. Niemand hatte einen Blick dafür.

»Wie ist Rüdiger denn so als Spürhund?«, wandte sich Mama an Irene.

»Weiß ich nicht genau. Aber er hat zu Hause mal ein Dolce & Gabbana-Kleid von mir wiedergefunden. Nur leider war es danach nicht mehr zu gebrauchen.«

»Mich hat er neulich aber gerettet«, warf ich zu seiner Verteidigung ein.

»Stimmt«, sagte Irene. »Ich habe jedenfalls ein T-Shirt von Klara mitgenommen. Daran kann Rüdiger jetzt mal schnüffeln.«

Das tat er denn auch ausgiebig, bevor er seine nähere Umgebung erfolglos nach Essbarem absuchte.

Mamas Vertrauen in ihn wurde dadurch nicht gestärkt. »Hauptsache, er bleibt nicht in einer dieser Höhlen stecken«, orakelte sie.

Wir erreichten die Vororte von Matera in knapp zwei Stunden, allerdings dauerte es vierzig Minuten, bis wir uns durch den Verkehr in der Innenstadt gekämpft hatten.

Endlich fuhren wir auf einen Parkplatz, von dem aus es zu Fuß ins Viertel der Sassi ging.

Hoch ragten die Höhlenwohnungen vor uns auf. Aus der Ferne wirkten sie wie übereinandergestapelte Spielzeughöhlen. Der weiche Tuffstein glänzte warm und golden im Nachmittagslicht, aber die Schönheit konnte keinen von uns täuschen. Als wir ausstiegen, verstummten wir alle gleichzeitig, und jeder stellte sich dieselbe Frage: Wie um Gottes willen sollten wir in diesem unendlich anmutenden Labyrinth Klara wiederfinden? Vor allem, wenn sie nicht gefunden werden wollte?

Rüdiger bellte und raste auf einen sonnengelben Bus zu. »Er hat Witterung aufgenommen!«, rief Irene.

Ja, klar. Von Margherita. Die stand nämlich dort neben Paul, der zwei Männer befragte. Offenbar Busfahrer und Beifahrer. Beide erschraken, als ein Kalb auf sie zugaloppierte, und im Bus wurden die Kameras gezückt. Aber Rüdiger hatte es nur auf Margherita abgesehen und wedelte fröhlich mit dem Schwanz.

»Es tut mir herzlich leid, Herr Liebling«, sagte daraufhin der eine Mann, ein Glatzkopf mit Bierbauch. »Aber wir müssen wirklich weiter, und mehr können wir Ihnen beim besten Willen nicht erzählen. Das Mädchen ist irgendwo in östlicher Richtung verschwunden. Aber das haben wir Ihnen ja schon dreimal erklärt.«

»Wir haben den Bereich abgesucht«, erwiderte Paul. »Dort ist Klara nicht. Bitte versuchen Sie, sich noch an irgendetwas zu erinnern. Jedes noch so kleine Detail könnte wichtig sein.«

»Wie mein Kollege schon gesagt hat«, erwiderte der andere Mann, groß und dünn wie eine Bohnenstange. »Mehr wissen wir nicht. Und nun müssen Sie uns entschuldigen. Die Herrschaften erwarten, dass sie in zwei Stunden pünktlich zum Abendessen in Tarent sind. Ältere Leutchen können bei Verspätungen sehr grantig werden.«

Mit einem tiefen Seufzer wandte sich Paul ab.

Busfahrer und Beifahrer beeilten sich wegzukommen, und gleich darauf rollte der sonnengelbe Bus vom Parkplatz.

»Ihr wart ja schnell«, wunderte sich Margherita.

Jan hob bescheiden die Schultern, Sissi hielt ihr zur Erklärung ihr iPhone hoch.

Wir anderen waren noch dabei, uns von der Raserei zu erholen.

Paul sah mich an, und ich meinte, so etwas wie eine Entschuldigung in seinem Blick zu entdecken. Konnte aber auch die Sonne sein, die seine Augen golden aufleuchten ließ.

Margherita klärte uns über die bisherige erfolglose Suche auf. »Wir sind in die Richtung gelaufen, die uns der Busfahrer angezeigt hat, haben ungefähr dreißig Höhlenwohnungen abgesucht und jeden gefragt, dem wir begegnet sind. Keine Spur von Klara.«

»Aber sie muss irgendwo dort oben sein«, fügte Paul mit brüchiger Stimme hinzu.

Sekundenlang versetzte ich mich in ihn hinein. Gerade erst eine Tochter bekommen, und schon war sie wieder weg. Musste hart sein. Selbst wenn die Deern nicht zwingend liebenswert war.

»Wo sind eigentlich deine Verwandten?«, erkundigte sich Jan bei Margherita.

»Noch nicht hier.«

»Die haben sich wohl an die Geschwindigkeitsbeschränkungen gehalten«, sagte Mama, noch immer ein bisschen blass um die Nase.

Jan grinste.

In diesem Moment erreichten alle fünf Autos den Parkplatz, und die Occhipintis staunten nicht schlecht, als sie uns Barbaren entdeckten.

Die Blicke wurden finster. So etwas kratzte am Stolz eines italienischen Mannes.

Marcello erstickte feindselige Gefühle im Keim, indem er nun stellvertretend für den Padrone die Leitung der

Suchaktion übernahm. Mein *nonno* war nicht mitgekommen, ebenso wenig wie alle anderen Familienmitglieder über sechzig. Ich sollte noch früh genug erfahren, warum.

Wieder wurden Teams aufgestellt, und während ich darauf wartete, dass mein Name eingeteilt wurde, sah ich, wie Rüdiger davonlief.

Außer mir bemerkte es niemand, denn alle Augen waren auf Marcello gerichtet. Ich überlegte blitzschnell.

Machte ich die anderen darauf aufmerksam, gab es womöglich nur neues Chaos. Und vielleicht war Rüdiger lediglich der Duft einer Pasticceria in die Nase gezogen. So ausgehungert, wie er war, konnte ich es ihm nicht verdenken.

Also ging ich ihm nach, ohne irgendjemandem Bescheid zu geben – was sich als Fehler herausstellen sollte.

Im letzten Moment schnappte ich mir noch eine Flasche Wasser von der Pyramide, die Gianpaolo und Gianpietro für alle Teilnehmer der Suchaktion aufgebaut hatten – was mir offenbar jemand eingeflüstert hatte, der viel klüger war als ich. Vielleicht Opa Hermann? Nee, der konnte bei Jans Fahrstil nun wirklich nicht mitgekommen sein.

Von Rüdiger sah ich nur noch die Schwanzspitze, als ich um die nächste Ecke bog. Ich fing an zu rennen.

Fünf Minuten später wusste ich, warum die ältere Generation zu Hause geblieben war. Ich lief eine Gasse bergauf und schwor mir, in Zukunft dreimal in der Woche ins Fitnessstudio zu gehen. Nach dieser steilen Gasse kam die nächste, und dann noch eine, und dann noch eine. Durch die Nase und den Schutzgips bekam ich nur schwer Luft. Ich musste durch den Mund atmen und hatte schnell einen ausgetrockneten Hals. Mein Gesicht tat mir auch wieder weh.

Rüdiger lief jetzt langsamer, sonst hätte ich ihn längst verloren gehabt. Dem machten die Steigungen auch schwer zu schaffen, zumal er seit Tagen nichts zu Fressen bekommen hatte.

Ich rief nach ihm, und er blieb tatsächlich stehen und wartete auf mich.

Eine Pasticceria war definitiv nicht sein Ziel. Mittlerweile waren wir tief ins Höhlenlabyrinth vorgedrungen, und hier gab es keine Geschäfte mehr. Nur ein paar Touristengruppen, die brav ihren Reiseführern folgten und sich ständige Ermahnungen anhörten, bloß nicht die Gruppe zu verlassen. Vor der Frau mit dem zerschlagenen Gesicht und dem Riesenhund wichen alle im Pulk zurück.

»Sie sollten hier nicht allein rumlaufen!«, rief mir einer der Reiseführer auf Deutsch zu.

»Keine Sorge, ich kenne mich aus, und das hier ist ein Fährtensuchhund. Der findet immer wieder hinaus.«

Manchmal geschehen im Leben Wunder, wenn man nur fest daran glaubt und laut darüber redet.

Der Reiseführer schien unsicher, aber schließlich ließ er mich ziehen. Ich war ja keines seiner Schäfchen.

»Denken Sie daran, dass Sie oben keinen Handyempfang mehr haben«, rief er mir noch nach.

Super. Das baute mich so richtig auf.

Ich trank zwei Schlucke Wasser und goss dann ein wenig davon in meine hohle Hand für Rüdiger. Der hätte noch ein paar Liter mehr gebraucht.

»Tut mir leid, Dicker. Das müssen wir uns einteilen.«

Er schien zu verstehen und hechelte zum Ausgleich eine

Runde schneller. Das war aber auch heiß hier! Obwohl die Sonne schon tief am Himmel stand, herrschten Temperaturen von gut dreißig Grad. Der Tuffstein hatte die Wärme des Tages gespeichert und gab sie nun wieder ab.

Kurz entschlossen zog ich meine Jacke aus und ließ sie einfach liegen – was ich noch bedauern sollte. Im T-Shirt war mir gleich wohler zumute. Ungefähr zwanzig Minuten lang. Dann drangen Rüdiger und ich in einen Bereich ein, der den ganzen Tag im Schatten gelegen hatte. Nun fror ich. Zurückgehen, um die Jacke zu holen? Ausgeschlossen. Würde ich wahrscheinlich sowieso nicht wiederfinden. Also die Hände um den Körper schlagen und weiterlaufen, immer weiter.

Mit der Zeit begann ich, an Rüdiger zu zweifeln. Er schien manchmal orientierungslos, lief mehrmals dieselbe Gasse hin und her, führte mich auf einen Weg, der im Nichts endete, und versuchte es dann mit einem anderen. Einmal stolperte ich über ein rundes Rohr, das aus dem Boden ragte. Ein Zittern überlief mich. War dies einer der gefürchteten Brunnenschächte? Nein, ich stellte fest, dass es sich um einen Schornstein handelte. Der grasbedeckte Weg führte geradewegs über die Höhlenhäuser unter mir hinweg.

Schon seit geraumer Zeit waren wir keiner Menschenseele mehr begegnet, und bald gab ich es auf, nach Klara zu rufen. Mein Hals fühlte sich wund an, und ich hatte Mühe, überhaupt noch einen Fuß vor den anderen zu setzen.

Als Rüdiger schlagartig stehen blieb und bellte, verlor ich das Gleichgewicht und wankte auf den Abgrund zu.

30. Wir sind Helden

Hilflos eierte ich zwischen Himmel und Erde hin und her.
Ich erwartete, mein Leben im Zeitraffer vor mir abspielen
zu sehen, aber da kam nichts. Nur Opa Hermann schwebte
plötzlich riesig und durchsichtig über dem Abgrund. Mit
einer Hand zeigte er auf seine Füße. Stell dich nicht so an,
sollte das wohl heißen. Denk an die drei Zehen, die ich mir
damals im Russlandfeldzug abgefroren habe.

Hm. Vielleicht bedeutete es ja auch noch was anderes.
Zum Beispiel: Reiß dich zusammen und setz einen Fuß zurück.

Ich probierte es.

Super. Ich war in Sicherheit.

»Danke, Opa!«, schrie ich hysterisch.

Der war schon wieder weg. So ein Geist hatte wahrscheinlich an allen Ecken und Enden zu tun, um seinen
Hinterbliebenen den Marsch zu blasen.

Rüdiger bellte immer noch, aber es klang gedämpfter.
Ich folgte dem Geräusch und betrat die Höhlenwohnung
direkt vor mir. Ein großes Schild warnte am Eingang vor
dem Betreten. »Einsturzgefahr« stand dort in vier Sprachen.

Tja, hatte ich eine Wahl?

Nein. Also los, Nele. Sei keine Memme!

Ich musste den ersten großen Raum durchqueren, bevor ich einen Zipfel von Rüdigers Rute ausmachte. Die Wände sahen alles andere als sicher aus, hier und da waren große Tuffsteinbrocken herausgebrochen.

Rüdiger winselte jetzt.

Und dann hörte ich noch etwas anderes.

Ein Weinen.

Ich achtete nicht mehr auf meine Sicherheit, sondern sprintete los. Hier hinten war kaum noch etwas zu sehen, und ich orientierte mich an den weißen Flecken in Rüdigers Fell. Schon stand ich neben ihm und blickte auf den Steinhaufen am Boden.

Und da lag Klara!

Einen Moment lang befürchtete ich, sie sei tot. Die Augen waren geschlossen, ein Bein verschwand unter dem Steinhaufen. Dann sagte mir mein Verstand, dass Tote nicht weinen, und ich sprach sie vorsichtig an.

»Geht es dir gut, Klara?«

Sie öffnete die Augen und starrte mich an. Entweder fand sie die Frage zu Recht bescheuert, oder sie fragte sich, warum von allen möglichen Menschen ausgerechnet ich zu ihrer Rettung eilen musste.

»Mein Fuß ist eingeklemmt«, erklärte sie und kämpfte gegen neuerliche Tränen an.

»Mach dir keine Sorgen. Alles wird gut.« Klang genauso bescheuert, aber in Katastrophenfilmen wird so was auch immer gesagt.

Tatsächlich beruhigte sich Klara ein wenig. Das konnte jedoch auch Rüdiger zu verdanken sein, der mit seiner meterlangen Zunge über ihr Gesicht fuhr.

Ich begann, einen Stein nach dem anderen abzutragen.

Weit kam ich nicht. Da lag ein mächtiger Brocken und klemmte Klaras rechten Fuß an der Wand ein.

»Ich wollte mich hier drinnen nur ein bisschen umsehen«, erklärte sie wenig überzeugend. »Außerdem war mir draußen so heiß.«

Okay, das konnte ich glauben. Vor ein paar Stunden musste das hier ein Backofen gewesen sein.

»Ich dachte, ich ruhe mich ein wenig im Schatten aus, und dann … dann wollte ich zurückgehen.«

Aufmerksam musterte ich ihr Mienenspiel. Doch, sie wirkte ehrlich. Vermutlich hatte sie wirklich genug von ihrem Abenteuer gehabt.

»Als ich mich hier an die Wand gelehnt habe, ist sie plötzlich auseinandergebrochen. Ich habe noch versucht wegzuspringen, aber ich war nicht schnell genug.«

»Du kannst nichts dafür.«

»Es tut mir alles so leid«, flüsterte sie. »Ich wollte Papa nur einen Schrecken einjagen, als ich weggelaufen bin.«

Papa. Es klang merkwürdig. Ich würde mich wohl daran gewöhnen müssen, dass Paul jetzt auch ein Papa war.

Rüdiger winselte und erinnerte uns daran, dass wir im Augenblick wichtigere Probleme hatten.

Rasch zog ich mein Blackberry aus der Hosentasche.

Klara schüttelte den Kopf. »Kein Netz. Sonst hätte ich doch längst angerufen.«

Mist. Also musste ich selbst sehen, wie ich sie hier herausbekam. Klara liegen lassen, um Hilfe zu holen, kam nicht in Frage. Sie war mit ihren Kräften am Ende und würde es nicht ertragen, noch einmal längere Zeit auszuharren. Außerdem fürchtete ich, den Weg zu ihr nicht mehr wiederzufinden.

Ich gab ihr den Rest aus meiner Wasserflasche und sah mir dann den Steinbrocken genauer an. Er war groß, ungefähr halb so groß wie Rüdiger, aber er bestand aus porösem Tuffstein. Mit aller Kraft zog ich daran. Doch, ein winziges Stückchen bewegte er sich. Trotzdem würde ich es allein nicht schaffen.

Rüdiger stupste mich an. Guter Hund. Zusammen müsste es gehen. Ich stellte fest, dass er sein Geschirr trug, nicht das Halsband. Gott sei Dank.

»Hast du einen Gürtel um?«, fragte ich Klara.

Sie nickte und nahm unter einigen Mühen ihren robusten Ledergürtel ab. Ich tat das Gleiche mit meinem. Die Enden befestigte ich an Rüdigers Geschirr. Dann zog ich meine Jeans aus und verknotete die Hosenbeine mit den Gürtelenden. So hatte ich eine überdimensionale Schlinge gebaut, die ich nun um den Steinbrocken legte.

Rüdiger brauchte keine Anweisungen. Er stemmte sich sofort ins Geschirr. Während er zog, schob ich an der anderen Seite des Steins. Zum ersten Mal im Leben hatte ich einen wirklich guten Grund, stolz auf meine Markenklamotten zu sein. So eine Armani-Jeans war reißfester als jede Fake-Hose *made in China*.

Als ich plötzlich doch das verräterische Geräusch von nachgebendem Stoff hörte, stockte mir der Atem, aber der Steinbrocken stand schon auf der Kippe, und bevor meine Jeans mit einem unschönen Geräusch endgültig nachgab, hatten wir ihn herumgewuchtet.

Klara war frei.

»Mein Fuß«, jammerte sie.

Hoffentlich war da nichts gebrochen.

Ich sah, dass ihr Fußgelenk auf dreifache Größe angeschwollen war, aber mehr war für mich nicht zu erkennen.

»Ich verbinde den Knöchel jetzt mit einem meiner Hosenbeine«, sagte ich zu Klara. »Und dann versuchen wir, ob du laufen kannst.«

Sie nickte stumm.

Meine Jeans war sowieso hin, also konnte ich sie auch als Notverband benutzen.

Klara stöhnte auf, als ich ungeschickt zu Werke ging, aber weiter gab sie keinen Ton von sich.

Tapfere Deern.

Dann half ich ihr auf.

»Es geht schon«, presste sie zwischen zusammengebissenen Zähnen hervor.

Mühsam schaffte ich sie nach draußen; dort konnte sie sich schwer auf Rüdiger stützen. Der ging zwar fast in die Knie, aber er wehrte sich nicht.

Tapferer Hund.

So schleppten wir uns dahin, langsam, immer bergab. Weit und breit war keine Menschenseele zu sehen. Es kam mir so vor, als hätten sämtliche Touristen wie auf Kommando die Stadt verlassen.

Gruselig.

Alle paar Meter brauchte Klara eine Pause und lehnte sich dann schwer atmend gegen die Außenwand einer Höhlenwohnung.

Ich nutzte diese Momente, um den Handyempfang zu prüfen. Aber es dauerte mehr als eine Stunde, bis wir endlich wieder mit der Außenwelt Verbindung aufnehmen konnten.

Ich wählte die erste Nummer auf meiner Liste. Jan.

»Nele!«, schrie er.

»Klappe halten!«, schrie ich zurück. Konnte sein, dass der Empfang jede Sekunde wieder weg war.

Im Telegrammstil erklärte ich, was passiert war.

»Ich habe keine Ahnung, wo wir sind«, setzte ich hinzu. »Ihr müsst uns finden!«

Klara war bei meinen letzten Worten totenblass geworden.

»Die finden uns nie«, flüsterte sie und rutschte langsam an der Höhlenwand nach unten. »Und jetzt wird es bald dunkel.«

Und kalt.

Ich merkte, dass ich am ganzen Körper zitterte. Klara auch. Behutsam setzte ich mich neben sie und nahm sie in den Arm. Sie kuschelte sich sofort an mich. Rüdiger legte sich auf meine andere Seite, so bekam ich auch ein wenig Wärme von seiner Körperseite her.

Eigentlich hätten wir weiterlaufen müssen, aber ich wusste, Klara war am Ende ihrer Kräfte. Auch Rüdiger machte einen erschöpften Eindruck. Über mich selbst dachte ich lieber nicht nach.

Irgendwie, überlegte ich, irgendwie werden uns die schon finden. Bestimmt haben die Carabinieri die Möglichkeit, ein Handy zu orten.

Nur wenige Minuten später hörte ich das Motorengeräusch eines Hubschraubers über uns.

»Wir sind gerettet!«, rief ich. Meine Stimme überschlug sich vor Erleichterung.

Klara sah hoch und begann zu weinen. Ich musste auch mit den Tränen kämpfen.

Ein Mann wurde an einer Seilwinde zu uns hinuntergelassen. Zielsicher landete er auf dem schmalen Streifen zwischen uns und dem Abgrund. Er brachte uns Wasser und ein paar Energieriegel mit. Rüdiger bekam auch einen ab. Der Carabiniere untersuchte Klara und gab uns dann gestenreich zu verstehen, dass Hilfe unterwegs war. Da niemand von uns lebensgefährlich verletzt war, war eine riskante Luftrettung nicht nötig.

Ich versuchte, gestikulierend eine Bitte vorzubringen. Leider verstand er meine Zeichensprache nicht.

Zu dumm. Wäre nett gewesen, wenn jemand eine Hose für mich mitgebracht hätte.

Eine halbe Stunde später war unser Rettungstrupp da. Drei Carabinieri, Paul und Jan. Der Hubschrauber nahm seinen Mann wieder an Bord und flog ab.

Klara weinte wieder, als sie ihren Vater sah, und begann, Entschuldigungen zu murmeln. Paul legte ihr einfach einen Finger auf die Lippen und nahm sie dann hoch. Sie legte den Kopf an seine Schultern und schloss die Augen.

Ich blinzelte ein paar Tränen fort. Da wäre ich jetzt auch gern gewesen.

Paul hatte mir nur kurz dankbar zugenickt, bevor er sich Klara zugewandt hatte.

Bitte. Da nich für. Ich habe mit Vergnügen mein Leben riskiert und ertrage jetzt halb nackt die Stielaugen apulischer Carabinieri. Die sind vielleicht streng beruflich unterwegs, aber sie sind auch bloß Männer.

»Hier, Nele.« Jan stand plötzlich neben mir und gab mir seine Jacke.

Ich schnappte sie mir und schlang sie mir um die Hüfte.

»Danke!«

»Und jetzt Huckepack. So wie früher.«

Hm. Früher waren wir Kinder gewesen. Da hatte Jan in kürzester Zeit die zwei Jahre Altersunterschied aufgeholt und war mir über den Kopf gewachsen. Ja, da spielten wir dann Pferdchen und Reiterin.

Aber doch nicht hier und heute!

»Ich kann laufen«, erklärte ich entschieden und ging los. Ich kam ungefähr fünfzig Meter weit. Dann war ich heilfroh, dass Jan mich auf den Rücken nahm. Das Abenteuer hatte tatsächlich alle meine Kraftreserven aufgebraucht.

Nur Rüdiger lief noch auf eigenen Beinen. Selbst wenn sie sich zusammengetan hätten, so hätten die drei Carabinieri ihn nicht schleppen können. Außerdem wäre jeder von denen bestimmt lieber an Jans Stelle gewesen.

Der Rückweg dauerte fast eine Stunde. Zwischendurch nickte ich mal ein, schreckte aber wieder hoch, als mein Gips auf Jans Schulterblatt traf.

Rüdiger knickte immer mal wieder ein. Der Arme. Nicht einmal für ein paar Pupser hatte er noch Kraft.

Auf halber Strecke kamen uns Papa und Marcello entgegen. Papa nahm mich auf seinen Rücken, Jan keuchte schon.

»Was hast du bloß in letzter Zeit alles gegessen, Nele?«

Ziemlich viel.

Endlich erreichten wir den Parkplatz. Klara wurde gerade in einem der Autos zum Krankenhaus gefahren. Sie winkte mir noch kurz durch die Scheibe zu.

Marcello ordnete an, dass alle anderen auf direktem Weg nach Hause fahren sollten.

Kaum lag ich auf der hintersten Bank im Kleinbus, war ich auch schon tief und fest eingeschlafen.

Ich wachte von lautem Stimmengewirr auf. Wir waren zu Hause.

Rüdiger, der anscheinend auf der mittleren Bank zusammengebrochen war, reckte den Kopf über die Lehne und blinzelte mich an. Haben wir uns nicht ein bisschen Ruhe verdient?, schienen seine Kalbsaugen zu fragen.

Richtig!

Und Torte? Brioches? Tiramisu?

Nein, mein Guter, das lieber nicht.

Der Kopf sank zurück. Sissi und Jan stiegen vorn aus und halfen dann mir und Rüdiger. »Die anderen sind mit den Autos gefahren«, erklärte Sissi. »Ich wäre ja auch gern bei dem einen Carabiniere mit den sündhaft schwarzen Augen eingestiegen, aber mir gönnt hier ja keiner was.«

»Was ist denn mit Federico?«, murmelte ich halb wach.

Sissi grinste. »Die Chemie passte nicht. Imperatoren sind anscheinend eine Nummer zu groß für mich. Jan, du kommst hier allein klar, oder? Ich schaue mich mal um.«

Jan trug mich wortlos in den Hof, wo bereits alles für ein großes Festmahl aufgebaut war. Occhipintis und Lüttjens' standen um Marcello herum, lauschten seiner Schilderung der Ereignisse und gaben ihre Kommentare ab. Als sie mich erblickten, verfielen sie alle in Schweigen.

Dann fing jemand an zu klatschen. Ich glaube, es war mein *nonno*. Ein paar andere folgten seinem Beispiel, und plötzlich brandete lauter Applaus auf.

Vor Schreck fing Rüdiger an zu pupsen, und ich wäre fast von Jans Rücken gefallen.

»Genieße es, Kröte«, sagte er. »Du bist die Heldin des Tages.«

Na, ich weiß nicht. Ein bisschen peinlich, das Ganze,

zumal meine Kleidung immer noch arg zu wünschen übrig ließ.

Wenigstens würde niemand mehr bei meinem Anblick
das Kreuzzeichen schlagen oder vor mir auf den Boden
spucken.

Ich erhaschte einen Blick auf Oma Grete.

Boah! Die klatschte auch.

Großtante Marie strahlte über das ganze Gesicht und
winkte mir zu. Sogar Anna und die schöne Elena klopften
geziert die Fingerspitzen gegeneinander.

Wahnsinn. Alle Welt liebte mich.

Na ja. Alle Welt bis auf einen.

»Bring mich bloß hier weg«, sagte ich zu Jan.

»Alles klar. Umziehen und dann feiern lassen.«

Umziehen und lange duschen, bitte.

Wir kamen aber nur bis kurz vor unseren Trullo, dann
schnitt uns plötzlich Paul den Weg ab.

»Kann ich mit dir sprechen, Nele?«

»Schieß los«, sagte ich grantig.

»Allein?«

Jan stieß einen dramatischen Seufzer aus und ließ mich
von seinem Rücken rutschen. »Macht bloß keinen Schiet,
Kinners«, murmelte er und trollte sich.

Ich schwankte ein bisschen, dachte aber gar nicht daran,
mich an Paul festzuhalten.

»Was gibt's?«

»Ich möchte dir danken.«

»Bitte.«

Ich machte einen Schritt zur Seite.

»Warte doch. Ich … ich weiß, ich habe mich nicht an-
ständig benommen.«

»Stimmt.«

»Ich war mit der ganzen Situation ziemlich überfordert.«

»Und deshalb ist ja auch alles so schwierig. Weil du ein allein stehender Mann bist.«

Dieser Splitter saß besonders tief in meiner Seele.

»Aber Nele, dabei geht es doch darum, Klara schnell zu mir zu nehmen. Und rein rechtlich ist dies mein Familienstand.«

»Ist gut, Herr Anwalt. Tschüs dann.«

Ich schlüpfte an ihm vorbei. Er wollte mich festhalten, erwischte aber nur Jans Jacke. Die rutschte prompt von meinen Hüften, und ich hatte es besonders eilig, die Tür hinter mir zuzuschlagen.

31. Freu dich, Opa!

Nach der Dusche verspürte ich einen Bärenhunger. Nur kurz ausruhen und dann den Bauch vollschlagen.

Als ich wieder zu mir kam, war es tiefdunkle Nacht. Dicht an mich gekuschelt lag ein warmer Körper.

Rüdiger?

Nein. Da war glatte Haut, kein Fell.

Also Jan. Beruhigt schlief ich wieder ein, obwohl mein Hunger noch größer geworden war.

Das nächste Mal wurde ich von einem langen innigen Kuss geweckt. Eine Nase rieb sich leicht an meinem Gips.

Hilfe!

Aiuto!

Ich stieß Jan weg. »Spinnst du? Seit wann bist du nicht mehr schwul?«

»Meines Wissens bin ich das nie gewesen«, antwortete Paul.

»Du? Wie kommst du hierher?«

»Ich habe Jan überredet, mir den Platz an deiner Seite zu überlassen. Er übernachtet bei Klara.«

»Und was soll das? Was machst du hier?«

Er schaltete seine Nachttischlampe ein. »Bis eben habe ich geschlafen. Dein Magenknurren hat mich geweckt.«

Ich entdeckte ein liebevolles Lächeln in seinen Mundwinkeln.

Mannomann!

Dieses Wechselbad der Gefühle war ja anstrengender als
jede Rettungsaktion.

»Paul«, begann ich und wusste nicht weiter.

Er nickte ernsthaft. »Ich weiß, Nele. Ich bin ein ver-
bohrter Hornochse, ein Holzkopf und ein Weichei. Können wir uns darauf einigen?«

Ich nickte schwach. »So in etwa.«

Wenn dieser Mann bloß nicht in allen Lebenslagen so
wunderbar riechen würde.

»Und demnächst Vater«, fügte er hinzu. »Der einen
Haufen Fehler machen wird.«

»Hm.«

»Du wärst also schön dumm, wenn du dich weiter mit
mir abgeben würdest. Da draußen laufen haufenweise
Männer rum, die dich glücklich machen könnten.«

Echt?

Wo denn?

Ich überlegte, ob es Sinn hatte, mich mal kurz im Hof
umzuschauen. Aber es war gerade so schön warm und kuschelig hier. Ich blieb, wo ich war.

»Dein Imperator, zum Beispiel. Der hätte mich fast
gelyncht, weil du meinetwegen in Lebensgefahr geraten
bist.«

Nun wollen wir mal nicht übertreiben. Das bisschen
Verirren, Fast-in-den-Abgrund-Stürzen und Verdursten.
War doch ein Klacks.

Trotzdem danke, Federico.

»Eine Frau wie dich habe ich nicht verdient.«

303

Nee, eigentlich nicht.

»Du hast dein Leben für meine Tochter riskiert.«

Und eine Markenjeans geopfert.

Nun war aber mal gut. So langsam konnte Paul seinen Gang nach Canossa auch wieder verlassen.

Lieber noch mal küssen.

»Möchtest du meine Frau werden?«

Hä?

Hatte ich jetzt den Mittelteil seiner Rede verpasst, oder war Paul der Meinung, er müsse zum Punkt kommen, bevor ich wieder wegdämmerte?

Opa müsste ja jetzt froh sein. Endlich wurde das Pferd richtig herum aufgezäumt. Aber ich war eher verwirrt als froh. Dieser Heiratsantrag fühlte sich nicht richtig an.

»Willst du mich heiraten, weil du dann leichter Klara haben kannst?«

Paul zuckte zusammen wie unter einem Schlag.

Tja, er hätte mich inzwischen gut genug kennen müssen. Ich sprach nun mal die Dinge aus, die mir durch den Kopf gingen.

»So etwas traust du mir zu, Nele?«

Nein, eigentlich nicht.

Blöderweise ging mir ein anderer Opa-Spruch durch den Kopf: Man hat schon Pferde kotzen sehen.

»Möchtest du die Wahrheit wissen?«

Nein! Bloß nicht!

»Ja.«

»Du erinnerst dich an unsere Verabredung im Möbelhaus? Am Tag, als wir uns die Einbauküchen ansehen wollten?«

Na klar. Es schien mir, als läge jener Tag Monate zurück, dabei waren erst zwei Wochen vergangen. Allerdings ausgesprochen ereignisreiche zwei Wochen, und da dehnt sich die Zeit bekanntlich ordentlich aus.

Ich nickte und fragte mich, was das jetzt sollte. Wollte er mir im Nachhinein ein schlechtes Gewissen einreden, weil ich ihn versetzt hatte? Damit die Waagschale sich auch wieder zu seinen Gunsten senkte?

Na gut, konnte er haben.

»Ich hätte das nicht vergessen dürfen«, sagte ich mit einer kleinen Portion Reue in der Stimme. »Aber ich war an dem Tag mit Rüdiger zusammengestoßen und…«

Paul drückte mir ein kleines quadratisches Kästchen in die Hand.

»Das wollte ich dir an dem Morgen geben.«

Mir brach der Schweiß aus.

Oh Mann. Das Ding fühlte sich samten an, wie… wie…

Nee, ne?

»Mach es auf.«

Mit zitternden Fingern klappte ich den dunkelblauen Deckel hoch.

Ein Ring blitzte mir entgegen. Ein richtiger echter Ring. Mit einem ovalen Saphir in der Mitte und einigen Glitzersteinchen drum herum.

Diamanten.

Bestimmt.

Boah!

Er sah ein bisschen aus wie der Ring von Lady Di, den heute Princess Catherine trug.

Ich fühlte mich jetzt auch wie eine Prinzessin, und Pauls Waagschale war mit einem Krachen runtergeknallt.

Oder?

Ganz egal.

Hier ging es nicht darum, wer mehr Grund zur Reue hatte. Hier ging es um Liebe.

Und ein Mann, der mir einen Heiratsantrag machen wollte, bevor er überhaupt von der Existenz einer Tochter namens Klara gewusst hatte, der liebte mich. So viel stand mal fest.

Paul streifte mir den Ring über. Er passte perfekt.

»Wow!«, sagte ich.

»Ist das ein Ja?«

»Selbstverständlich, du Transuse«, erklärte Opa aus dem Halbdunkel.

»Sei du bloß still«, gab ich zurück. »Husch, husch zurück in deine Urne, wo du hingehörst.«

»Wie bitte?«, fragte Paul.

»Äh, entschuldige. Ich wollte sagen: Ja, natürlich heirate ich dich.«

Seine Stirn war gerunzelt. Vielleicht fragte er sich, ob eine durchgeknallte Stiefmutter die Richtige für seine Tochter war.

»Ach, Paul«, sagte ich schnell. »Ich glaube, ich halluziniere, weil ich so einen Hunger habe.«

»Hunger?«

»Hm.«

Er dachte wohl an mein Magenknurren, das ihn vorhin geweckt hatte, und sprang aus dem Bett. »Rühr dich nicht vom Fleck.«

Ich doch nicht.

Eine Weile betrachtete ich hingerissen den wunderschönen Verlobungsring an meinem Finger.

Ich war ja so aufgeregt! Der zweite Heiratsantrag in

meinem Leben! Den ersten hatte ich vor vielen Jahren von Karl Küpper bekommen, draußen am Baggersee, in Jägermeister-Laune.

Aber das hier, das war was anderes. Paul und ich waren nüchtern, und der Ring war bestimmt irre teuer gewesen.

Vor lauter Aufregung schlief ich wieder fest ein.

»Das wurde aber auch Zeit!«, sagte Opa laut. »Ich hatte schon Angst, du wirst eine alte Jungfer, so wie deine Großtante Marie.«

»Du bist ja immer noch nicht in deiner Urne«, gab ich zurück.

»Ich tue, was ich will. Du hast mir gar nichts zu befehlen.«

»Nee, aber das mit der Jungfer ist Blödsinn, Opa, und das weißt du auch. Denk bloß an deinen Sohn Olaf.«

Weg war er. Konnte ich verstehen. Wer will sich schon auch noch als Geist mit seinen jugendlichen Fehltritten befassen?

Köstliche Düfte weckten mich.

Paul stellte ein riesiges Holzbrett auf dem Bett ab. So eines, wie es in der Familie Occhipinti für die Herstellung der Tortellini benutzt wird.

»Zum Glück haben sie auch eine Mikrowelle, so konnte ich alles aufwärmen.«

Ich sabberte fast so gut wie Rüdiger, als ich die Leckereien vor mir sah. Eine Schüssel voll mit Spaghetti und großen Muscheln, eine andere mit Tagliatelle alla bolognese, fette Schweinerippchen, dampfende Rosmarinkartoffeln, ein gemischter Salat, eine kalte Platte mit Schinken, Salami und hauchzart geschnittener Mortadella und ein Korb voller Brot. Außerdem eine große Schale mit Tiramisu.

Apropos Rüdiger. Der war hinter Paul hereingeschlüpft und bedachte mich jetzt mit einem leidenden Blick. Dumm für ihn, dass an dem Halsband, das er nun wieder trug, ein großer Zettel hing. »Ich habe drei Packungen Zwieback gefressen. Bitte nicht füttern!« Zur Sicherheit stand das dort auch noch auf Italienisch.

Tut mir echt leid, mein kleiner Freund.

Als er merkte, dass er mich nicht erweichen konnte, rollte er sich auf dem Boden zusammen, pupste ein bisschen und schnarchte dann laut.

Paul brachte noch eine Plastiktüte zum Vorschein.

»Hier, die hab ich im Kühlschrank entdeckt.« Er zeigte mir zwei Flaschen Berlucchi. »Ich glaube, die gehören deinem Bruder, aber ich hoffe, er wird mir verzeihen.«

Ich grinste. »Nur wenn du ihn bittest, dein Trauzeuge zu sein.«

»Mit dem größten Vergnügen.«

»Und meine Trauzeugin wird Sissi.«

Ich verstummte. Wie seltsam das Leben doch war. Noch vor ein paar Stunden war ich davon überzeugt gewesen, dass zwischen Paul und mir alles aus sei. Und nun sprachen wir schon nahezu beiläufig von unserer Hochzeit.

»Iss, bevor es kalt wird.«

Kluger Paul.

Wir schlemmten auf dem Bett, voller Genuss und in bester Laune. Der Berlucchi schmeckte köstlich dazu, und ich war jetzt mal für eine lange Weile der glücklichste Mensch auf der Welt.

Nachdem wir uns die Bäuche vollgeschlagen hatten, brachte Paul das Tablett zurück in die Küche. Rüdiger verschwand bei der Gelegenheit. Vielleicht gab es ja woanders etwas für ihn zu holen. Und vielleicht wurde er mal dieses komische weiße Ding an seinem Hals los, bei dessen Anblick die Menschen alle so ein doofes Gesicht zogen. Dabei schienen sie zuerst gewillt, ihm etwas zu Fressen zu geben.

Paul kehrte zurück und schloss sorgfältig die Tür.

»Was machen die Schmerzen?«, fragte er und deutete auf mein Gesicht.

»Wie weggeblasen.«

»Und bist du noch sehr müde?«

»Kein Stück.«

»Und…«

»Hör auf zu quatschen und küss mich.«

Das tat er dann. Sicherheitshalber linste ich noch kurz über seine Schulter.

Gott sei Dank. Opa ließ sich nicht mehr blicken. Der wusste, was sich gehörte. Oder er fand seine Enkelin bei einem intimen Akt auch nur abstoßend.

Mir doch egal.

Küss mich noch einmal, Paul!

32. Wer hat hier Heimweh?

Der Tag war schon weit fortgeschritten, als Paul und ich endlich unser Liebesnest verließen. Eine warme Nachmittagssonne schien in den Hof, und die großen Steinquader glänzten silbrig.

Auf der Suche nach Kaffee betraten wir eine große Küche, in der schon wieder einige Frauen emsig arbeiteten. Sie lachten bei unserem Anblick und schnatterten fröhlich vor sich hin.

Okay, offenbar konnte man uns ansehen, was letzte Nacht passiert war. Paul grinste, ich lächelte verlegen.

Nachdem wir uns mit Espresso und frischem Kuchen gestärkt hatten, gingen wir wieder hinaus.

»Sie wollen heute Abend noch ein Festessen veranstalten«, erklärte ich Paul. So viel hatte ich immerhin verstanden. »Mir zu Ehren, weil ich gestern gefehlt habe.«

Er nickte und wies auf zwei Korbsessel. »Die sehen gemütlich aus.«

Ich überlegte, ob ich irgendetwas dringend zu tun hatte. Nein, nichts. Erleichtert setzte ich mich.

»Hast du dir überlegt, wann du heimfahren willst?«, fragte Paul nach einer Weile.

Eigentlich nicht.

»Morgen«, sagte ich ohne nachzudenken. Ja, das fühlte

sich richtig an. Es gab immerhin einiges zu erledigen zu Hause. Ein Haus bauen, heiraten, ein Kind adoptieren.

Paul lächelte. »Gute Idee. Nur schade, dass wir uns schon wieder trennen müssen. In eurem Bus ist wohl kein Platz mehr für Klara und mich.«

Schade, nein.

Oder doch.

Meine Eltern gesellten sich zu uns und hatten eine Ankündigung zu machen.

»Wir fahren von hier aus nach Rom«, erklärte Papa. »Deine Mutter hat Angst, dass es nächste Woche nicht mehr da sein könnte.«

Mama puffte ihn in die Seite. Dann wandte sie sich an mich. »Ich glaube, nach Indien kriege ich deinen Vater nicht so schnell. Obwohl er es mir fest versprochen hatte. Da will ich wenigstens noch was von Italien sehen. Nach Rom kommt Florenz und dann natürlich Venedig.«

Papa verdrehte die Augen, fügte sich aber.

»Wir haben zwei Plätze im Bus frei«, sagte ich zu Paul, nachdem die beiden uns wieder allein gelassen hatten.

»Wunderbar.« Er nahm meine Hand und hielt sie fest. Auch als etwas später Klara mit Rüdiger im Schlepptau zu uns kam.

»Hast du dich mit ihr ausgesprochen?«, raunte ich Paul zu, bevor die beiden uns erreichten.

Er nickte. »Sie weiß, dass ich Himmel und Hölle in Bewegung setze, damit sie bald zu mir kommen kann.« Er stockte und korrigierte sich dann. »Zu uns.«

Ich genoss das wärmende Gefühl in meiner Seele. Dann fiel mir noch etwas ein. »Wer sind eigentlich Sam und Polly?«

»Ihre Haustiere.«

Richtig geraten, Nele. Na, ein paar Katzen, Hunde oder Meerschweinchen fanden auf unserem Hof noch Platz.

»Es sind ein Rotfuchs und eine Robbe. Klara hat beide allein großgezogen. Sie sind zurzeit im Münchener Tierpark Hellabrunn untergebracht.«

Ich fand, da passten sie prima hin.

Ein Fuchs und eine Robbe. Dagegen war Rüdiger ja ein stinknormaler Schoßhund.

Während alles in mir auf Abwehr schaltete, überlegte ich schon, wie groß das Schwimmbecken für so eine Robbe wohl sein musste.

Klara baute sich vor uns auf, betrachtete unsere Hände, entdeckte den Ring und kämpfte einen Moment mit sich. Gerade erst den Vater zu finden und ihn dann gleich mit einer Frau teilen zu müssen, war bestimmt nicht einfach. Ich dachte an Marcello, der ja auch neu in meinem Leben war, und fand, Klara konnte dankbar sein, weil ich nicht vor ihr ausgespuckt hatte.

»Muss ich Mama oder Mutti zu dir sagen?«, wollte sie wissen.

»Bloß nicht. Nele reicht vollkommen.«

»Dann ist ja gut.« Sie hockte sich vor uns auf den Boden, holte eine Packung Zwieback und einige kleine Päckchen Zucker aus einer Tüte. Rüdiger ließ sie keine Sekunde aus den Augen und sperrte schon mal sein Maul auf. Da hätte auch die gesamte Packung reingepasst.

»Warte, Dicker«, befahl Klara. Auf jeden Zwieback streute sie etwas Zucker und schob ihn dann in den dunklen Schlund.

Das ging so weiter, bis Zwieback und Zucker alle waren.

Meiner Meinung nach hatte Rüdiger noch Hunger. Seiner Meinung nach auch. Klara jedoch befand, nun sei genug.

»Wir machen einen kleinen Verdauungsspaziergang«, erklärte sie uns. Als sie Pauls besorgte Miene bemerkte, fügte sie schnell hinzu: »Keine Angst, wir gehen schon nicht verloren.«

»Ich komme mit!«, rief Oma Grete, die gerade den Hof betrat. »Ich brauche auch etwas Bewegung.«

Arme Klara, dachte ich. Aber die Deern wirkte nicht sonderlich genervt.

»Prima, Omilein. Wir werden auch nicht zu schnell gehen.«

»Glaubst du etwa, ich kann mit dir nicht mithalten? Pah! Dir werd ich's zeigen.«

Schon flitzte Grete durchs Tor. Klara lief lachend hinterher, Rüdiger trottete brav mit.

Ich staunte. Da hatten die alte und die junge Generation Freundschaft geschlossen, ohne dass ich es mitbekommen hatte.

Eine Zeit lang saßen Paul und ich allein in der Sonne. Zwischendurch brachte uns eine der Frauen einen köstlichen Obstsalat. Genau das Richtige, wenn man ein wenig Appetit verspürt, sich aber den Bauch vor einem Festessen nicht vollschlagen will.

Irgendwann schaute Jan vorbei. »Habt ihr Klara gesehen? Ich habe versprochen, mit ihr ans Meer zu fahren.«

Ach ja, das Meer. Da war ich auch noch nicht gewesen.

Ich beschloss, dies bei meinem nächsten Besuch nachzuholen. Ja, ich würde wiederkommen nach Alberobello. Es war nicht meine Heimat, aber es konnte ein guter Ort für häufige Besuche werden.

»Klara ist mit Oma Grete und Rüdiger spazieren gegangen«, klärte ich meinen Bruder auf.

»Schade.« Er wirkte ehrlich enttäuscht. Ich staunte schon wieder. Diese Deern eroberte die Lüttjens-Herzen im Sturm. Es wurde höchste Zeit, dass ich sie besser kennenlernte.

Ich teilte Jan meine Abreisepläne mit.

»Einverstanden«, erwiderte er sofort. »Viel länger als eine Woche wollte ich sowieso nicht bleiben. Hans-Dieter und ich haben eine Million Dinge zu tun.«

Ja, dachte ich, als ich die Sehnsucht in seinen Augen entdeckte. Ihr müsst euch ums Geschäft kümmern, aber erst müsst ihr euch in die Arme fallen und gut festhalten.

»Das Meer hätte ich gern noch gesehen«, sagte er mit leichtem Bedauern.

»Dann fahr doch mit mir!«, rief Sissi. »Ich muss hier mal raus.«

Ich hatte nicht bemerkt, wie sie herangekommen war.

Jan strahlte. »Bist du nicht beschäftigt?«

»Ach was. Die italienischen Männer sind nichts für mich. Egal ob Imperator oder Carabiniere. Komm, Jan, ich will die Füße ins Wasser stecken. Margherita sagt, das Meer ist noch warm, weil es die Sommerhitze lange speichert.« Sie packte Jan am Ärmel und winkte mit der freien Hand in meine und Pauls Richtung.

»Zum Abendessen sind wir wieder da. Turtelt noch schön, ihr Täubchen.«

Die beiden verschwanden, und Paul und mir war erneut eine Zeit der Zweisamkeit gegönnt.

Nach und nach wurde es aber unruhig im Hof. Die üblichen Vorbereitungen für das Essen begannen.

Paul bot seine Hilfe beim Tischetragen an, mir wurde jeder Handgriff streng untersagt. Die Heldin des gestrigen Tages durfte sich nur verwöhnen lassen.

Irene erschien in Begleitung ihres Imperators Giovanni. »Wo ist mein Dicker?«

»Spazieren mit Grete und Klara«, gab ich Auskunft. Unauffällig musterte ich sie. Irene wirkte glücklich und um zehn Jahre verjüngt. Kein Wunder. Nach der Scheidung von Kurt, der demnächst Zwillingsvater wurde, und einem Leben nur fürs Geschäft konnte so ein feuriger Italiener wahre Wunder bewirken.

So überraschten mich ihre nächsten Worte auch nicht weiter.

»Ich bleibe übrigens noch ein Weilchen hier, das heißt, in Bari.« Sie zwinkerte Giovanni zu. »Er besitzt ein Haus am Meer, und für Rüdiger ist auch reichlich Platz.«

Wenn das so weitergeht, lasse ich meine ganze Familie in Italien zurück, überlegte ich.

Irene nahm meine Hand. »Ich bleibe ja nicht für immer. Und Rüdiger auch nicht.«

Offenbar war sie nicht sicher, wer mir mehr fehlen würde.

Ich schenkte ihr ein strahlendes Lächeln. »Ich werde dich vermissen, aber genieß dein Glück.«

»Du auch.«

Wir waren jetzt Freundinnen. Richtig dicke Freundinnen. Es fühlte sich gut an.

Als der Abend hereinbrach, begann das Festessen zu meinen Ehren. Die Köchinnen hatten sich selbst übertroffen. Das geröstete Weißbrot, Bruschetta genannt, war diesmal auch mit Tomatenwürfeln, Sardellen oder zerlaufenem

Käse belegt. Als ersten Gang gab es Tagliatelle mit Kichererbsen, Gnocchi mit Entenragout und Risotto mit Meeresfrüchten. Dann folgten Milchlamm mit schwarzen Oliven und Kapern, Hummer und gegrillte Thunfischsteaks.

Als Nachspeise wurde Marzipan- und Schokoladenkonfekt zu einer riesigen Eisbombe gereicht. Das Konfekt war für Rüdiger verboten, wie Irenes strenger Blick sämtlichen Anwesenden mitteilte. Aber ein kleines Schälchen Eis durfte Margherita ihm geben. Ohne Sahne. Vor lauter Wohlbefinden vergaß Rüdiger glatt die Pupserei.

Rotwein und Liköre flossen in durstige Kehlen, die letzten Sprachbarrieren wurden mit Händen und Füßen überwunden. Aus einer Stereoanlage klangen rasante Tarantella-Töne, aber niemand tanzte. Das Schicksal der Rosalba hinderte sie wohl daran.

Bevor wir alle unter den Tischen lagen, ergriff Don Antonio das Wort. Seine Rede geriet ziemlich lang und reichte von den Anfängen der Familie Occhipinti – ein Ur-ur-und-so-weiter-Großvater wurde mal in einem alten Polizeiregister als Eierdieb erwähnt – bis zu den jüngsten Entwicklungen.

Ich grinste und schaute zu Grete.

Eierdieb, alles klar. Sie hatte es ja immer gewusst. So hatte die Mafia bestimmt auch mal angefangen. Aber dann rammte Marie ihr einen Ellenbogen in die Seite, und sie setzte ein freundliches Lächeln auf.

Bemerkenswert. Marie setzte sich gegen Grete durch! Was die apulische Sonne so alles bewirken konnte!

Während Marie übrigens tüchtig von allen Gerichten probierte, knabberte Grete nur am Brot. Ihre mitgebrachte Nahrung war wohl aufgebraucht.

Der Padrone kam zum Ende, als hier und da schon ein paar Augen zufielen und ein oder zwei Köpfe auf die Tischkante sanken. Er verkündete, er habe mit Elena beschlossen, dass eine Abordnung der Familie Occhipinti die neuen deutschen Verwandten besuchen werde.

Grete entschlüpfte ein »Gott bewahre!«. Zum Glück leise. Ich stellte mir vor, wie sie meine italienische Familie bis an die Zähne bewaffnet empfangen würde.

Außer ihm selbst und seiner Frau werde Marcello mitkommen. Anna werde leider unabkömmlich sein.

Klar, die hatte Angst vor deutschen Marcello-Nachkommen in Truppenstärke.

Meine Zwillingsbrüder wollten auch dabei sein, erfuhr ich und freute mich. Und Margherita.

Toll.

Papa erhob sich. »Es wird uns eine Ehre sein, euch alle in der Lüneburger Heide willkommen zu heißen.«

Wow! Er brachte noch einen vollständigen Satz heraus. Der hatte sich heute aber bei Wein und Grappa zurückgehalten!

Don Antonio nickte gnädig und fügte noch hinzu, der Besuch werde zu Weihnachten stattfinden, weil Margherita dann Schulferien habe.

Wunderbar. So bald schon.

Als er sich wieder gesetzt hatte, erhob sich Großtante Marie.

Nanu?

Sie bat kurz um Ruhe und sprach dann mit leiser Stimme. Alle hörten ihr gebannt zu. Die Italiener hatten sie für stumm gehalten, wir Deutschen hatten noch nie erlebt, dass sie eine Rede hielt.

Nun, sie machte es kurz. Nachdem sie sich für die Gastfreundschaft bedankt hatte, bat sie den Padrone in aller Form, noch eine Weile bleiben zu dürfen. Ihrem Rheuma ginge es hier so viel besser als im nasskalten Deutschland.

Margherita übersetzte, während Grete ihre Schwester mit offenem Mund anstarrte.

Der Padrone erklärte, Marie sei so lange sein Gast, wie sie es wünschte.

Artig bedankte sie sich, nahm wieder Platz und lächelte ihrer Wahlschwester Graziella zu.

Ein frecher Junge platzierte eine Olive in Gretes noch immer offen stehendem Mund. Sie hustete und spuckte die Olive aus.

Allgemeines Gelächter setzte ein, und die Stimmung hob sich mit jedem weiteren Glas Grappa oder Limoncello.

Ich dachte daran, dass wir nun in einem halb leeren Kleinbus zurück nach Deutschland fahren würden. Selbst wenn wir Sissi bis München mitnahmen, blieb noch reichlich Platz für weitere Passagiere. Für Opa zum Beispiel. Ach nein, der hatte bestimmt seine eigene Art zu reisen.

Ich beschloss, keinen weiteren Alkohol zu trinken. Nicht, dass mir noch am letzten Abend was passierte.

»Meinst du, die Occhipintis kommen wirklich?«, fragte ich Jan, der mir gegenübersaß. »Ich müsste dann nämlich bald mit der Planung anfangen. Wir können nicht alle Zimmer vermieten, und ich muss vielleicht sogar ein paar Gästen absagen.«

Jan hob die Schultern. »Keine Ahnung. Lassen wir uns überraschen.«

Recht hatte er. Wenn ich in den vergangenen Wochen

und Monaten eines gelernt hatte, dann war es dies: Das Leben passiert, während wir Pläne schmieden.

Langsam ließ ich meinen Blick über die Tischrunde gleiten. Noch zu Beginn des Sommers war ich ein Single ohne Anhang gewesen, jetzt gehörte eine vielköpfige europäische Familie zu mir.

Wahnsinn. Aber ein schöner Wahnsinn.

Paul griff nach meiner Hand. »Hoffentlich wird dir nicht alles zu viel.«

Hm. Mal überlegen. Ein Haus bauen, eine Hochzeit feiern, schlagartig Stiefmutter werden, die Lüttjens' im Zaum halten und die Invasion der Occhipintis überleben.

Könnte für eine Vierundzwanzigstunden-Panikattacke reichen. Nicht zu vergessen Sam und Polly.

Ich schaute Paul an. »Nein, mein Liebling. Das wird es nicht. Wenn wir nur zusammen sind.«

Meiner Meinung nach war das jetzt meine wahre Heldentat. Das bisschen Höhlenwanderung war dagegen der reinste Spaziergang gewesen.

In seinen Augen lag all das Glück dieser Welt.

»Du bist eine wunderbare Frau, Nele.«

Danke.

Es dauerte lange, bis ich mich von seinem Anblick losreißen konnte.

Ich tat es dann auch nur, weil mich eine bekannte Stimme ablenkte.

Heino.

Heino?

Nee, ne?

Doch da tönte er aus einem alten Kassettenrekorder, der offensichtlich Graziella gehörte. Sie hielt ihn jedenfalls mit beiden Händen fest, als hätte sie Angst, jemand könnte ihn ihr aus den Händen reißen. Papa zum Beispiel. Offensichtlich hatte sie erfahren, dass er kein Heinofreund war.

Die Tarantella-Musik war verstummt.

Ich musste grinsen. Ihre Kassetten hatte Marie also mitgenommen.

Auf einmal wurde mir ganz nostalgisch zumute. Konnte auch am Limoncello liegen. Jedenfalls sang ich plötzlich mit. Jan auch. Alle Lüttjens' stimmten ein, auch Irene. Nach und nach summten die Italiener mit und versuchten sich an den ungewohnten Worten. Und so klang durch die laue süditalienische Novembernacht ein vielstimmiges: »Auf der Lüneburger Heide, in dem wunderschönen Land…«